中公文庫

連　弾

佐藤青南

中央公論新社

目次

連弾

プロローグ

どこかから聞こえた咳払《せきばら》いを最後に、三階席まで埋まったホールに静寂《せいじゃく》が訪れた。

舞台上でそれぞれの楽器をかまえた三管編成七十五人のオーケストラの意識は、舞台前方中央に集中している。一段高くなったそこでは、指揮者の男が目を閉じていた。長めの髪を後ろに流して耳を覆った彼は、すらりとした身体を黒ずくめの衣装で包み、二つのこぶしを顔の前に持ち上げている。その右手には白い指揮棒。目を閉じ、端整な顔立ちの眉《み》間《けん》に皺《しわ》を寄せた指揮者の表情は、苦悶《くもん》しているようにも、無音からなにかを探りあてようとしているようにも見えた。

軽く浮き上がった指揮者の両手が、虚空《こくう》を叩《たた》く。

沈黙が破られた。

ジャ、ジャ、ジャ、ジャーン。

弦楽器とクラリネットが、フォルテシモのユニゾンで四つの音を奏でる。

世界一有名なクラシック音楽のフレーズと言っても過言ではない、〈運命主題〉。

ベートーベン交響曲第五番『運命』第一楽章アレグロ・コン・ブリオだった。ベートーベンにとって初めての短調の交響曲だが、実際には全編短調というわけでもない。第一楽章八分弱の中で、短調から長調、長調から短調とめまぐるしく表情を変える。

静から動、動から静。明から暗、暗から明。希望と絶望を交互に提示される聴衆は、自らが『運命』に翻弄されるかのような、複雑な感情のうねりを体験することとなる。

国内でもトップレベルの演奏技術を持つといわれる東亜《とうあ》フィルハーモニーオーケストラにとって、『運命』は何度も演奏した十八番《おはこ》だ。ほとんどの団員が暗譜《あんぷ》しており、楽譜は保険に過ぎない。一糸乱れぬアンサンブルが会場全体を包み込む。

しかし、熟練の楽器奏者たちが奏でる得意曲であっても、東京渋谷区にある東京ユニバーサルホールの客席を埋めた二千百五十人、すべてを魅了することはできなかった。

三階席五列四十番。

最後尾、ステージに向かって右端の座席に陣取ったその男は、脚を組んで斜めに椅子に座り、オーケストラの熱演を嘲笑《あざわら》うかのように、ひややかな笑みを浮かべていた。

態度だけでなく、すり切れたスタジアムジャンパーにカーゴパンツというカジュアルな服装も、周囲から浮いている。短く刈った胡麻塩頭《ごましおあたま》に脂ぎった肌、人を値踏みするようないやらしい上目遣い。開演前、入場口で配られたプログラムを手に丸めて持ち、座席の幅以上に脚を広げて開演を待つ男の不遜《ふそん》な態度に、隣席の白髪の老婦人は露骨に眉をひそめていた。

第一楽章が終わる。

同時に、万雷の拍手が巻き起こった。早くも指笛で讃《たた》える者すらいる。

「出世したもんやな」

関西訛《なま》りの独り言に、隣の老婦人が男を睨《にら》んだ。

「なんや。なんか文句あるんか」

男は睨み返したものの、まともに取り合う価値もないという感じに鼻を鳴らし、立ち上がる。

出入り口の扉を押しながら、舞台を見下ろした。

第二楽章の演奏が始まる。

茶番だ、と、男は鼻を鳴らした。金に飽かしてクラシックコンサートに通い詰めたところで、芸術の真贋《しんがん》を見極める目や耳が養われるわけではないらしい。あの指揮者はまがい物だ。金持ち連中がまがい物をもてはやして喜んでいる。

「後でな」

男は小声で呟《つぶや》き、オーケストラの調べを背中で聞きながら廊下に出た。

男の遺体が発見されたのは、翌早朝のことだった。

第一章

1　二〇一九年　十一月

エスカレーターで地上に出ると、景色にはすでに夕方の気配が漂っていた。このところ急激に日が短くなってきた。吹き抜ける風もひんやりと冷たい。

「寒っ」音喜多弦《おときたげん》はスーツの肩をすくめ、天然パーマの伸びきった頭をぶるりと振る。そろそろ冬物のコートを出しておかないと、震えながら聞き込みする羽目になりそうだ。

「しっかし、渋谷も変わったよな」

鼻の下を指で擦《こす》りながら、目の前に建ち並ぶ高層ビルを見上げた。

東急東横線の車両をおりたときから、この明治通《めいじどお》り方面改札口に至るまで、記憶と同じだった景色は一つもない。知らない街に迷い込んだかのようだった。

こっちが渋谷ストリームで、あっちが渋谷スクランブルスクエアだっけ。いや、逆か。

そんなことを考えながら玉川通りを挟んだ場所に建つ二つの摩天楼《まてんろう》の間で視線を動かすうちに、自分の発した言葉が独り言になっているのに気づいた。

身体《からだ》をひねって背後を振り返る。

「またか」

うんざりとしたため息をつきながら周囲を見回し、その姿を見つけた。

ピンストライプのパンツスーツに身を包んだ女の小柄な後ろ姿が、十メートルほど先を歩いている。左肩にかけた大きな黒いショルダーバッグは、なにを詰め込んでいるのか大きく膨らんでおり、女の上体は大きく右にかしいでいた。

「おい！」

呼びかけながら記憶を辿《たど》る。なんて名前だったっけ。

そうだ、鳴海《なるみ》だ。鳴海桜子《さくらこ》。

鳴り物の鳴に、山と海の海、春の桜に子供の子ですと、訊《き》いてもいないのに漢字まで説明された。

「鳴海！」

人波を避けながら進み、小柄な細い肩をつかんだ。

ひいっ、と悲鳴を上げられ、こちらがぎくりとする。

振り向いた鳴海は、幅広の二重まぶたに縁取られた大きな目を瞬《またた》かせ、幽霊でも見たような顔をした。

「音喜多さん。どうして？」

「どうして、じゃない。どこに向かっている」

「だって……」

先ほどまで歩いていた方角と、音喜多の顔の間で、鳴海が視線を往復させる。

「ごめんなさい。すごく似てる人がいたから」

「あのな」

こいつとはどれぐらいの付き合いになるのだろう。それほど長くならなければいいが。

音喜多が鳴海と出会ったのは、つい一時間ほど前のことだった。

出会いの場は、世田谷《せたがや》区等々力《とどろき》にある警視庁玉堤《たまづつみ》警察署四階の大会議室。

二人は刑事だった。音喜多は警視庁捜査一課に、鳴海は玉堤署刑事課に所属している。

ある事件の捜査本部が玉堤署に設置され、ペアを組むことになったのだ。

「もしかして、目が悪いのか？」

出会ってたった一時間なのに、これが初めてではなかった。

人よりすぐれているとはけっして思わないが、頻繁《ひんぱん》に誰かと間違われるほど、音喜多は自分がありふれた容姿だとは思わない。主張の乏しい顔の造作《ぞうさく》はともかく、髪形のシルエットが、なにしろ特徴的だった。少しでも散髪を怠るとキノコのように左右に膨らみ、音楽室に掲げられた作曲家の肖像画のようだと、学生時代からからかいの対象だった。誰かと見間違われるなどそうそうあることではない。

だが「両目とも二・〇です」と返されて閉口する。

「私の視力が、どうかしたんですか」

「なんでもない。行くぞ」

十メートルほど歩いて、弾《はじ》かれたように振り返った。

後ろを歩いていた鳴海が、びくっと肩を跳ね上げる。

「どど、どうしたんですか。驚かさないでください」

ぷいと正面を向いて歩き出した。

宮益坂下《みやますざかした》の交差点からJR渋谷駅の横を通り、ハチ公前広場に出る。スクランブル交差点を渡って、道玄坂《どうげんざか》から文化村通りに入った。

「ユニバーサルホール、すっごい久しぶりだあ。懐かしいなあ」

大型家電量販店の前を通過しながら、鳴海の声が追ってくる。

「遊びに行くんじゃないぞ」

それぐらいはわかっていると思うが、いちおう釘《くぎ》を刺しておく。

「もちろんです。なにか手がかりがつかめるといいですね」

なんで他人事《ひとごと》みたいな言い方なんだ。

そんなことより、こいつが玉堤署刑事課のエースだと？

まんまと担がれた。エースどころかなんで刑事になれたのか理解できない。鳴海と最初に出会ったときから、頭の中が疑問符で埋め尽くされている。

今朝、世田谷区深沢《ふかさわ》の高級住宅街にある小さな公園で、男性の遺体が発見された。

第一発見者は新聞配達員だった。木製のベンチに横たわる男を見て、最初は酔っ払いが寝ていると思ったらしい。放っておこうかとも考えたが、このところ朝晩は急激に冷え込むようになった。万が一のことがあっては寝覚めが悪いと、新聞配達員は男を起こすために近づいた。すると男の両目が大きく開いており、腰を抜かした。男はすでに絶命していたのだった。通信指令室に一一〇番の入電があったのは、午前四時二十二分のことだった。

六十代から七十代とみられる男性は、スタジアムジャンパーにカーゴパンツという服装で、大きく口を開いて死んでいた。

紺色のセーターの腹部にある焦げたような二つの点は、スタンガンを押しあてられた痕らしい。さらに男性の口腔内からタオル生地の繊維が発見されたため、スタンガンで意識を失わせた後で、タオルで口を塞《ふさ》いで窒息死させたものと思われた。死亡推定時刻は深夜零時から午前二時。

警視庁はすぐに特別捜査本部の設置を決定し、同日午前十一時には、現場を所管する警視庁玉堤警察署五階の大会議室に、およそ五十人の捜査員が召集されたのだった。

「行ったことあるのか、ユニバーサルホール」

音喜多は先ほどの台詞《せりふ》に返事をした。

反応はない。

振り返ると、案の定だった。背を向けて遠ざかる鳴海の後ろ姿に、思わず頭を抱えた。

東京ユニバーサルホールの入ったビルが見えてくる。百貨店に隣接した複合文化施設で、コンサートホールのほかにも、演劇を上演する劇場や映画館が、同じ建物に入っている。外壁にかかった巨大な垂れ幕には、施設内の劇場で上演される演劇の演目や、映画館で上映される映画のタイトルが書かれていた。

エントランスを通過し、総合案内所のカウンターに向かう。身分を明かして来意を告げると、案内係の女性が受話器を手に取り、電話をかけた。一分ほどのやりとりの後、エスカレーターで二階に向かうよう指示される。

エスカレーターを降りた先では、黒いスーツの女が待っていた。

おそらく六十歳近いが、しゃんとのびた背筋のおかげで若々しい印象だ。踵《かかと》を揃《そろ》え、身体の前で手を重ねた上品な立ち姿で、刑事二人に目礼する。

彼女が総支配人の三木幸枝《みきゆきえ》だろう。

「三木さんでいらっしゃいますか」

音喜多の質問には答えずに、女が「どうぞこちらへ」と背を向ける。一般客の通行もあるため、警察関係者が出入りしているのを悟られたくないようだ。

応接室に通された。あらためて自己紹介すると、やはり彼女が三木だった。

鳴海の名刺を手にした三木が、怪訝《けげん》そうな顔をする。

「鳴海、桜子さん？」

「そうです」

鳴海はきょとんとしながら目を瞬かせている。

「知り合いか？」

「いいえ。声にも聞き覚えはありません」妙な言い回しで否定された。

ローテーブルを挟み、革張りのソファに向き合って座る。

「亡くなられた方が、昨日のコンサートにいらしていたとうかがいました」

三木が揃えた膝の上に、手を重ねる。

「まだ断定はできません。その方が身につけていた衣類のポケットから、昨晩、こちらの会場で開催されたコンサートの半券が出てきました」

音喜多はスマートフォンを取り出し、画面に遺留品の写真を表示させた。くしゃくしゃになった券面に『篁奏《たかむらかなで》プロデュース　ベートーベンのゆうべ』というコンサートタイトルと、昨日の日付、開演時間、会場名や座席番号が記載されている。

よろしいですか、とスマートフォンを受け取った三木が、画面を凝視する。

「間違いなく、昨日のコンサートのチケットです」

「この、三階席五列四十番を購入した人物の身元はわかりますか」

「わかります。おそらくネット予約を利用しているでしょうから」

立ち上がった三木が、近くのデスク上からノートパソコンを手にして戻ってきた。ローテーブルの上でノートパソコンを開く。

「プレイガイドなら特定は難しかったでしょうが、昨日のチケットは予約開始一時間で完売でしたので。なにしろあの篁奏さん自らが指揮をするということで」

知ってるか、と鳴海を見ると、肩をすくめるしぐさが返ってきた。

「最近、すごく人気の作曲家です。交響曲『再会』、ご存じありませんか。ベートーベンの交響曲第十番として、話題になっている曲です」

三木の話に、音喜多は顔を横に振るだけだったが、鳴海は違った。

「十番？　未完成のですか」

「そうなのか」という音喜多に、鳴海が頷《うなず》く。

「ベートーベンの交響曲は九番までしか完成していません。十番は断片的なスケッチが残されているだけです」

意外にも鳴海はクラシック音楽に詳しいらしい。

「その断片をつなぎ合わせて篁さんが完成させたのが、交響曲『再会』です。最初はたしか、動画投稿サイトで発表されたはずです。それがテレビ番組に取り上げられて、すごく話題になったと記憶しています」

「ベートーベンのスケッチを補筆したってことですよね。そんなことする必要あるのかな。これまでにも何度かこころみられていますけど、そういうのって、ブラームスの一番で完結している気もするんですけど」

気を悪くしたのではないかとひやりとしたが、三木は困惑を浮かべつつも微笑《ほほえ》んでいる。

「三木さんはそう思われませんか。ベートーベンの遺《のこ》したスケッチを補筆して第十番として発表するなんて、傲慢《ごうまん》だし、冒瀆《ぼうとく》に近い」

「おい」鳴海の膝をぴしゃりと叩いた。どれほどクラシックに造詣《ぞうけい》が深いのか知らないが、いくらなんでも調子に乗りすぎだ。

「痛い。なにするんですか」

叩かれた場所をさすりながら、鳴海が不服そうに口をすぼめる。

「少し黙れ」

「どうしてですか」

この野郎。眉間に力をこめて睨みつけるが、鳴海はまったく怯《ひる》まない。

すると、三木が小さく笑った。

「かまいません。鳴海さんのおっしゃることはもっともです。故人の遺したスケッチを補筆したところで、故人の思い描いたスコアの再現にはなりえません。ベートーベンのような大作曲家ならなおのことです。いろんな意見があるのは当然だと思います」

「ほら」と、鳴海が勝ち誇ったような顔をする。

ほら、じゃないだろう。

睨み合う刑事二人をとりなすように、三木が質問してくる。

「三階席の、何番でしたっけ」

「五列四十番です」

音喜多は我に返ってスマートフォンから情報を読み上げた。

かたかた、とキーパンチ音がする。

「わかりました。その席を購入されたのは、今井和代《いまいかずよ》さんという方です。たしか、亡くなったのは男性でしたね」

「ええ」

「今井和代という女性の名前で、隣の三十九番と合わせて、二席、購入されています。お連れの方が男性だったのかもしれません」

「今井さんという方に、連絡を取ることはできますか」

「可能です。購入の際に電話番号も入力していただくようになっていますので」

三木はディスプレイを見つめ、わずかに目を見開いた。

「松濤《しょうとう》にお住まいのようです」

松濤は都内屈指の高級住宅街で、この東京ユニバーサルホールとは目と鼻の先にある。

三木が告げる今井和代の住所と電話番号をメモした。

「ありがとうございました。またなにかあったら、お話をうかがうことになるかもしれません」

筆記具を懐にしまいながら立ち上がろうとした、そのときだった。

「思い出した！」三木が大きな声を上げた。

「鳴海桜子さんって、学生音コンで入賞した鳴海さんじゃない？」

「学生音コンには、出たことがありますけど」

鳴海は目をぱちくりとさせている。

「やっぱり」と、三木は少女のように声を弾ませた。両手を胸の前で重ね、瞳を潤ませている。先ほどまでの毅然《きぜん》としたビジネスパーソンぶりが嘘《うそ》のようだ。

「あれは何年前のことかしら。六本木のプレミアムホールでの入賞者演奏会、私も聴きに行っていたの」

「当時私は高三だったので、もう九年も前の話です。よく覚えていらっしゃいましたね」

「そりゃ覚えてるわ。あなたの歌った、『歌に生き恋に生き』、感動で鳥肌《とりはだ》が立ったもの。いまでも思い出したら鳥肌が立ってきた」

三木がジャケットの袖をまくり、腕を見せる。

「自由曲で歌った曲目だ。プッチーニ、お好きなんですか」

「大好き。だからいろんな人の歌唱を聴いているけど、中でもあなたの歌唱は素晴らしかったわあ。声量も表現力も日本人離れしていて、すごいソプラノになると思った」

そこまで言って、はっと我に返ったようだった。

「でも、警察官になったのね。歌はもう……？」

残念な気持ちを隠しきれていない口ぶりだ。

「やめていません。私、警察音楽隊での採用ですから」

「えっ？」と声を漏らしたのは、音喜多だった。

三木が笑顔を取り戻す。

「プロのソプラノ歌手になるかと思っていたけど、そういう道に進んだのね」

「はい。音楽隊で入っても、ほかの警察官と同じように警察学校で学んで、交番などで現場を経験しなければならないんです」

発言の内容は間違っていない。だが現場といっても、せいぜいがデスクワークか交番勤務ぐらいのものだ。音楽隊採用で刑事課配属なんて、聞いたことがない。

「そうだったの。じゃあいずれ、音楽隊に？」

「近いうちに辞令が下ると思います」

「そうなったら演奏を聴きに行こうかしら」

「ぜひ。ご招待します」

盛り上がる二人の様子を眺めながら、音喜多は狐《きつね》につままれたような心境だった。

2

東京ユニバーサルホールから今井和代の自宅まで、徒歩で五分もかからなかった。猥雑《わいざつ》で賑《にぎ》やかな通りから一本入るだけで、街並みはがらりとその雰囲気を変える。緑豊かで閑静な住宅街は一軒ずつの敷地面積も広く、先ほどまでの喧噪が嘘のようだ。

二世帯が同居しているらしく、今井和代宅の玄関には二台のインターフォンが並んでいた。『今井』と、もう一台は『高橋《たかはし》』。苗字《みょうじ》が異なるのは、娘夫婦だろうか。

『今井』のインターフォンを鳴らすと、やや年齢を重ねたような女の声が応じた。彼女が今井和代かと思ったら、お手伝いさんらしい。エプロン姿の福々しい顔の女性に招き入れられ、二人の刑事は今井邸に足を踏み入れた。

大理石の廊下を歩いて通されたリビングは一面がガラス張りで、外には庭というより庭園といった趣《おもむき》の緑が広がっている。すでに日が落ちていて細部まで観察できないのが残念だが、夕闇に松の木や石灯籠《いしどうろう》のシルエットが浮かび上がる様子も、これはこれで趣がある。そんなことを考えながら庭を眺めていたら、時刻によって表情を変えるよう、有名な庭師が計算しているのだと、お手伝いさんは誇らしげに説明した。

「奥さまがいらっしゃるまで、ゆっくりご覧になってください」

お手伝いさんが立ち去った後も、鳴海は物珍しげに庭を眺めていた。つま先立ちになるその後ろ姿は、刑事というより修学旅行の高校生のようだ。

しかも、音楽隊採用――。

今日の事情聴取でもっとも驚かされた情報だった。

「鳴海。おまえ、何年目だ」

鳴海が振り返る。軽く首をひねりながらも、素直に指を折り始めた。

「五年目です」

大卒の新卒で入庁したとしたら、いまは二十六、七歳か。そういえば九年前の演奏会に出たとき、高三だったと話していた。

「なんで五年も現場にいる。音楽隊採用なら、現場はせいぜい二年だろう」

「私も不思議なんですよね。どうして音楽隊に異動にならないのか。しかもよりによって、なんで刑事課なのか。なんででしょう」

逆に質問された。

「そんなこと、おれに訊かれても」

「ですよね。なんでかな。異動願いは出し続けているんですけど」

そのとき、スリッパの足音が近づいて、白髪の上品な老婦人が部屋に入ってきた。彼女が今井和代のようだ。

「お待たせいたしました」

「こちらこそ、お忙しいところすみません」

音喜多は軽く頭を下げた。隣で鳴海も同じ動きをする。

「いいえ。かまいません。警察の方も大変ね。あの男、なにかしたんですか」

今井が鼻に皺を寄せ、いまそこに対象がいるかのように、視線を鋭くした。

「それをいま調べているところです」

「なにをしたのか知りませんけど、なにをしていても驚きません」

ここに来る前に鳴海に電話させたが、事件の詳細までは伝えていない。今井は男を犯罪の加害者と決めつけているようだった。よほど印象が悪かったらしい。

「チケットを二枚購入して、うち一枚を金券ショップに売ったとうかがいましたが」

「ええ。売ったのは私ではなくて、本来、一緒に行くはずだった娘なんですけど。せっかく篁さんがタクトを振るから一緒に聴こうと思ったのに、仕事が入っちゃったからって勝手に処分しちゃって。行けなくなったのなら言ってくれれば、私のお友達で行きたいという人もいたのに」

今井和代は昨晩のコンサートのチケットを二枚購入し、そのうち一枚を娘に渡していた。ところが仕事の都合で行けなくなった娘が、チケットを金券ショップで売ってしまった。その手放されたチケットの座席番号が、三階席五列四十番だった。

お手伝いさんが紅茶を運んできた。

「おかまいなく」と音喜多がおきまりの台詞を口にする隣で、鳴海がティーカップを見て「わあ。ウェッジウッド」と目を輝かせているので、きっと高価なブランド品なのだろう。

音喜多はコンサートで隣席だった男について、今井に訊《たず》ねた。

今井は記憶を辿るように、ときおり虚空を見上げながら話した。

男の年齢は六十過ぎぐらい。胡麻塩頭の固太りした体形で、隣席など関係ないとばかりに大股開きで椅子に浅く腰かけていた。後から到着した今井が自席に向かうために前を通して欲しいと頼んだところ、舌打ちされたという。

「最初から嫌な感じだったんです。そもそも服装からしておかしいと感じました。ああいうところに来る服装ではありません」

スタジアムジャンパーとカーゴパンツという単語は知らないようだったが、「スポーツ選手が来ていそうな、背中にアルファベットのロゴの入ったジャンパー」とか「ダボッとしていてポケットがたくさんついているズボン」という表現は、まさしく殺された男の服装と一致していた。

「あんな男が隣だなんて、最悪です。不潔な印象だし、態度も悪いし、煙草《タバコ》臭かった。楽しみにしていた気持ちがあの男のせいで吹き飛んでしまって、断りもなしにチケットを処分してしまった娘のことを、心の底から恨みました」

「それは気の毒でしたね。せっかくのお楽しみを」

音喜多は調子を合わせたが、「でも」と、今井が笑顔になる。

「幸いなことに、と申しますか、その男はすぐに席を立って、いなくなってしまったんです」

「いなくなった？」

興味深い情報だった。

「はい。昨日のコンサートはベートーベンの五番と篁さんの『再会』をフルで演奏するプログラムで、五番と『再会』の間に十五分ほどの休憩が入っていたのですけど、その男は五番の第一楽章が終わった時点で、席を立って帰ってしまいました」

「コンサート会場を出ていったのですか」

「そこまでは知りませんけど、席には戻ってきませんでした。最初はお手洗いかと思ったのですが、ずっと戻ってこなくて、最後まで空席のままだったので快適にコンサートを堪《たん》能《のう》できました」

「第五番の第一楽章が終わった時点で、ですか」

ティーカップの紅茶を啜《すす》っていた鳴海が、口を開く。

「ええ。そうです」

今井が頷き、鳴海がこちらを向いた。

「第五番の第一楽章は七分五十秒ぐらいしかありません。彼は最初から演奏を聴く気がなかったのでは」

なるほど、と音喜多は思ったが、なぜか今井が異議を唱える。

「そうではないと思います」

今井が言うには、あまりのマナーの悪さに自分が睨みつけたので、恐れをなした男が出ていった。男を追い出したのは自分だと思い込んでいるようだった。

「そのときの様子を、詳しく聞かせていただけますか」

さすがにそんなわけがないと思いつつ、音喜多は訊いた。

「第一楽章が終わったときに、あの男がぶつぶつ独り言を言っていたんです。だから私が睨んだら、向こうも睨み返してきました。そして、なんか文句あるのか、ってすごまれて、すごく怖かったけど、目を逸《そ》らさずに頑張っていたら男が席を立って、出ていってしまいました」

「独り言の内容を覚えていらっしゃいますか」

もしかしたら聞き違いかもしれないのだけど、と前置きし、今井は探るような口調で告げた。

「出世したもんやな……そう言ったように聞こえました」

音喜多が眉根《まゆね》を寄せ、今井が前言撤回するように手をひらひらとさせる。

「そう聞こえただけで、本当にそう言ったのか、自信はないのですが。もしかしたら聞き間違いかもしれません」

もちろん聞き間違いの可能性もある。

だがもしも、本当にそう言っていたのなら、殺された男はオーケストラ関係者の知人ということになる。

3

今井邸を辞去した後は、今井和代の娘がチケットを売却したという金券ショップを訪ねた。渋谷センター街の細い路地を入ったところにある、猫の額ほどしかない狭い店だ。

眼鏡《めがね》をかけてパーカーを着た青白い顔の男性店員は、いまの時間、一人で店を任されているらしかった。昨夜のコンサートのチケットを購入した客についての記憶はないが、レジには販売記録が残っているという。防犯カメラ映像もハードディスクに過去一か月分が記録されるため、目当ての人物が捉えられている可能性が高い。

ぜひ録画映像を見せて欲しいと頼んだところ、店員は本社に電話をかけて了解を取ってくれた。カウンターの奥の事務所に通される。

店舗同様、事務所も狭かった。デスクの椅子を引くと背後の壁にぶつかるので、隙間に身を入れるようにして椅子に座った。デスク上にはパソコンと防犯カメラのモニターが、少しでも角度をずらせば落下しそうなバランスで設置されている。

これが再生でこれが一時停止、これが巻き戻しでこれが早送りですと、リモコンの操作方法を説明し、「なにかあったら声をかけてください」と店員は事務所を出ていった。

三日前の午後三時過ぎの映像を呼び出す。

「これじゃないですか」

鳴海が横からモニターを指差した。

音喜多は返事をせずに、モニターをじっと見つめる。

画面には足しか映っていない。店の前で看板でも見上げているのか、黒いスニーカーが画面上方に捉えられていた。

「間違いありません。殺された男です。これ、これ、これ、ここ」

しつこく同じ場所を指差す鳴海をたしなめるように、軽く手を振る。

「待て。まだ早い」

「ぜったいそうですってば。この靴」

その瞬間、黒いスニーカーが店舗のほうに近づいてきて、全身が顕《あらわ》になった。

胡麻塩頭、スタジアムジャンパーにカーゴパンツ。間違いない。

「ほら」と鳴海が得意げな横目を向けてきた。

こいつ、靴を見ただけで人物を特定した。偶然か？

とにかく、映像の男は事件の被害者と同一人物とみて間違いなさそうだ。

「ホトケさんは三日前にこの店でチケットを購入し、昨日のコンサートを聴きに行った。だが開始十分も経《た》たないうちに席を立ち、戻ってこなかった。その数時間後、世田谷区深沢の公園で殺害された」

三日前の午後三時過ぎにこの店、昨晩のコンサート会場、そしてその晩遅くの世田谷区の小さな公園。男の足取りが断片的に浮かび上がってくる。

「待って。少し戻って。さっきのところ」

鳴海に肩を叩かれ、音喜多は反射的にリモコンの一時停止ボタンを押した。

なんでタメ口なんだよ。内心で反発しつつ、指示通りに映像を戻した。

「やっぱり」

再生された映像を見ながら、鳴海がなにかを確信した様子で唇を引き結ぶ。

「どうした」

「ウエストポーチです。スタジアムジャンパーに隠れて見えにくいですが、被害者はウエストポーチをしています」

あらためて同じ箇所を再生してみた。

男がカーゴパンツを両手でずり上げる瞬間が捉えられていた。その瞬間、スタジアムジャンパーの裾も一緒に持ち上がり、インナーが覗《のぞ》く。その腰には、カーゴパンツのベルトとは別に、たしかにベルトのようなものが巻かれている。

「ウエストポーチなのか」

「よく見てください。次の瞬間、被害者が横を向きます」

鳴海の言った通り、男がくるりと横を向く。

「横を向いたときの腰からお尻の部分にかけて、不自然に膨らんでいます」

言われてみればそうだ。殺された男は、ウエストポーチをしていた。

「ホシが持ち去ったか」

遺留品にウエストポーチはない。そもそも身分証どころか、現金も携帯電話も所持していなかった。捜査会議では捜査妨害の目的で犯人が持ち去った可能性も指摘されていたが、その通りだったらしい。

そのとき、先ほどの店員が事務所に入ってきた。眼鏡をはずし、暖房のせいで暑いのか、さっきは着ていたパーカーを脱いでいる。

その姿をじっと見つめた鳴海は、思いがけない言葉を吐いた。

「お邪魔しています。警察の者です」

「は？」と店員が目を見開く。

はっとした様子で、鳴海が自分の口を手で覆う。

「さっき、お会いしましたよね。声聞いてわかった」

いや、声聞かないとわからないのかよ。なんで靴だけ見て人物を特定できる人間が、相手が眼鏡を外しただけで人違いするんだ。

戸惑う店員に、音喜多は言った。

「この録画映像、ＤＶＤかなにかに焼いていただくことは可能ですか」

「ぜんぜんできますけど」

店員がモニターを覗き込んでくる。

「ああ。このお客さんか」

一時停止になった映像を見て、記憶が蘇《よみがえ》ったようだった。

「覚えていらっしゃいますか」

頷きが返ってきた。

「渋谷の金券ショップを三軒だか四軒だかまわったとかで、ようやくチケットを見つけたと喜んでいました」

「ほかにはなにか言っていませんでしたか」

店員が軽く首をひねる。

「なんか、そのコンサートの指揮者か誰かが知り合いだとか、昔世話してやったとか、自慢げに話していました。たぶん嘘だと思って適当に流しましたけど」

「指揮者というのは、篁奏ですか」

その質問をしたのは鳴海だった。

「興味ないんでよくわからないけど、たしかそんな名前でした。たけかんむりに皇帝の皇、みたいな字の。あ、でも嘘だと思いますよ。有名人と知り合いとか、ましてやクラシックの指揮者とか、そんな感じじゃぜんぜんなかったし」

店員はそう言うが、無視できない情報だ。今井和代が聞いたという「出世したもんやな」という台詞もある。

「ちなみにこのお客さん、話し方に訛りはありませんでしたか」

音喜多の問いに、店員は小刻みに頷いた。

「関西訛りでした。うちの店に来るまでもだいぶ迷ったと言っていたから、東京に土地勘のない人だと思いました」

その後、胡麻塩頭の客が映っている部分だけをＤＶＤに焼いてもらい、店を出た。

センター街は、夜行性の若者や会社帰りの解放感にあふれたサラリーマンで混雑している。前からやってくる人波を避けながら、二人は渋谷駅に向かって歩いた。そろそろ捜査会議の始まる時間だ。情報収集に出ていた多くの捜査員たちも、捜査本部に引き返し始めているだろう。

「篁奏……か」

音喜多は歩きながら、スマートフォンでその名前を検索した。

目鼻立ちの整った、濃い顔の男だった。インターネット情報によれば、年齢は四十五歳というから、音喜多より十歳年上ということになる。十歳年上の先輩警察官の顔を何人か思い浮かべてみたが、とても同年代には見えないほど、篁は若々しかった。スリムでスタイルも良いし、見た目には気を遣っているのだろう。これはおばさま連中のアイドルになる。容姿だけ見ても、その人気のほどがうかがえた。

アメリカ・ロサンゼルス出身、フィンランドのシベリウス音楽院で音楽修士号を取得し、演奏や作曲活動を行っていたが、五年前に来日。映画やテレビの音楽を担当しながら三年前に動画投稿サイトに投稿した交響曲『再会』が、まるでベートーベンの未完の交響曲第十番だと話題になり、一躍時代の寵児《ちょうじ》となる。ピアニストから作曲家に路線変更したというキャリアもベートーベンと共通しているため、ベートーベンの再来と囁《ささや》かれる。

インターネットに掲載されていた、篁の略歴だ。どれほどすごいのかわからないが、なんとなく華麗な経歴のように思える。

スクランブル交差点を斜めに渡り、ハチ公前広場に向かう。

交差点を渡りきったところで、はっとして振り返った。

すぐ後ろを歩いていた鳴海の両肩が跳ね上がる。

「ななな、なんですか」

「なんでもない」

スマートフォンに夢中になるあまり、後ろを気にしていなかった。またフラフラと誰かについていってしまったのではないかと思ったが、大丈夫だったようだ。

「それより、おまえのほうはどうなんだ」

顎《あご》をしゃくると、聞こえないという感じで怪訝そうに眉をひそめられた。

「馬鹿か、おまえは。外せ」

音喜多が自分の耳を指差し、ようやくイヤホンをしていたのに思い至ったようだった。

鳴海が左耳のイヤホンを外しながら「なんですか」と訊ねる。

「どうだ、篁の曲は」

鳴海は篁が作曲したという交響曲『再会』を聴いていた。サブスクリプションサービスで検索してみたら、入っていたらしい。

「まだ第一楽章なので、なんとも言えませんけど、ベートーベンが好きなのは間違いないと思います。ベートーベンが遺した九つの交響曲からピックアップしたモチーフを効果的に使用していて、集大成的な感じに仕上がっているというか……ただ」

「ただ、なんだ」

「上手《うま》くまとまっているけど、それ以上でも以下でもない、という印象です。あくまでベートーベンマニアが作ったベートーベンらしい曲で、ベートーベンの作った第十番といわれると、ちょっと違うような」

鳴海の評価が的確なのか、クラシック音楽に不案内な音喜多にはわからない。

「どうして亡くなったおじさんは、篁のコンサートに行ったんでしょうか」

「それをこれから調べるんじゃないか」

それにしても、亡くなったおじさんって。

いまをときめく人気作曲家と被害者の間に、どんなつながりがあったのだろうか。

今井和代と金券ショップ店員の証言を併せれば、被害者の発した「出世したもんやな」という台詞は、篁に向けられたものだと解釈できる。捜査会議でどんな報告が上がってくるかにもよるが、一度篁奏に会ってみるべきかもしれない。

篁がコンサートを行った会場の支配人なら、連絡先がわかるはずだ。

明日にでも、東京ユニバーサルホールの三木に連絡してみるか。

4

短髪でがっしりとした体格のスーツの男が男性用トイレに入っていくのを見つけ、音喜多は小走りで追いかけた。

小便器に向かっていた男が軽く顔をひねってこちらを見る。

「おう、音喜多。漏れそうなのか」

「違います。川西《かわにし》さんに話があります」

川西和喜《かずき》とは以前、江戸川《えどがわ》署で一緒だった。いまは玉堤署刑事課に所属しており、鳴海とは同じ課の同僚という関係だ。音喜多とは今回の『深沢一丁目公園男性殺人事件』捜査本部が、数年ぶりの再会だった。

「なんだ。便所まで追っかけてくるほど急ぎの用か」

「鳴海のことです。鳴海桜子」

捜査会議が終わった後、鳴海と別れた。その直後から、音喜多はかつての同僚刑事が一人になる機会をうかがっていた。

「女と組まされて不満か」

川西が薄い眉を歪《ゆが》めた。細い目は表情が乏しく、なにを企《たくら》んでいるのかわからない独特の威圧感がある。

「違います。単純に、彼女の刑事としての資質に疑問を抱いています」

「ほおっ。さすが一課さまは違うな。所轄の刑事の資質にまで口出しする気か」

川西がジッパーを上げ、小便器から離れる。洗面台に向かい、手を洗い始めた。

「川西さんはどう思っているんですか、鳴海について」

「おれがどう思ってるのか、知ってどうする」

ぐっ、と言葉が喉に詰まった。

「彼女は音楽隊採用だそうじゃないですか」

「らしいな」

「らしいな……って」

きゅっ、と蛇口を閉める音が、煤《すす》けた壁に反響した。

そのとき、トイレに別の捜査員が入ってきた。

川西が顎をしゃくる。外で話をしようということらしい。

廊下に出て、川西の隣に並んで歩き始めた。

「音大出で音楽隊採用。本人も音楽隊への異動を希望している。だがいまは刑事課だ。なにか問題があるか」

「いや」といったんは躊躇《ちゅうちょ》したものの、わだかまる思いを吐き出した。

「どうして音楽隊採用が刑事課にいるんですか」

しかも本人は音楽隊への異動を希望し続けている。

「んなもん、おれが知るわけない。課長が引っ張ってきたんだから」

「刑事課長が、ですか」

「そりゃそうだろ。おれみたいなペーペーが人事に口出しできるか」

「ペーペー」などと自虐的なことを言っているが、野心さえあればもっと出世できたはずの男だ。周囲から一目《いちもく》も二目も置かれている。

「彼女にたいする、同僚からの評判はどうなんですか」

「だから、そんなの知ってどうする。他人の評判を聞いて、おまえ自身の鳴海にたいする評価が変わるのか」

そういうわけではないが。

なぜ音楽隊採用が刑事なんだ。なぜおれと組ませる。

なぜおれに、お荷物を押しつける――。

ふいに川西が顎をしゃくった。

「音喜多。コーヒーおごってくれ」

数メートル先に自動販売機コーナーがあった。

「いいですよ」

「すまんな。禁煙してから口寂しくて」

だからといって後輩にねだる理由にはならないが、この人は昔からこうだ。

投入口に硬貨を入れ、川西にボタンを押させた。川西が選んだのは微糖の缶コーヒーだった。とくに飲みたくなかったが、音喜多もブラックの缶コーヒーを購入する。

川西はプルタブを倒し、身体を反らせながらコーヒーを飲んだ。

「で、鳴海と組むのが嫌だってのか」

「そうではなくて」

「ならなんだ」

しばらく躊躇したが、思い切って告げた。

「不満です。どうしておれが、あいつと組まされるのか」

「やっぱり嫌なんじゃないか」

あきれたように笑われた。

「なにを期待してた。おれに相談したら、同情してもらえると思ったか。鳴海には普段から手を焼いている。おまえの気持ちはわかる。そんな言葉を期待したか」

はっきり言ってそうだった。川西は男尊女卑的な考えの持ち主だ。鳴海の愛嬌《あいきょう》に籠絡《ろうらく》されることもなく、実力をシビアに見極めるだろうと想像できた。だからおそらく、鳴海をよく思っていないだろうと踏んでいた。

「正直、おれも最初はあいつをよく思っていなかった」

川西が鼻に皺を寄せる。

「あいつ、あんな感じだろう。おまけに音楽隊志望の腰かけっていうのも聞いてたし、課長があいつを引っ張ってきたときには、下心でもあるんじゃないかと疑った。てめえの愛人にでもするつもりじゃないかってな」

「違ったんですか」

音喜多もそう思っていた。川西は違うが、ほとんどの中年男は若い女に弱いし、甘い。

川西が皮肉っぽく笑う。

「やっぱりそう思ってたか。まあ、無理もないわな。あれが職質のスペシャリストだなんて、とても信じられない」

「職質のスペシャリスト？」

「やたらと自転車泥棒をとっ捕まえる地域課員の噂《うわさ》は聞いていたんだが、まさかあいつがそうだとは」

いまでも信じられないという感じでかぶりを振り、川西が続ける。

「自転車ドロだけじゃなくて、一度なんか、シャブを隠し持ってたやつをパクったそうだ。しかも相手は自転車に乗っていたわけでもなかったっていうから、自転車ドロを疑ったわけでもないんだよな。そのときは同じ交番勤務の同僚も一緒だったが、同僚のほうはまったく不審を抱かなかったらしい。不思議だよな。犬みたいに鼻が利くのかもしれない」

くんくんと鼻を動かし、川西が笑う。

川西の話を聞く限りでは、鳴海は実力を評価されて刑事課に引き抜かれたようだ。そして当初は懐疑的だった川西も、いまでは鳴海の実力を認めている。

「あいつ、すごいんだぜ」ふいに川西が肩を揺すった。「絶対音感があるんだ」

「絶対音感」

「音を聴いただけで、その音の高さがわかってしまう能力だ。こうやっておれらが話している声もドレミファソラシドで聞こえるっていうんだから、厄介といえば厄介だな」

「すごいですね」

けどそんな能力、刑事に必要ない。

後輩の女刑事の能力を誇るような口ぶりに、音喜多はやや鼻白んでいた。川西も年齢を重ねて丸くなってしまったのかもしれない。

「とにかく、おまえにも不満はあるかもしれないが、あいつだって本当は音楽隊に行きたいのに、刑事課で踏ん張ってるんだ。多少すっとぼけたとこはあるが、能力が低いわけでもない。上手いことサポートしてやってくれないか。おまえとなら、案外良いバランスになると思うんだ」

おれが、サポート？　なんで本庁捜一が、所轄の刑事を。

さすがにかちんときたが、先輩相手に文句は言えない。

川西はぽんぽんと音喜多の肩を叩いた。ぐいっと缶をあおって飲み干し、ゴミ箱に捨てる。

からん、とゴミ箱の中で缶同士がぶつかる音がした。

5

渋谷駅明治通り方面改札口を出てしばらく歩き、ふと背後を振り返った。

鳴海が驚いたように目を瞠《みは》る。

「なんですか」

「なんでもない」

不機嫌に吐き捨て、音喜多は正面を向いて歩き出した。

こいつが職質のスペシャリストだと？

川西と話した後で、鳴海の言動を振り返ってみた。象徴的なのは、金券ショップの防犯カメラ映像を見たときだった。鳴海は画面にスニーカーの足が映り込んだだけで、それが被害者だと指摘したし、被害者のウエストポーチにもいち早く気づいた。それなりに洞察力はすぐれているようだ。自転車泥棒や覚醒剤所持者を検挙したときにも、その洞察力を犯罪者特有の不審な挙動に向けたのかもしれない。

だがまだ認める気にはならなかった。刑事を目指す連中を押しのけて、音楽隊志望を抜《ばっ》擢《てき》する意味も価値も見出《みいだ》せない。

「なんだかお腹空《なかす》きませんか」

背後からぐずる子供のような声がすがってくる。

「まだ早い。朝飯食ってないのか」

もうすぐ午前十一時。通勤ラッシュが落ち着いた時間帯だった。昨日は人がごった返して前に進むのも大変だったハチ公前広場も、人混みには少し余裕がある。

「食べたんですけど、パンってご飯に比べて腹持ちが悪いんです」

「わかってるならなんで白飯を食わない」

「無性にドーナツが食べたいときって、あるじゃないですか」

音喜多は立ち止まり、顎をしゃくった。

「前を歩け」

「どうして」

二の腕をつかんで強引に押し出し、前を歩かせた。

東京ユニバーサルホールに到着し、エスカレーターで二階に向かう。

三木は昨日と同じように姿勢よく二人を待っていた。だが昨日と違い、口もとにかすかな笑みを湛《たた》えている。瞳を輝かせながら鳴海の歌を絶賛する様子を思い出し、音喜多はかすかに顔をしかめた。

応接室に入り、昨日と同じ革張りのソファに向き合って座る。

「亡くなった方の身元はわかりましたか」

三木の質問に、音喜多はかぶりを振った。

「いえ。残念ながら。しかしあの後、今井和代さんのお宅にうかがって話を聞くことができました。娘さんを同行するはずが、娘さんがお仕事の関係で行けなくなったため、金券ショップでチケットを売ったとおっしゃっていました」

「イベントにかかわる人間としては、あまりそういう行為は歓迎できないのですが」

三木が苦笑する。

「亡くなった男性は、その金券ショップでチケットを購入されたようです」

音喜多は「あれを」と鳴海に合図《あいず》した。

鳴海が大きなバッグを開き、中からクリアファイルを取り出す。クリアファイルの中は、写真だった。金券ショップの防犯カメラ映像から、男の顔がもっともよくわかる瞬間をプリントアウトしたものだ。写真は配布できるように何枚もコピーしている。そのうち一枚を差し出した。

三木が写真を手に取り、しげしげと眺める。

そのとき、扉がノックされた。

スーツを着た若い女性が入室してくる。女性は盆に紙コップを三つ載せていた。昨日はお茶など出なかったのに、これも鳴海効果だろうか。

「コーヒーで大丈夫でしたか」

三木に確認され、「いや。おかまいなく」と音喜多は軽く手を上げた。その隣で、「ミルク入ってないと飲めないんですけど」と鳴海が注文をつける。

「ポーションのコーヒーフレッシュしかありませんが、よろしいですか」

若い女性に困惑顔で確認され、鳴海はやや不服そうに肩をすくめた。

「コーヒーフレッシュでも飲めないことはないです」

音喜多が鳴海を横目で睨んだそのとき、若い女性が「あれ……?」と声を出した。紙コップを置くときに、三木の手にした被害者の写真が目に入ったらしい。

「アダチさん、知ってるの?」

三木が顔を上げる。

「知ってるというか、この人、一昨日のコンサートでバックステージにいました」

「本当ですか」

音喜多が軽く腰を浮かせると、みしっと革の軋《きし》む音がした。

「楽屋の前の廊下を歩いていたので、一般の方が紛《まぎ》れ込《こ》んでしまったのかと思って、声をかけました。そしたら、ゲストパスを見せられて」

「パスを持っていたの？」

三木が目を丸くし、アダチが頷いた。

「おれは篁奏から招かれた客だぞ……と」

「篁さんから？」

よほど意外だったのか、三木の声は裏返っていた。

「ですから慌てて謝ったんです」

「おかしいですね」と鳴海が即座に指摘する。

「篁さんがゲストパスを出して、バックステージに出入りできるように手配している相手なのに、チケットは金券ショップで購入している」

「鳴海さんのおっしゃる通り、ゲストパスを出すほどの相手なら、あらかじめ招待券を渡しているはずです」

三木も同じところに引っかかったようだ。

被害者は金券ショップでチケットを購入していた。しかしコンサート当日にはゲストパスを発行され、バックステージに入ることを許されている。だがコンサート自体は開始十分足らずで席を立ち、半日後に遺体となって発見された。被害者は行く先々で自分が篁奏の知人であると吹聴《ふいちょう》していた。隣席の今井和代が聞いたという「出世したもんやな」という台詞も、篁奏に向けられたものだという推測が成り立つ。

被害者は篁奏の古くからの知人と考えるのが妥当だろう。なのに招待されていなかったのは、招かれざる客だったからか。篁は金券ショップでチケットを購入してまで押しかけた被害者を断り切れず、ゲストパスを与えてバックステージにまで招いている。つまり、なにかしらの弱みを握られている？

篁が殺した？

「実は我々の捜査でも、この写真の男性が、篁さんと知り合いだと話していたとわかっています。ですから一度、篁さんにお会いして、お話をうかがいたいと考えています」

「篁さんが事件に関係しているのですか」

三木が顔面蒼白になる。

「そうと決まったわけではありません。ただ、この男性についてなにかご存じかもしれません。念のためにお話をうかがうだけです。篁さんにお会いしたいのですが、連絡を取っていただくことは可能でしょうか」

「は、はい。連絡先はわかっていますので、こちらから連絡してみます」

「お願いします」

音喜多が頭を下げ、三木が席を立つ。驚きのあまり、心ここにあらずといった状態だったのだろう。テキパキと仕事をこなすキャリアウーマン然とした彼女が、絨毯《じゅうたん》に足を取られてつまずいた。

6

「お腹空きませんか」

振り返る鳴海に、音喜多はむすっとしながら顎をしゃくる。

「飯なんか食ってたら、待ち合わせ時刻に間に合わない」

「でもまだ待ち合わせまで三十分あります」

「駅から少し距離があるみたいだし、食べてる余裕なんかない」

三木から篁に連絡してもらったところ、面会してもかまわないという返事があった。マネージャーや事務所を通すのかと思っていたが、篁は個人事務所を持っているのだという。

二子玉川《ふたこたまがわ》のカフェに午後二時という約束になっていた。いまは午後一時半だ。

「牛丼ならすぐに出てくるし、食べてからでも間に合うんじゃないですか」

二人は牛丼チェーン店の前を通りかかっていた。

音喜多は足を止め、考える。

篁に指定されたカフェをスマートフォンでルート検索したところ、駅から徒歩七分という結果だった。だが土地勘のある場所ではない。検索結果通り七分と考えるのは危険だ。

プラス五分は見積もっておくべきだろう。ということは駅から徒歩十三分。残り十七分で注文し、食べ終えて、店を出ることができるか。

「いや。無理だ」

音喜多とて腹は減っているが、食事をしたせいで待ち合わせに遅れるなど言語道断だ。

「どうしてですか。すぐ出てきますよ」

「そんなの、入ってみないとわからない」

思いのほか混んでいて順番待ちになるかもしれないし、アルバイト店員が新人でオペレーションに不慣れかもしれない。

「えー」と不服そうな鳴海に「行け」と声を低くする。

「倒れそう」

「倒れねえよ。大げさな」

「音喜多さんって、意外と神経質で心配性ですよね」

「うるさい。さっさと行け」

多摩川《たまがわ》に沿って走る多摩堤通りを、田園調布《でんえんちょうふ》方面へと歩く。駅前は百貨店や複合商業施設が密集してかなり賑やかだが、ここまで来ると緑豊かな住宅街だ。もっとも、多摩堤通りの車両の往来はかなり多い。歩道は埃《ほこり》っぽく、排気ガスの臭いが漂っている。

目的のカフェは、その多摩堤通り沿いにあった。ウッドデッキのオープンテラスになっていて、奥にログハウスふうの店舗がある。

こんな埃っぽい道路沿いで飲食をするのか。

音喜多が抱いた感想とは対照的に、鳴海は「かわいい」と無邪気に歓声を上げている。

おれはやっぱり神経質なのか。そんなことを考えながら建物に近づくと、ガラス張りの店内に篁を発見した。光沢素材の水色のシャツを着て、手にマグカップを持っている。

「いたぞ」

「どこですか」

「ほら、あれ」

「どれどれ」

ガラスを挟んで数メートル先というところまで近づいても、鳴海はまだきょろきょろとしている。職質のスペシャリストの片鱗《へんりん》すらうかがえない。

篁がこちらに気づいたらしく、軽く顎を引いた。

「もしかしてあの人ですか」

「もしかして、じゃねえよ。どう見てもそうだろうが」

音喜多の小声の叱責《しっせき》を意に介す様子もなく、鳴海が扉を開く。

テーブルが店内に四卓、オープンテラスに一卓という小さな店だ。カウンターキッチンの奥にお揃いのシャツを着た四十代ぐらいの男女がいる。雰囲気が似ているので夫婦だろう。女性のほうが接客を担当しているようで、「いらっしゃいませ」と愛想良く笑いながら歩み寄ってきた。

「待ち合わせです」

案内を断り、奥へと進む。

篁は立ち上がって待っていた。

画面越しだと大きく見えるが、実際に会うとそれほどでもない。音喜多より一〇センチほど背が低いようなので、せいぜい一七〇センチか。顔が小さく手足が長いため、実際より大きく見えるのかもしれない。あるいはカリスマ性というやつだろうか。およそ普通の四十代が身につけないような派手なシャツのせいかもしれないが、外で見かけたときから、独特のオーラを放っていた。

「篁さんですね。お忙しいところすみません」

「いえ。コンサートも終わって、数日は完全にオフでしたから。自宅でのんびりしていたところです」

「ご自宅はこの近所で？」

「駅からすぐのところにタワーマンションがあったでしょう？　あそこです」

「あのタワマンか。すご」と鳴海が素直な感想を漏らす。

あまりに率直な反応にやや面食らったようだが、篁はすぐに表情から動揺を消し去った。

音喜多と鳴海はそれぞれ自己紹介をしてから、篁の対面の椅子を引いた。

「このお店には、よく？」

音喜多は店内を見回した。意外なことに、壁には古いロックバンドのポスターがたくさん貼ってある。薄く流れるBGMも、レッドツェッペリンだった。

「たまに来ます。川のすぐそばなので、落ち着けるんです」

「すみませーん」

鳴海が手を上げて店員を呼んだ。カウンターの中から女性の店員が歩み出てくる。

「キーマカレーセット。ドリンクはオレンジジュースで」

「おい」

事情聴取で食事するのかよ、と注意するつもりだったのに、「ごめんなさい。音喜多さんはまだ決まってませんでしたか」と謝られた。

そこじゃないんだけどな、と思いながら「コーヒーを」と答える。

「篁さんは、なにか飲まれますか」

鳴海に訊かれ、篁は一瞬、怪訝そうに眉をひそめた。

「なにか、飲まれますか」

音喜多が言い直すと、顔を左右に振る。

「いいえ。まだ残っていますので。ありがとうございます」

篁が持ち上げたグラスの中で、透明な液体が発泡している。炭酸水のようだ。

それにしても低くてよく通る、良い声だ。彫りの深い整った顔立ちとスタイルの良さも相まって、これは人気が出るだろうなと、あらためて納得した。

「それで、私に訊きたいことというのは？」

篁がテーブルの上で両手を重ねる。

「鳴海」と音喜多が促し、鳴海がバッグから被害者の写真を取り出す。

「これは……」

なんですか、という感じに、篁が写真と音喜多を交互に見る。

「こちらの男性に見覚えはありませんか」

「いいえ」即答だった。「この方が、どうしたのですか」

ちらりとカウンターのほうを見て、店員の意識がこちらに向いていないのを確認する。

それから声を落とした。

「亡くなりました。我々は他殺とみています」

「そうなんですか」

篁が大きく目を見開く。

「実はこの男性は、一昨日のコンサート会場を訪れていたようなのです」

「コンサートというのは、私の、ですか」

そう言って胸に手をあてる。

「そうです」

音喜多は篁の挙動をじっくり観察した。男を知らないと言ったときも、男が死んだと聞かされたときの驚きの表情も、とても嘘には見えない。

「それはお気の毒に。私のコンサートに来てくれていたというのは関係なく、亡くなられたことについては、本当にお気の毒だと思います。それで、私になにを？」

そのとき、店員が注文の品を運んできた。

音喜多の前にはコーヒーを、鳴海の前にはキーマカレーとサラダ、オレンジジュースを並べる。

「美味《おい》しそう」

揉《も》み手《で》する鳴海を横目で睨み、音喜多は話を続けた。

「この男性の身元がわからずに困っています。それでいま、いろいろと調べているのですが、この男性がどうやら、あなたと知り合いだと周囲に話していたことがわかりました」

「私とですか」

篁の声は笑いを含んでいた。

だが音喜多は笑わない。

いちおう、という感じに、篁が身を乗り出し、写真を凝視する。

「やはり知らない顔です。お力になれず、申し訳ありません」

「そうですか」

「とくに最近は、私の知り合いを自称する方が少なくありませんから」

ややうんざりしたような口調だった。

「しかしたんなる自称ではないと、我々が考える理由があります」

「どういうことですか」

篁のぱっちりとした二重《ふたえ》の眼が、怪訝そうに細められる。

「この男性は、一昨日のコンサートのとき、バックステージに入り込んでいたようなのです」

「本当に、この写真の男性だったのですか」

疑わしげな口調だった。

「男性を目撃した関係者によれば、間違いないそうです。しかも男性は、あなたの計らいでゲストパスを発行してもらったと話していたとか。当日のコンサート運営にかかわっていたスタッフによれば、たしかにあなたからゲストパスを一枚要求され、発行したという話でした。通常ならばゲストパスを発行する際には本人に住所氏名等を記載してもらい身元確認を行うところが、あなたからの直々《じきじき》の要求だったので手続きを省略したと」

篁が、ああ、という顔をした。

「たしかに当日、急遽《きゅうきょ》ゲストパスを一枚、発行してもらいました。しかしこの男性のためではありません」

そこで篁が言いにくそうに顔をしかめる。

「お恥ずかしい話なのであまり言いたくはないのですが、入り待ちをしていた中にとても麗しい女性を見つけたので、ゲストパスを発行してあげたのです」

「その女性のお名前を、教えていただけますか」

記憶を辿るような沈黙の後、篁が口を開いた。

「ヤヨイ……そんな名前だったと記憶しています」

「ヤヨイ。苗字は」

呑気《のんき》にキーマカレーをパクつく鳴海を肘で小突き、メモをとらせようとする。だが意図が伝わらなかったようで、「なんですか。危うくカレーをこぼすところだったんですけど」と抗議され、自分の手帳を開いた。なんなんだこいつ。

「キタダ。たしかそんな名前だったと」

「キタダ、ヤヨイさん」

「そうです」

「連絡先は」

「わかりません」

「楽屋に招いたのに、女性の連絡先も訊かなかったのですか」

「女性もいる席で、こういうことを言いたくはないのですが――」

ちらりと鳴海を一瞥《いちべつ》し、篁は続ける。

「私は、女性との継続的な関係を望んでいません」

奇妙な沈黙が落ちる。

それを破ったのは、こともあろうに鳴海だった。

「楽屋でセックスしたということですか」

「こら！」

思わず周囲を見回す。大丈夫。たぶん聞かれていない。

「だって、そういうことじゃないんですか。楽屋に連れ込んで連絡先も訊いていないということは、楽屋でセッ――」

「やめろ」

手で口を塞ごうとしたら、鳴海に大きく避けられた。

「音喜多さんこそやめてください。カレーがこぼれます」

鳴海は右手にカレーをすくったスプーンを持っている。

すると、篁が口もとに手をあてて笑った。

「おもしろい方ですね」

「大変申し訳ないです。後でよく言って聞かせますので」

音喜多は平謝りしたが、当の鳴海にはまったく悪びれる様子がない。

「いえ。世間的なモラルを逸脱しているのは、私のほうです」

篁は鷹揚《おうよう》に手を振って続けた。

「とにかく、私がゲストパスを発行したのはキタダヤヨイさんのためです。この写真の男性は知りません。本当にこの男性が、バックステージに入り込んでいたのでしょうか」

「目撃したスタッフの方は、そう言っています」

「こんな男性がバックステージにいたら目立つし、記憶に残るでしょうね。服装や容姿で決めつけるのはよくないかもしれませんが、クラシックコンサートよりは競馬場にいそうな雰囲気です。スタッフさんの見間違いでもないでしょう」

篁がテーブルの上の写真を見つめ、腕組みをする。

「ちなみに、これは皆さんにうかがっているのですが、一昨日の夜は、どこでなにをなさっていましたか」

「ご存じの通り、コンサートでした」

「その後ですよ。午前零時から午前二時の間」

そう口にしたのは、鳴海だった。

篁がかすかに眉根を寄せる。

「その時間なら、普通は自宅で過ごすのでは？」

「ご自宅にいらっしゃったのですね」

「はい」

「ご同居の家族や――」

「いません」と篁が鳴海に声をかぶせた。

「私は天涯孤独の身で家族がいません。作りたいとも思いません。他人とお酒を飲むより、一人で本を読んだり、音楽を聴いたりするのを好むので、誰かを自宅に招いたりすることもありません」

「それなのに楽屋に女性を連れ込んでやることはやるんだ」

「こら。鳴海」

音喜多は鳴海を睨みつけた。

「だって、おかしくないですか」

「少し黙ってろ」

なぜ叱られたのか納得できないという感じで、鳴海がむすっと口角を下げる。

「すみません」

「いえ。かまいません。女性によっては、私の対人関係に嫌悪感を抱く方もいるでしょう。一人の時間を誰かに邪魔されるのが嫌なくせに、ときどき無性にぬくもりを求めてしまう。

非常に厄介な性格だと、自分でも思います。とにかくそういう理由で、私のアリバイは成立しません」

「帰宅してからは、一歩も外に出ていないのですね」

「はい」

裏取りが必要になってくるかもしれないと思いつつ、手帳にペンを走らせた。

「ちなみにですが、篁奏という名前は本名ですか」

「答えなければいけませんか」

「強制ではありません」

「ならば答えたくありません」

本名ではないらしい。

「左耳、聞こえないんですか」

鳴海が口を挟んできた。

「左耳？」

音喜多は訊き返した。唐突になにを言い出すんだ。

「ええ。左耳、もしかして聞こえないのかと思って」

「おまえ、いきなり失礼──」

「聞こえません」

音喜多は弾かれたように篁の顔を見る。

「私は左耳の聴力を失っています。右耳は無事なので、日常生活に支障を来《きた》すことはないのですが、よく気づかれましたね」

篁が興味深そうに鳴海を見た。

「私がなにか飲みますかと訊いたとき、聞こえていなかったようだし、相手の話に耳をかたむけるとき、よくこちらに顔を向けているので」

四人がけのテーブルでは音喜多と篁が正対し、鳴海のいる席は、篁から見て左斜め前に位置していた。左耳が聞こえないので、鳴海から急に話しかけられても聞き取れなかったらしい。

スプーンでカレーをすくって口に運ぶ横顔を、音喜多は信じられない思いで見つめた。

「鳴海」

音喜多がそう口にしたのは、カフェを出て駅のほうにしばらく進んだ歩道だった。先を歩いていた鳴海が振り返る。

「おまえ、どう思った」

「なにがですか」

「篁の証言だよ。写真の男は知らない。事件のあった時刻は自宅にいた。ゲストパスはキタダヤヨイという女性にたいして発行したもので、被害者男性を招き入れたわけではない。本当のことを言っていると思うか」

「私にわかるわけないじゃないですか」

へらへらと笑われ、全身が脱力した。

「でも」と鳴海が唇に人差し指をあてる。

「写真の男を知らないというときの篁の声は、少し変でした」

「変？」どう変なんだ。

「ふだんはローCとローCシャープの間ぐらいの低くてとても聞きやすくて安心感のある良い声なんですけど、写真の男を知らないというときだけ、倍音成分が強調されてやや金属的な響きになりました」

「つまり、どういうことだ」

次第に焦《じ》れてきた。

「もし私が警ら中の地域課員なら、あの声で話すときの篁には声をかけてみるかな」

職務質問をする――ということか。

「そんなことより小腹空きません？　カフェめしってどうしてあんなに量が少ないんだろう」

鳴海はその後もなにやら呟いていたが、車道を追い抜いていく大型トラックの排気音にかき消された。

愕然《がくぜん》とする音喜多を残して、鳴海は重そうなバッグを担いで身体をかたむけながら遠ざかっていった。

第二章

1　一九八四年　五月

鍵盤の上を小さな手が軽やかに跳ねる。

アップライトピアノが奏でるのは、華やかなヨーロッパの宮廷を思わせるような旋律《せんりつ》だった。目を閉じ、身体をリズミカルに揺らしながら演奏する北田弥生《きただやよい》のまぶたの裏では、華やかに着飾ったヨーロッパの貴族たちが、晩餐会《ばんさんかい》を行っている。

ピアノソナタ第二十番第一楽章は、ベートーベンの中でもとくにお気に入りだ。先生の演奏を録音したカセットテープをすり切れるほど聴いたし、ところどころミスしてしまうものの、自分でも通して演奏できるようになった。小学四年生でこの曲を演奏できるようになった生徒は、弥生の通うピアノ教室始まって以来らしい。

三連符を基調にした楽しげな序盤も好きだが、中盤で転調し、憂いを帯び始めてからの展開も良い。弾いているのは前半と同じ旋律なのに、調が変わるだけでここまで表情が違ってくるものなのか。ニ短調、イ短調、ホ短調。めまぐるしく転調を重ね、左手と右手が上昇下降を繰り返しながら盛り上げた後で、広がりを見せる再現部を経て、和音を重ねてどっしりと締める。

曲が終わると同時に、階下から母の声がした。

「弥生ちゃん。朝ご飯、できてるわよ」

「はーい」

弥生は立ち上がり、鍵盤《けんばん》にえんじ色の布をかけて蓋を閉める。勉強机の上に用意していたランドセルを肩にかけ、一階におりた。

ダイニングキッチンでは父と弟の弘臣《ひろおみ》がテーブルにつき、朝食を摂《と》っていた。

「おはようございます」

「おはよう」と流しに向かう母の背中が応え、「おう。おはよう」と父がぶっきらぼうに応える。

弥生はランドセルを床に置き、寝ぼけ眼でむしゃむしゃと口を動かす弘臣の隣に座った。

「弘くん。顔洗ったと？」

三つ下で今年から弥生と同じ小学校に通い始めた弘臣の目尻には、イボかと見まがうほどの大きな目ヤニがこびりついている。

「洗った」

「嘘」

「嘘はついとらん。ねえ、お母さん」

「お母さん」の呼び方がぎこちない。つい二か月前まで、弘臣は母のことを「ママ」と呼んでいた。クラスメイトに影響されて呼び方を変えようと努力している最中だ。弥生のように自宅では「ママ」、外では「お母さん」という使い分けはできないらしい。

「嘘をついてないとなら、きちんと顔を洗えてないっていうことたい。目ぇのここに、目ヤニがついているけど」

姉に指摘され、弘臣は手の甲で目尻を擦った。

「違う。反対」

取ってやろうとすると、「せからしか」と鬱陶《うっとう》しそうに身体をひねって避けられた。

「せからしかってなんね」

「せからしいけん、せからしいって言うとると」

姉弟の口喧嘩《くちげんか》に、父ががっはっはと豪快に笑う。

「弥生もママに似てきたな。世話焼きたい」

父は坊主頭で真っ黒に日焼けした顔で、いつものようにネズミ色の作業服姿だった。島《しま》原《ばら》市内でも一、二を争う規模の工務店の経営者で、五十人もの社員をまとめ上げている。

あの病院も、あそこの学校の体育館も、父が作った。そう教えてやると、友人たちは一様に目を丸くして驚く。そのたびに弥生は、誇らしい気持ちになるのだった。

「あら。世話を焼かれるのがお嫌なら、遠慮しますけど」

母が歩み寄ってきて、弥生のグラスにオレンジジュースを注ぐ。この家では母だけ言葉遣いが違う。「東京の良かとこのお嬢さまやけんな」と父にからかわれると、母は不服そうに顔をしかめる。東京出身で仲間はずれにされるのが嫌なのだと思っていたが、どうやら「お嬢さま」という表現を嫌がっているらしい。

トーストと目玉焼き、サラダを平らげ、弘臣の手を引いて玄関を出る。

広い庭は駐車場にもなっていて、父の愛車であるベンツとBMWの隣に、白いワゴン車やトラックが並んで停まっていた。そのそばでは、数人の男たちが煙草を吸っている。『北田工務店』の社員で、父の部下たちだ。

「おはようございます」

元気よく挨拶《あいさつ》する社長の愛娘《まなむすめ》に、社員たちが口々に挨拶を返す。こういうとき、内弁《うちべん》慶《けい》の弘臣はもごもごと口の中で呟くだけだ。

「送ってってやろうか」

立ち話の輪から、頭にタオルを巻いた男が声をかけてきた。城田《しろた》という名のその男は社員の中でも若手で、顔立ちも精悍《せいかん》ですらっとしている。夢の中でこの男と結婚式を挙げたことがあるというのは、ぜったいに誰にも言えない弥生の秘密だ。

「ううん。集団登校やけん」

弥生の通う長崎県島原市立白山《はくさん》小学校では、同じ町内に住む児童が一か所に集まり、集団登校を行っている。

「集合場所まで送ってやるぞ。どうな、弘ちゃん」

こうやって引っ込み思案の弟にも気を遣ってくれるやさしさを、弥生は好ましく思っている。

だが弘臣は無言でかぶりを振るだけだ。

「こら、弘くん。ちゃんと声に出して言わないと、わからないやろう」

「いいって、いいって。冗談やし。今日も頑張っていってらっしゃい」

父の部下たちに見送られ、姉弟は自宅を後にした。

集合場所までは、子供の足でも歩いて五分かからない。途中で近所に住む五年生女子と二年生男子という、弥生たちよりそれぞれ一歳年上の姉弟と出くわしたので、おしゃべりしながら集合場所に向かった。

集合場所では、町内で最年長の橋本《はしもと》くんと杏子《きょうこ》ちゃんの六年生男女が待っていた。弥生から見たら二つしか年齢が違わないのに、ずいぶんと大人っぽく見えて頼りがいのある二人だ。杏子ちゃんは大人みたいに胸が大きいし、橋本くんは身長こそ杏子ちゃんに及ばないものの、口の周囲にうっすら髭《ひげ》が生えてきている。

二人は『オレたちひょうきん族』の話題で盛り上がっていた。クラスメイトが話題にしていたので、それがテレビ番組の名前だとは知っているが、弥生自身は見たことがない。教育によくないからと、母が見せてくれないのだ。

弥生たちとほぼ同時に三年生男子と二年生男子の年子の兄弟、その数分後には母親に連れられて一年生の女の子が到着し、町内の児童全員が揃った。杏子ちゃんが一年生の女の子の手を引き、最後尾に橋本くんがついて、総勢九人の行列が歩き出す。

縦一列になって坂道をくだり、白土湖《しらちこ》通りを横断して道なりに進むと、小高い丘に建つ校舎が見えてくる。

道中の電柱には『切子《きりこ》トーロー受付中』という葬儀社の立て看板が括《くく》りつけてある。そういえば町内会の寄り合いに出席した父が、今年は初盆を迎える家があるから精霊船《しょうろうぶね》を豪華にしてやらないと、と張り切っていた。

島原伝統の切子灯籠は、和紙を張った多面体の木枠に造花などの装飾品を取りつけたものだ。初盆を迎えた家に飾られ、毎年八月十五日に行われる精霊流しでは、精霊船に取り付けて海に流される。父は毎年精霊船を担いでいるし、弟も楽しみにしているが、あちこちで炸裂《さくれつ》する爆竹《ばくちく》が怖くて、弥生は正直苦手だ。

校庭につながる細い坂道に入ろうとしたとき、向かいから別の町の集団がやってきた。

その中には、弥生のクラスメイトである徳永佳江《とくながよしえ》の姿もあった。先頭を歩く太った女子は杏子の友人らしい。合流して二列縦隊で坂道をのぼる。

「おはよう。弥生ちゃん」

「おはよう。佳江ちゃん」

佳江が隣に並んできた。彼女は国道沿いにある焼き鳥屋さんの一人娘だった。二階の広間は寄り合いに使われることもあり、佳江もよく店を手伝っている。そのせいか誰にたいしても愛想が良い。三年生のとき、クラス替えで顔見知りが少なくなって心細かった弥生にも、真っ先に話しかけてくれた。

「今日もすっごいかわいいね」

佳江が弥生の全身に視線を巡らせる。弥生は大きな丸い襟のついた白いブラウスに、チェックのスカートという服装だった。

「ありがとう。お母さんが買うてくれたと」

「どこで買うたと？　こんなかわいい服、市内では売っとらんやろ？」

「そんなことないと思うよ」

「売ってないって。ユニードとか寿屋《ことぶきや》にはこんなの置いてないもん」

佳江が名前を挙げたのは、市の中心部にある大型スーパーだ。弥生の通っているピアノ教室からも近いのでたまに母が連れて行ってくれるが、毎回、誰かしら同級生と出くわす。

「そうかなあ」

「そうよ。これ、ブランドものやろ？　生地からして違う感じがするもん」

ねえ、どこで買うたと？　どこで？

佳江がしつこく食い下がってくるので、ついに根負けした。

「博多《はかた》の大丸《だいまる》」

「いいなあ。うちなんてこれだよ」

そう言って両手を広げる佳江が身につけているのは、赤いトレーナーとジャージ素材のパンツだった。トレーナーには胸もとにアルファベットのロゴが入っている。

北田家では、子供たちの服を選ぶのは母の役目だ。母はけっして、市内のスーパーや衣料品店を利用しない。月に一度は福岡まで出かけ、ときには東京まで足をのばして、百貨店で衣類を調達してくる。子供のころから「本物」を知っておくべきだと母は言うが、「本物」ってなんだろうと、弥生はいつも疑問に思う。市内で買った服を身につけている友人たちは「本物」ではないのだろうか。だとしたらこの街全体が、「本物」ではなくなってしまう。「本物」でない街に、母はどうして住み続けるのだろう。

自分が少しだけクラスから浮き上がっていることに、弥生は薄々《うすうす》気づいている。いじめられたり、距離を置かれたりということはない。ただ「特別な家の子」と認識されている。本当は自分も、アルファベットのロゴの入ったトレーナーやTシャツを身につけ、クラスに溶け込みたい。だが、そんなことを口にするべきでないのも理解していた。

校舎の前で集団登校が解散し、佳江とともに下足箱に向かう。

上履きに履き替え、三階の四年二組に向かった。すでに登校している生徒は、クラスメイト四十人のうち半分ほどだろうか。仲の良い者同士、集まっておしゃべりしている。

何人かの仲良しと挨拶を交わし、弥生は廊下側の前から三番目の席にランドセルを置いた。ランドセルから机の中に教科書を移していると、「北田」と声をかけられた。

坊主頭のひょろっとした小柄な男子が歩み寄ってくる。田浦《たうら》という名前だった。弥生の通う白山小学校では、三年生になるときと五年生になるときにクラス替えがある。だから田浦とも一年以上同じクラスだが、話した回数は片手で数えられるぐらいだ。

「なに。田浦くん」

「おまえたしか、よう東京に行きよったよな」

鼻づまりのようなはっきりしない話し方で聞き取りにくいが、おそらくそう言った。

「よくって言うほどじゃないよ。お母さんが東京の人やけん、年に一、二回」

母の実家が東京の杉並区にある。しかし母方の祖父母が娘の結婚に反対していたことで、いまも関係はよくない。父は東京行きに同行せず、母も実家には顔を出すだけで宿泊はホテルだ。おまけに母の買い物や、東京の友人との食事に付き合わされ、どこかに遊びに連れていってくれるわけでもない。東京は好きではなかった。

「松田聖子《まつだせいこ》と知り合いな？」

「は？」唐突な質問をぶつけられ、間抜けな声が出た。

あまりテレビを見せてもらえないので詳しくないが、松田聖子ぐらいは知っている。いま飛ぶ鳥を落とす勢いの人気女性歌手だ。休み時間にクラスメイトが歌真似《まね》をしているし、担任の永石《ながいし》先生が大ファンで、授業中にもなにかにつけてその名前を出す。たとえば算数の時間に「AさんがBさんの家に行きました」という問題があれば、「Aさんが先生で、Bさんが聖子ちゃんたい」と言って、クラスを笑わせるのだ。

もちろん、弥生は松田聖子と知り合いではない。

「違うけど」

「そっか。違うとか」

たんに東京によく行くというだけで、知り合いなわけがない。だが東京の人の多さは、実際に行ってみないと実感できないのかもしれない。このあたりでは、何人か辿ればすぐに目当ての誰かに行き着く。

「どがんしたと？」

「いや、中《なか》ちゃんがさ――」

そのとき、別の男子が背後から抱きつくようにして、田浦の口を塞いだ。田浦と同じように貧弱な身体つきだが、こちらは髪をのばしている。男子の半数以上が坊主頭のこの学校では、前髪が目にかかるような髪形は少数派だ。

彼の名は、たしか中村《なかむら》といった。中村とも一年以上同じクラスで過ごしているが、一言も言葉を交わした記憶がない。

顔を左右に振って中村の手から逃れた田浦が、早口で言う。

「松田聖子と知り合いだって」

「本当に？」

驚いたのは弥生だけではなかった。教室にいたクラスメイトたちの注意が、いっせいにこちらに向いたのがわかる。

「違う。そがんこと言うとらん」

中村が迷惑そうに否定しても、田浦は引かない。

「言うたやっか」

「知り合いとは言うてない。親戚に東京で音楽関係の仕事をしよる人がいて、サインばもらってきてくれるて、そう言うただけたい」

「え。嘘？　うそ？」

「聖子ちゃんのサイン？」

「おれにももらってくれんか」

クラスメイトたちが目を輝かせて中村を取り囲む。

「ちょっと待って。いきなりいろいろ言われても答えられないけん。おいは聖徳太子じゃないけん」

両手を上げてみんなを落ち着かせようとする中村は、しかし話題の中心になってまんざらでもなさそうだった。

2　二〇一九年　十一月

捜査開始から五日目。

東亜フィルハーモニーオーケストラの楽団員を始めとするコンサート関係者全員への事情聴取を行ったが、胡麻塩頭の男を知っているという証言はなかった。ゲストパスを発行した楽団員は何人かいたものの、その対象はすべてが家族や友人で、裏も取れた。

そうなると、やはり怪しいのは篁奏《たかむらかなで》だった。篁は入り待ちをしていたキタダヤヨイなる女性を気に入り、急遽、ゲストパスを発行してバックステージに招いたという。キタダヤヨイとは楽屋での一度きりの関係で、連絡先すら聞いていない。ゲストパスを発行したスタッフは篁にゲストパスを手渡しており、キタダヤヨイらしき女性の姿は見ていない。

調べてみたところ、チケット購入者のリストにキタダヤヨイという名前はなかった。関係者出入り口でパスのチェックを行っていたスタッフも、それらしき女性を見ていない。

バックステージに設置された防犯カメラ映像にも、篁が女性を同伴している場面は捉えられていなかった。かたや胡麻塩頭の男が廊下を歩いている姿は確認されたが、篁と接触する瞬間の映像はないし、篁の楽屋を訪れた形跡もない。

キタダヤヨイは実在せず、ゲストパスは胡麻塩頭の男性に渡されたのではないか。男性は篁の弱みを握っていたため、篁からバックステージに招き入れられた。自らの楽屋に招き入れれば、出入りする際に誰かに目撃される可能性がある。だからどこかしら人目につかない物陰で話をした。そしてコンサート終了後に深沢一丁目公園で落ち合い、男は篁によって殺害された。

捜査会議でそういった推理を披露する捜査員もいた。

だが、篁を追及するには材料が足りない。篁は男を知らないと言い張っているし、篁が男と接触したという決定的な証拠はない。まずは殺された男の身元を特定しないと、捜査の網を広げようもなかった。

捜査本部は男の身元を探るため、首都圏で出された行方不明届の中から、男と近い年代の男性をピックアップすると同時に、宿泊施設やインターネットカフェに写真を配布し、情報を募った。

すると目黒駅前のインターネットカフェから、それらしき男が滞在していたという情報がもたらされた。

音喜多と鳴海は玉堤署の捜査本部を出て目黒へと向かった。

インターネットカフェは目黒駅JR西口を出てすぐの、古い雑居ビルの七階にあった。一階でエレベーターに乗り合わせた利用者は途中の飲食店のある階でおりていき、七階に到着したときには音喜多と鳴海だけになっていた。

出入り口のガラス戸を押して中に入る。制服を着た金髪の若い店員が、独り言のような声量で「いらっしゃいませ」と告げた。

警察手帳を提示し、来意を告げる。

金髪の店員は要領を得なかったが、たまたまその背後を通りかかった眼鏡の店員には話が通っているらしかった。事務所のほうにどうぞ、と案内してくれた。

事務所には書類が雑然と積まれたデスクが二台、隣り合っており、そのうちの一台のそばに、ほかの店員と同じ服を着た三十歳前後の女性が立っていた。

女性が名刺を差し出し、自己紹介する。野地《のじ》えみりという名前で、店長という肩書きが印刷されていた。この店では唯一の社員なのだという。

「情報提供、感謝します」

野地が並べてくれた椅子に座りながら、まずは礼を言った。

「驚きました。三十七番ブースのお客さんがしばらく帰っていないようだと、アルバイトの子たちから聞かされていましたが、まさか亡くなっていたなんて」

「その帰っていない利用客というのは、この方ですか」

音喜多が目で示した壁には、警察から配布された写真が貼ってある。金券ショップの防犯カメラ映像を切り抜いたものだ。

「私は直接、接客していませんが、接客したアルバイトによれば、すごく似ているということでした」

野地によれば、その客は事件の三日前から滞在していたという。利用料金については一週間分が前金で支払われていた。ところが料金分の一週間が過ぎても、荷物を取りに来ない。どうしようかという話になったとき、アルバイト店員の一人が、警察から配布された写真のことを思い出したという。

「身分証のコピーを取っていますよね」

鳴海の言う通り、東京都の条例により、インターネットカフェでは身分証の提示が求められる。

「もちろん。こちらです」

そう言って野地が差し出したコピー用紙を見て、音喜多は顔をしかめた。

健康保険証のコピーだった。運転免許証ならば顔写真が載っているのに、これでは本人のものかたしかめようがない。だが、いまのところ唯一ともいえる手がかりだ。

「失礼します」

コピー用紙を受け取り、内容を確認した。

名前は石川勝典《いしかわかつのり》。

「秋田《あきた》……？」

疑わしさで語尾が持ち上がる。保険証に記載されている住所は、秋田県秋田市だった。関西訛りだったという証言と食い違う。

「別人ですね」

決めつけるのは早計だと思ったら、鳴海の根拠は言葉の訛りではなかった。

「昭和六十年生まれと記載されています。ということは三十四歳。被害者はどう見ても六十を超えていました」

「だな」

いくら見た目が老けていても、三十四歳は六十歳以上には見えない。

「防犯カメラの映像を、見せていただけますか」

音喜多の要求を想定していたらしい。野地はリモコンを手に取り、壁にかけられたディスプレイに向けた。

すでに頭出しして準備万端だったようで、画面にはすぐに胡麻塩頭の男が現れた。最初に利用申込みをしている場面だろうか。カウンターで店員に向かってなにか話していると ころを、斜め上から捉えた映像だった。

服装から背格好まで、同一人物にしか見えなかった。

野地が答えを求めるように、刑事二人の顔を見る。

「我々の探している男性で間違いありません。ですが、健康保険証に記載されている石川勝典さんではなさそうです。別人の健康保険証を提示していたのではないかと」

盗んだのか、借りたのかはわからない。どちらにしろ、殺された男は石川勝典という名前ではないだろう。

「男性が滞在していたブースは？」

鳴海が事務所の出入り口を振り返りながら訊ねる。

「荷物を撤去しようか迷ったのですが、この写真の男に似ていたという話が出たので、中の物には触れないように伝えました。そのままにしてあります」

「見せていただいても？」

音喜多の申し出に頷き、野地が立ち上がる。

狭い通路を歩いて、三十七番ブースへと向かった。

念のために手袋を装着し、ブースを目隠ししている扉を開いた。

およそ一畳の狭いブースにはマットレスが敷いてあり、クッションを枕にして横になることもできるようだ。カウンター状に飛び出した板の上に、パソコンが設置されている。パソコンのディスプレイの前にはビールの空き缶が二つ。飲み終えた缶を握りつぶす癖でもあったのか、二つの缶は真ん中がへこんで、くの字になっていた。

マットレスの上にはくしゃくしゃになった毛布、バスタオル、そしてスポーツバッグ。ゴミを詰めたと思《おぼ》しき丸く膨らんだコンビニ袋も、口を縛って隅に転がっていた。

「臭っ。臭くないですか。おじさんの臭いがする」

「ほかのお客さんもいるんだから、静かにしろ」

鼻と口を手で覆う鳴海を小声で叱り、ブースの中に身を入れた。

鳴海の反応は大げさだが、たしかにブース内には饐《す》えたような臭いが残っていた。臭いの元は、使用済みのバスタオルらしい。

マットレスに膝をついて、スポーツバッグに手をのばす。

鈹になりやすそうなナイロン素材で、かなり使い込んだ形跡がある。紺色《こんいろ》で、全体的に日焼けして色あせたような風合いだった。

ファスナーを開き、中を見てみた。

下着や靴下の替えが三、四枚ずつ。どれも洗濯を繰り返したようにくたびれており、靴下はいまにも穴が空きそうに、生地が薄くなっている。ほかには競馬新聞と、成人向けの漫画雑誌。身元を特定する手がかりになりそうなものはない。

が、バッグの内ポケットに、紙の切れ端を見つけた。ズボンのポケットに入れたまま洗濯してしまったときのように、ボロボロになっている。紙面にはうっすらと漢字や数字の一部らしきものが印刷されていた。

いくつかに分かれた切れ端を集め、マットレス上でパズルのように組み合わせてみる。

「馬券……?」

おそらくはもっと大きかった券面の、ごく一部だった。断定はできない。だが紙の素材や印字された文字の書体などは、馬券のように見える。

「坪……でしょうか」

背後から覗き込みながら鳴海が首をひねる。

紙の破れ目同士を合わせたところ、いっぽうには『土』、もういっぽうには『平』という字が印刷されていた。併せると『坪』と読める。だがほかの部分は字が消えてしまったり、途切れてしまっていて読み取れない。

ともかく、被害者の身元を探るための重要な証拠だ。懐から取り出した証拠品袋に詰めた。

「やっぱり財布もスマホもありませんね」

鳴海の言葉に頷く。ウエストポーチも、もちろんない。貴重品の入ったウエストポーチを犯人が持ち去ったのだろうか。

スポーツバッグには、これ以上手がかりになりそうなものは残されていないようだ。

今度は膨らんだコンビニ袋を手にとった。

固結びで縛ってある結び目をほどき、中身を確認する。コンビニ弁当の空き容器や、さきいかや柿ピーなど、酒のつまみの空き袋など。予想通りのものに交じって、一枚の紙片が入っていた。

カードサイズで、弁当のタレが染みて汚れているが、券面の文字ははっきりと読み取れる。

「乗車券……」

興奮で総毛立った。

それは高速バスの乗車券だった。目的地は新宿《しんじゅく》。

――そして出発地は、大阪。

被害者は関西から来た。

3　一九八四年　八月

足もとで爆竹の破裂音がして、弥生は小さく悲鳴を上げた。

だが逃げることはできない。歩道には人がぎっしりで、のろのろとしか進まない。

だから前を歩く佳江の浴衣《ゆかた》の袖を、ぎゅっと握ることしかできなかった。

佳江が満面の笑みで振り向く。

「ほんなこて、やかましか」

標準語で「本当にうるさい」という意味なので文句を言っているはずなのだが、ちっとも迷惑そうではない。

皆が皆、そうだった。あちこちで炸裂する爆竹に「びっくりした」とか「危ない」などと言うくせに顔は笑っていて、騒音を歓迎しているふしすらある。弥生も島原生まれ島原育ちなので精霊流しは初めてではないが、いつも不思議に思う。怪我《けが》や火傷《やけど》の危険がないわけではないだろうに。

人の流れに従ってゆっくりと進み、広馬場《ひろばば》の交差点に出た。

白山地区の各町から集まってきた精霊船は、まずはここ、広馬場の交差点を目指す。車両通行止めにした交差点をぐるりと一周して沿道を埋めた観客にアピールしてから、海に向かうのだ。

「来た来た！　栄町《さかえまち》！」

佳江が車道を見ようとつま先立ちになった。

精霊船が交差点に入ってくる。藁《わら》の船の上に組まれた木枠には、切子灯籠が隙間なく吊《つ》り下げてあった。全長は八メートルほど、木枠は二段組みなので、それほど大きな船ではない。白山地区ではごく平均的なサイズだ。

精霊船は多くの男衆によって担がれていた。

「なまいど。なまいど」という低いかけ声に合わせて、切子灯籠から垂れ下がった飾り紙が揺れる。

「いとこのお兄ちゃんが栄町さ」

佳江の口調は誇らしげだった。

「本当に？　じゃあ、担いどると？」

「うん。おるはず」

弥生もつま先立ちになってみる。だがその程度では、視界を遮《さえぎ》る障害物はなくならない。もっとも車道に近いガードレール沿いは、中学生や高校生の集団に占拠されている。

「おるはずやけどね」と身体を左右にかたむける佳江も、よく見えていないようだ。

交差点をぐるりと一周する精霊船が弥生たちのいる角からもっとも遠ざかったとき、

「あ。いたいた」と弥生が声を弾ませる。

「いたと？」

視界が悪いし、遠すぎてわからない。そもそも交差点全体が爆竹の煙で白く濁っている。

「うん。おった。こっち側からはよく見えない位置におったみたい」

その後も爆竹の音に怯《おび》えつつ、見やすい場所を探って少しずつ移動しながら見物を続けた。

「佳江ちゃんと弥生ちゃんだ」

声のするほうを見ると、クラスメイトの女子がいた。浴衣を着て、屋台で買ったらしき焼きそばの容器を手に持っている。

「わあ。愛《あい》ちゃんだ。一緒に観よう」

佳江が嬉しそうに歩み寄る。

「ごめん。親と一緒に来てるけん」

クラスメイトは申し訳なさそうに眉を下げ、ちらりと視線を動かした。どれがそうかはわからないが、そのあたりに両親がいるのだろう。

「いいなあ。二人で来たと？」

羨望《せんぼう》の眼差《まなざ》しを向けられ、弥生はささやかな優越感を覚えた。

昨年までは、弥生も母と一緒だった。こういうときに町内会の先頭を切って盛り上げる父とは違い、母は地元の祭りに興味が薄い。父の担ぐ精霊船が練り歩きを終えると、ひと仕事終えたとばかりにさっさと帰ろうとする。

今年は佳江と二人で精霊流しを観に行っていいかと切り出すときにも、おっかなびっくりだった。弥生はほとんど一人で遊びに出かけたことがない。放課後はまっすぐ家へ帰ってピアノの稽古だし、週に一度のピアノ教室も、母に車で送迎してもらっている。だから佳江に誘われたときには嬉《うれ》しい半面、なぜか罪悪感がよぎった。いつかは一人でいろんなことをしてよくなるはずだが、それがいつなのか、弥生には判断がつかない。

夕食の食卓で切り出してみると、予想通り、母の表情が曇った。弟の弘臣は「僕も一緒に行っていい？」と自分を指差した。弟を連れて行きたくないわけではないが、自分の思い描いていたお出かけとは違う。

後押ししてくれたのは、父だった。いいじゃないか。弥生だっていつまでも子供じゃないんだし、友達同士の付き合いだってあるだろう。ビールで頰を赤くした父が上機嫌でそう言うと、母は反論できない。弘臣は父の会社の部下たちと出かけることになった。

その後も、同級生や顔見知りの上級生、下級生たちと出くわした。家族と来ている子もいれば、弥生と同じように友達同士で来ている子もいた。相変わらず爆竹の音は怖いし、精霊船の練り歩きはよく見えなかったが、問題はなかった。ただそこにいるだけで楽しかった。二人で精霊船の練り歩きを見たり、少し外れた場所に出ている屋台をひやかしたりしながら過ごした。

屋台で買ったイカ焼きを、二人で分け合って食べていたときだった。

またもクラスメイトの姿を発見し、「あ」と弥生は声を出した。

弥生の声に反応した佳江が、その視線を辿って「ああ」と蔑《さげす》むように笑う。

「なんだ。ウソ村か」

中村だった。半袖半ズボンの、いつも学校に来ているのと変わらない服装で歩いている。

「声かける？」

愚問だったと、弥生は思う。中村に気づいたときの歪んだ顔。「ウソ村」という呼び方。案の定、「冗談でしょ。なんであいつとしゃべらんといかんの」と鼻に皺を寄せられた。

中村に付いた「ウソ村」という渾名《あだな》は、松田聖子のサインをもらってきてあげるというクラスメイトとの約束を、果たせなかったことに起因している。中村は知り合いが東京で音楽関係の仕事をしている関係で、松田聖子のサインをもらえると言った。それを聞きつけたクラスメイトが、おれも私もと群がったのだ。いくら伝手《つて》があるといっても、そんなに大量のサインをもらえるものだろうか、聖子ちゃんだってたくさん書くのは大変じゃないか。そんなことを考えて弥生は遠慮したが、中村は数日後、大量のサイン色紙を持って登校してきた。色紙にはマーカーでぐしゃぐしゃと書き殴ったような線が書いてあった。中村はその日、間違いなくクラスのヒーローだった。

ところが栄華は数日しか続かなかった。本物の松田聖子のサインを持っているという生徒が、隣のクラスにいたのだ。その生徒が持っていたサインは、中村の持参した色紙に書かれたのとはまったく異なる筆跡だった。中村は偽のサイン色紙を作ったようだ。

もっとも、中村自身は潔白を主張し続けた。

曰《いわ》く、聖子ちゃんのサインも時期によって変わるから、隣のクラスのやつが持っていたのとは違う時期に書かれた。

曰く、どうやら東京の知り合いも騙《だま》されたらしい。偽の聖子ちゃんのサインを買うために、何万円も払ってくれた。だから自分も被害者だ。

弥生ですら、ちょっと信じがたいと思う説明だった。なぜ嘘でしたと謝らないのだろう。謝ればみんな許してくれるかもしれないのに。そう思った。

クラスメイトたちも同じだった。誰も中村の言い分を信じなかった。

そして中村には、「ウソ村」という不名誉きわまりない渾名が授けられた。

自業自得には違いないが、かわいそうだとも思う。あのとき、群がってきたクラスメイトたちから羨望の眼差しを一身に受けて、きっとすごく気分が良かったのだろう。みんなをがっかりさせたくないという思いも、あったのかもしれない。だからといって嘘をつくのはよくないが、いまの彼の境遇を思えば、同情を禁じえない。

そして結局謝らなかったのだから、中村は嘘をついていないのかもしれないという思いも、ほんの少しだけ残っている。クラスメイトは無実の彼を裁いてしまったのかも。

しかしいまその思いを、佳江にぶつけるほどの勇気もない。中村とはろくに話したこともないが、佳江は親友だ。どっちが大事かは、言わずもがなだった。

ふいに、中村がこちらを見る。

視線がぶつかった気がして、弥生はさっと視線を逸らした。これでいいのかな、という思いと、こうするしかないんだよ、という思いが、複雑に絡み合う。

しばらくして、弥生と佳江は交差点に戻った。

ちょうど弥生の町内会の精霊船が、交差点に入ってくるところだった。

長さ十五メートル、切子灯籠三段という大きさが際立っているのは、人垣で見通しが悪くても、ひときわ大きな歓声が上がったことでわかる。

「すごいよね。あれ、弥生ちゃんのお父さんがお金出してるとやろ？」

佳江は圧倒されたように、口をあんぐりと開けていた。

「わからんけど」

答えは濁したが、きっとそうだろう。父が子供の前で具体的なお金の話をすることはないが、自分の家が町でもっとも大きく、裕福なのはわかる。父は地元の名士だ。そんな父が「ほかの町内会には負けられん」と張り切った結果が、あの大きな精霊船なのだろう。

「なまいど。なまいど。なまいど」

担ぎ手も多いだけに、かけ声も大きく威勢が良い。町内会の男だけでなく、父の会社の社員も動員されている。

交差点をぐるりと練り歩き、船が近づいてきた。

父がいた。

担ぎ手ではなく、船を先導する役回りだ。町内会で作った揃いの法被《はっぴ》を羽織り、両手を大きく振って大声を上げながら担ぎ手たちを鼓舞している。

ふいに、父と目が合った。

父はにっこりと笑い、片目を瞑《つむ》った。ほんの一瞬のことだが、間違いない。父も娘の存在に気づいた。

「なまいど！」

気づけば弥生は、両手をメガホンにして声を上げていた。

最初はぎょっとして驚いていた佳江も、すぐに声を合わせてくれる。

上下に激しく揺れる精霊船は、弥生たちの目の前を通過し、交差点を抜けて海のほうへと消えた。

4　二〇一九年　十一月

車窓を流れる景色を眺めていると、がさがさとビニールの擦れる音がした。

鳴海が折り畳み式テーブルを倒し、その上で駅弁を広げている。

「もう食べるのか」

「はい。お腹空いてますから」

「朝飯は食べてきたって、言ってなかったか」

にもかかわらず売店に駆け込み、駅弁の入ったビニール袋を提《さ》げて出てきたときには首をひねったが、まさか発車早々食べ始めるとは。

「食べてきました。でもせっかく新幹線に乗るんだから、駅弁食べたくないですか」

「何度も言うが、遊びに行くわけじゃないんだぞ」

「わかってます」

本当にわかっているのか疑わしくなるような、鼻歌でも口ずさみそうな雰囲気だ。

「っていうか、東京駅発なのに牛タン弁当なのか」

「それは別にどうでもよくないですか。牛タン、大好きなんです」

これは鳴海の主張が正しい。

弁当の蓋を開いた鳴海が、箸《はし》でごっそりとつかんだ肉と白飯を口に運び、頰張る。

その幸せそうな横顔を見て、なにか言う気も失せた。

おれも好きに過ごすか。音喜多はシートを倒し、目を閉じた。このところの疲労に心地よい揺れが加わり、すぐに意識が遠ざかる。

音喜多たちを乗せた新幹線は、東京駅を出て西に向かっていた。目的地は新大阪だ。

被害者らしき男がインターネットカフェ利用申込みの際に提示した健康保険証には、秋田県秋田市在住の石川勝典という名前が記載されていた。だが石川の年齢は三十四歳だった。六十歳を超えているように見える男の容姿とは、どう考えても結びつかない。盗んだか借りたか、とにかく別人の健康保険証を使用しているに違いない。

秋田県警に協力を要請し、調べてもらったところ、石川勝典は保険証に記載された住所に住んでいなかった。石川の両親によれば、地元の教具販売メーカーの営業として真面目《まじめ》に働いていたのに、一年前に忽然《こつぜん》と姿を消したのだという。両親は心配して警察に相談したものの、衣類等荷物をまとめて持ち出した形跡があったことから、事件性なしの家出と判断されていた。そして秋田県警から送られてきた石川の写真は、被害者とは似ても似つかない容姿だった。

インターネットカフェのブースに残されていた荷物からは、下着などの着替えのほか、大阪発新宿行きの高速バスのチケットと、ボロボロになった紙片が見つかった。紙片は馬券のようで、組み合わせてみると『坪』という文字が印字されていることがわかった。

遺留品を持ち帰って分析したところ、ボロボロの紙片は馬券ではなく、舟券であることが判明した。大阪の住之江《すみのえ》にある競艇場で発券されたもので、『坪』という字は、競艇選手の『坪井《つぼい》』という苗字の一部だったらしい。

被害者は関西から高速バスで東京を訪れ、目黒のインターネットカフェに滞在していた。だが、ひと口に関西といえど広い。高速バスや舟券は大きな手がかりだが、購入するのに身元を明かす必要はなく、これ以上の追跡は難しいかに思えた。

ところが——だ。

鳴海が、被害者は大阪の西成《にしなり》あたりに暮らす日雇い労働者、あるいはホームレスだったのではないか、と言い出した。

インターネットカフェで他人の健康保険証を提示したのは、被害者が自分の正体を隠そうとしたのではなく、単純に健康保険証を持っておらず、インターネットカフェすら利用できなかったからだ。おそらく石川勝典なる人物は被害者と顔見知りで、被害者に頼まれて健康保険証を貸した。盗んだ可能性がないわけではないが、盗んだのなら、元の持ち主が届け出ることにより、健康保険証が使えなくなるどころか逮捕されるおそれがある。よって、持ち主の了承のもとで借用していたと思われる。

石川勝典が大阪周辺で正規の手続きを踏んで部屋を借りようとすれば、秋田に暮らす両親に足取りがわかってしまう。ところが、両親は息子がどこでなにをしているか、いっさい知らなかった。住之江からそう遠くない場所には西成というドヤ街があり、身元を明かさずに寝泊まりすることができる。ドヤ街周辺のコミュニティで生活していたならば、健康保険証の貸し借りは珍しくなかっただろう。

石川勝典は大阪の西成近辺で暮らしており、被害者は石川の知人だった。

それが鳴海の主張だ。

石川の人相はわかっている。捜査本部は石川の写真を送り、大阪府警に協力を求めた。

すると三日後、写真の人物によく似た男が見つかったという返事があった。

音喜多と鳴海は、その人物が石川勝典なのか、被害者とはどういう関係だったのかをたしかめるため、大阪に向かうことにしたのだった。

とんとん、と肩を叩かれた。

目を開けると、鳴海が覗き込むようにしている。

「なんだ。起こすなよ」

気持ちよく寝てたのに。

「起こさないほうがよかったですか」

「起こしてどうする。弁当でも食ってろ」

「お弁当はとっくに食べちゃいました」

鳴海が口を縛ったビニール袋を持ち上げる。

「早っ。おまえ、飯食うの早いな」

「そんなことありません。食べるのは好きですけど」

「とにかく寝かしといてくれ」

あっちへ行け、という感じで手を振った。

「いいんですか」

「いい」

シートに頭をもたせかけ、目を閉じる。

「じゃあ、私一人で降ります」

音喜多は弾かれたように上体を起こした。

新幹線は新大阪駅のホームに停車していた。少しだけ眠ったつもりが、二時間以上も眠り続けていたらしい。

「おい！　鳴海！」と振り返ったが、すでにその姿はない。

ガラス越しにホームを歩くスーツ姿が見えた。

音喜多は慌ただしく荷物をまとめると、乗り込んでくる乗客を押しのけるようにしてホームに転がり出た。

5　一九八四年　八月

弥生はその場で足踏みをしながら、佳江の戻りを待っていた。

しんと静まりかえった住宅街。頼りない街灯の光に、カナブンが何度もぶつかっては跳ね返されを繰り返している。ほんのり漂ってくる潮《しお》の香りの元は、斜め前の家の敷地に干してある網だろう。

まだかな、と背後を振り返った。

木造平屋の古い一戸建ては、佳江の親戚の住まいだという。一家揃って精霊流し見物に出かけているものの、勝手口に鍵をかける習慣がないらしく、佳江はなんの躊躇もなくドアノブをひねり、家の中に消えていった。いまはトイレで用を足しているはずだ。「弥生ちゃんも中で待っとかんね」と誘われたが、クラスメイトの親戚なんてもはや他人だ。勝手に上がり込むのもはばかられ、外で待つことにしたのだった。

だが、佳江の言葉に甘えておくべきだったかもしれない。少し離れた広馬場の交差点の賑わいは、この場所にも届いている。それが逆に、いまいる場所の静けさと孤独感を浮かび上がらせ、心細さが募った。佳江が消えてまだ五分も経っていない。しかし弥生には、一時間にも二時間にも感じられた。

どうしよう。いまからでも佳江を追って家に入ろうか。

左のほうに二つの光る目が現れた。タクシーだ。弥生はハイビームの光を手で防ぎながら、道の端に寄った。

タクシーは子供の存在に気づいたようだ。ロービームに切り替え、速度を落として弥生の目の前を通過する。

運転手の怪訝そうな眼差しに、いたたまれない気持ちになった。気にしすぎだと思う。だって今日は、精霊流しだ。子供たちだけで出かけるのは珍しくないし、補導されるほど夜遅い時間でもない。

でもやっぱり、家に入れてもらおう。

そう思ってくるりと身体を回転させたそのとき、目の前に巨大な壁が現れた。

違う。見上げると、壁には目と鼻と口がついている。人間だった。年はいくつぐらいだろう。背が高く、身体の横幅も大きな男だ。すっかり大人に見えるが、学校のジャージのような服に身を包み、坊主頭が伸びきったような髪形をしていた。酸っぱい体臭が鼻をつく。けっして心地の好い匂いではない。だがそれを顔に出してはいけないことがわかるぐらいには、弥生も大人になっていた。

「お嬢ちゃん、名前はなんて言うと？」

低く滑舌《かつぜつ》の悪い声で向けられた質問に、弥生は絶句した。なぜこの人は、名前を訊くのだろう。夜道の一人歩きを心配してくれているのだろうか。そうでないことは、本能が理解していた。だからとっさに返事ができなかった。

「一人でいると？」

「違う」と声を絞り出した。一人なのを心配しているのではなく、一人なのを確認して、なにかしようとしている。

「友達がいる」

「友達？　どこに？」

「そこの家に」

説得力がないと自分でも思う。灯《あか》りの消えたその家からは、人の気配が感じられない。男は弥生の顔と、暗い一戸建ての間で視線を往復させる。たぶん信じていない。

「行くから」

男から離れ、佳江のもとに行こうとした。

が、ぐいっと強い力で引き戻された。

左手首をつかまれていた。

「痛い」

拘束から逃れようとするが、びくともしない。圧倒的な腕力の差を実感し、全身から血の気が引いていく。

早く。早く出てきて。

佳江が消えた方角を見るが、そこはただの静かな暗がりでしかない。

「行こう」

「い……」

嫌だ。ただそれだけの言葉が、喉《のど》につかえて出てこない。

ぐいっ、と引っ張られ、たたらを踏んだ。

「行くよ」

どこに？　なんで？　なんのために？

次々と疑問が浮かんだが、一つも言葉にならない。男を動かしているのが親切心でないのだけはわかる。

足の裏に力を入れて踏ん張った。

が、大人の力の前には無駄な抵抗だった。引きずられる。

「い、嫌……嫌だ」

ようやく声が出たが、「痛くしない。大丈夫」という返事に、目の前が真っ暗になる。どういう意味だ。なにを企んでいるかは知らないが、男は弥生に「なにか」をしようとしている。

叫ばなければ。叫びたい。助けて。

だが声が出ない。自分の口や喉が、自分のものではないようだった。

助けて。助けて。助けて。

頭の中が叫びで埋め尽くされたそのとき、ききっ、と自転車のブレーキ音が響いた。

中村だった。

三メートルほど先で自転車に跨《また》がった中村が、地面に足をついてこちらを見つめている。

中村くん！　助けて！

声が出ないので、目で懸命に訴えかけた。この男の人は知り合いなんかじゃない。いま会ったばかりのぜんぜん知らない人で、嫌がる私をどこかに連れて行こうとして、逃げ出したいのに逃げ出せなくて。

しかし、なんとかしてくれるのではないかと期待を抱く半面、無理だという諦めもあった。中村とはほとんど話したこともないし、いままでは『ウソ村』と呼ばれてほかのクラスメイトから無視されている。もともと接点がなかった弥生は積極的に無視しているわけではないが、黙認しているということは、加担しているのと同じだ。良い印象を持たれてはいないだろう。

それに、かりに中村が助けようとしてくれたところで、相手は大人の男だ。圧倒的な体格差と腕力差がある。取っ組み合いになったらとても勝ち目はない。

すると、中村が口を開いた。

「警察、電話しといたけん」

男が「警察」という言葉に、ぴくりと反応する。

「嘘て思うとる? ほら、あそこに公衆電話のあるやろ」

中村が顎をしゃくった方角には、たしかに公衆電話があった。

男は公衆電話を確認して目を細めた後で、中村に視線を戻す。

「もうすぐパトカーが来るよ」

音を探るように虚空に視線を彷徨《さまよ》わせた後で、中村が人差し指を立てた。

「ほら、サイレン。聞こえるやろ」

男が耳を澄ませ、目を見開く。

遠くにサイレンの音が聞こえていた。

「早く逃げたほうがよかとじゃ? また捕まるよ」

弥生の左手首をつかむ力が緩んだ。

走り出した男の後ろ姿を見送った後で、弥生は自由になった自分の左手首を見つめた。まだあの男の手の感触が残っている。

「北田さんも早よ帰らんね」

中村の声に、はっとして顔を上げた。

「でもパトカーが……」

「来ないよ。電話してないけん」

耳を澄ましてみると、うっすらと響くサイレンはいっこうに大きくならないし、そもそもこの音はパトカーではなく救急車だ。

どっ、と全身から力が抜けた。

「あいつ、このへんでは有名さ。前に小さな子にいたずらして捕まったことのあるとって。ちょっと頭がアレやけん、捕まっても牢屋《ろうや》に入れられたりはしないらしい。だけん気をつけとかんと……」

中村が言葉を切ったのは、弥生が両手で顔を覆って泣き出したからだった。

全身が小刻みに震える。まずは助けてもらったお礼を言わないと。そう思うのに、後から後から涙があふれて言葉にならない。なにかされそうになったときにはきっぱり断ることも悲鳴を上げることもできず、助けてもらっても礼すら言えない。なんて情けない。恐怖と安堵《あんど》と悔しさの入り混じった複雑な気持ちで、弥生は嗚咽《おえつ》した。

中村は目の前で泣き出した女子を置き去りにするわけにもいかないといった感じで、途方に暮れている。

そのとき、背後から「おまたせ」と佳江の声がした。

「ごめん。遅くなっちゃった。浴衣やとトイレも大変ね——」

そこまでは呑気な口調だった佳江が、泣きじゃくる友人に気づいて血相を変える。

「どうしたと？　弥生ちゃん」

早足で歩み寄ってきて、中村の存在に気づいたようだ。

「ウソ村！　なんであんたがおると？」

「たまたま通りかかっただけたい。そしたら北田さんが——」

弁解の猶予は与えられなかった。

「あんた、なにしたと！」

「なにもしとらん！」

「じゃあなんで、弥生ちゃんが泣いとるとね！」

「だけん——」ふたたび説明しようとした中村だったが、佳江は追い払うように大きく手を振った。

「もういいけん。早よ行って！」

違う。中村くんになにかされたわけじゃなくて。

そう言いたいのに、涙が邪魔をする。

中村は不機嫌そうな顔で、自転車のペダルを漕《こ》いで走り去った。

6　二〇一九年　十一月

新大阪駅正面口の下りエスカレーターの先に、明らかに一般人とは違う雰囲気をまとったスーツの男が立っていた。

警察官は制服を着ていなくとも、相手が警察官だとわかる。相手もこちらがそうだと気づいたらしく、ジャケットの襟を直し、背筋をのばして姿勢を正した。短髪に日焼けした肌が精悍な印象の、三十歳前後の青年刑事だ。

「警視庁の音喜多さんと、玉堤署の鳴海さんですね」

事前に情報を頭に叩き込んできたようだ。

青年刑事の名は堀内《ほりうち》といった。府警本部捜査一課所属らしいので、将来を嘱望《しょくぼう》される期待の若手といったところか。

音喜多と鳴海は、ロータリーに停めてあった覆面《ふくめん》パトカーの後部座席に乗り込んだ。

堀内がハンドルを握り、出発する。

ロータリーを出て道なりに進み、国道四二三号に入った。

ルームミラー越しの視線が、ちらちらと後部座席をうかがう。

「大阪にいらしたことは？」

「何度か」と答えたのは音喜多で、「学生時代に」と答えたのは鳴海だった。

「ってことは、二人とも久しぶりなんですね。時間があればあちこち案内してまわりたいところですけど、西成に直行とは」

同情する口ぶりだった。

「最近は治安もよくなったと聞いていますが」

音喜多は話を合わせる。

「そりゃ、新今宮で暴動が起きたころに比べればマシですけど、暗くなってからの女性の一人歩きは、正直おすすめできませんね。石川を連れ出すときも、仲間のホームレスがピリピリしてけっこうヤバい雰囲気になりました。連中、仲間意識が強いですから」

そういえば二〇〇八年の西成暴動のきっかけは、飲食店の支払いを巡るトラブルで、日雇い労働者が警察に連行されたことだった。

「石川勝典はホームレスだったんですか」

「ええ。無許可の違法露店で、いかがわしいＤＶＤやらを売っていたみたいです、そういう業者があるんですよ。ホームレスを安くこき使って、いろんなことさせる業者が」

地元の闇を恥じるように、堀内が顔をしかめる。

「いまは署のほうに？」

そう訊いたのは鳴海だった。

「はい。所轄の玉出《たまで》署のほうで、待ってもらっています」

「その人物は、間違いなく石川なんですか」

音喜多が確認すると、「間違いないと思いますよ。石川のドッペルゲンガーでもない限り」と自信たっぷりな返事があった。

「仲間うちではアベチャンと呼ばれていたそうですが、うちの捜査員が接触したところ、秋田出身の石川勝典であると認めました。いただいた秋田時代の石川の写真と見比べても、同一人物と断定して問題ないかと」

「どうしてアベチャンなんでしょう」

鳴海が不思議そうに首をひねる。

「俳優の阿部寛《あべひろし》に似てるからだそうです。でも私が見たところ、阿部寛に似ているのは眉毛だけで、ほかは新喜劇の池乃《いけの》めだかみたいでした。そんなに期待はできませんよ」

「なにを期待するんですか」

鳴海に首をかしげられ、堀内はやや困惑したような笑みを浮かべた。

途中で高速道路を利用し、大阪府警玉出警察署には三十分ほどで到着した。

東京駅を発《た》って三時間と少し。ということは牛タン弁当を食べてからも同じぐらいしか経っていないはずなのに、「お腹が空いた」と漏らす鳴海の台詞に聞こえないふりをして、玉出署の玄関をくぐる。

二階に上がり、会議室の引き戸が開くと、デスクを挟んで二人の男がいた。一人はスーツ、もう一人は、くすんだカーキ色のMA‐1。MA‐1のほうが石川だろう。俳優の阿部寛に似ているという話の通り、眉は太くてしっかりしている。秋田時代の写真ではそうでもなかったのは、眉を整えていたのか。

石川らしき男は、警察が用意したらしき弁当を食べていた。丁重に扱われているようだ。

スーツの男が立ち上がり、目礼して部屋を出ていく。

部屋には音喜多、鳴海、堀内と、石川らしき男だけになった。

どうぞ、という感じの堀内の目配せに軽く頷き、音喜多は石川らしき男の対面の椅子を引いた。

「石川、勝典さんですか」

石川は関西訛りのない話し方の刑事を警戒するような上目遣いで見て、こくりと頷いた。

鳴海が音喜多の隣に座り、堀内は部屋の隅のほうで腰をおろし、お手並み拝見というふうに腕組みをする。

まずは自己紹介した。東京から来た刑事であることと、自分たちの名前を告げる。

そしてインターネットカフェに提出された、健康保険証のコピーを差し出した。

「これはあなたのもので間違いないですか」

どう答えるべきか、という感じで、視線が泳いでいる。

「あなたを罰《ばっ》するつもりはありません。実は、この健康保険証を利用してインターネットカフェに滞在していた男性が、亡くなりました」

石川が弾かれたように顔を上げた。

金券ショップの防犯カメラ映像のプリントアウトを差し出す。

「この男性をご存じですね」

「なんで……」

低くしゃがれた声はもともとだろうか。感情の高ぶりのせいか。それとも、過酷な路上生活でこうなったのか。

「何者かによって殺害された可能性が高いと、我々は考えています」

「殺された？　誰に？」

「いま、調べています。この保険証は、あなたのものですか」

少し躊躇した後で、石川は顎を引いた。

「そうだ。東京に古い知り合いに会いに行く。さすがにこの季節の野宿は堪《こた》えるから、ネカフェに泊まりたい。身分証がなきゃネカフェにも泊まれないから、保険証を貸してくれないかって、ウノさんが」

「ウノ？　この男性はウノという苗字なのですか」

写真を指差して確認する。

宇野、宇埜、鵜野、卯野。同じ読みでもいろんな字が充《あ》てられる。このウノはいったいどんな漢字だろう。

「本名かどうかはわからない。おれだって、本名は名乗っていない」

「ウノは苗字ですか」

「たぶんな。それが苗字か名前か、いちいち確認しない」

苗字でも名前でもなく、渾名という可能性も、もちろんある。

「ウノさんとあなたは、親しかった？」

少しだけ考える間があった。

「親しかったと思う。よく一緒に飲んだし、住之江にも出かけたりした」

「ボートレース場？」

「勝ったほうが酒をおごったりしてな。楽しかった」

石川が遠い目をする。重かった口も、次第に滑らかになってきたようだ。

「あの人は、おれがここに流れ着いたときからいろいろと面倒を見てくれた。縄張りとか、仕事の見つけ方とか、暑さ寒さのしのぎ方とか教えてくれた。感謝してるんだ。だから保険証を貸してくれって言われたときも、断る選択肢はなかった」

「保険証は日常的に貸し借りしていたのですか」

「いいや」と石川がかぶりを振る。

「おれが保険証を持っていることは、ウノさん以外知らなかった。ウノさんから保険証を使わせてくれと言われたのも、あれが初めてだった。そんなもの持ってるのが知れたらろくなことにならないから黙ってろ、使うのはいざというときだけにしろって、ウノさんから言われてたんだ。ホームレス連中は、ほとんど保険証なんて持ってないから」

だが失踪して一年しか経っていない石川は、有効期限内の健康保険証を持っていた。

「あなたにたいしてそこまで言っていたウノさんが、健康保険証を貸して欲しいと頼んできた」

重々しい頷きが返ってくる。

「よほどのことだと思った。だから、深くは訊かなかった」

ウノが誰に会おうとしていたのか知らない、と言いたいようだ。

「ウノさんが会おうとしていたのは古い知り合い、ということですが、それ以外にはなにか聞いていませんか」

「なにも」

思い出す努力を最初から放棄したような、石川の態度だった。

「どんな小さなことでもかまいません」

「あの人が自分から話すなら聞くけど、そうしないときには深く突っ込んだりはしない。だから知らない」

どうやら石川からは、これ以上情報を引き出せないようだ。

最後にウノがどこをねぐらにしていたかを訊いた。ウノは西成区内の公園の一角に、ビニールシートなどで家を作って寝泊まりしていたらしい。

話を聞いていた堀内は「あそこか」とすぐにわかったようだ。有名な場所らしい。

堀内の覆面パトカーで、ウノの家があったという公園まで連れて行ってもらった。

住宅街の一角にある公園に、鉄パイプを組み、ビニールシートやベニヤ板で覆ったハウスが建ち並んでいる。明らかな違法建築だ。堀内によれば、この公園で炊き出しが行われるため、この場所に住めるのはホームレスの中でも有力者なのだという。ハウスはこれでもだいぶ減ったそうだ。

敷地を囲う金網沿いに覆面パトカーを停める。

すぐに物珍しげに何人かのホームレスが近寄ってきた。

「警察や！　妙な真似しよったら、おまえら全員ぶちこむど！」

運転席から降りるなり、堀内が警察手帳を掲げて恫喝《どうかつ》する。

ホームレスたちがおどおどと遠ざかっていった。

「すみません。油断したらなんでも持ってかれるものですから」

手帳を懐にしまいながら、堀内が申し訳なさそうに肩をすくめる。

公園に足を踏み入れた。

それほど広くない敷地のあちこちに、さまざまな年代のホームレスが散らばっている。なにをするでもなくただ存在していたように思えたのが、三人の刑事たちがやってきたとたんに、いっせいにこちらに意識を向けたのがわかる。この空間では自分たちが異物なのだと、思い知らされた。

先頭を行く堀内は肩で風を切るような歩き方で、誰に話を聞こうか物色するように視線を動かしていた。

「姉ちゃん。ええケツしとるのう」

鳴海に声をかけたのは、ベンチに胡座《あぐら》をかいた男だった。プロ野球チームの帽子をかぶり、だらしなく開いた口からは歯が数本しか見えない。

「警察相手にええ度胸やの！　いてまうどコラ！」

素早く身を翻した堀内が、舌打ちとともにこぶしを振り上げる。

男は「ひいっ」と弱々しい悲鳴を上げ、自分の頭を両手で覆った。

堀内はついでにこの男に話を聞くことにしたようだ。

「この公園に、ウノっちゅう男が住んどると聞いたが」

自分の頭を手で覆ったまま、男が公園の一角を指差した。ハウスが何軒か、長屋のように並んでいる。

近くまで行ってほかのホームレスに訊ね、ウノのすみかを特定した。青いビニールと茶色く錆《さ》びたトタンで組み上げられたハウスだった。近くにおびただしい数の不法投棄された自転車が止まっている。

音喜多はビニールをめくり上げ、中を覗き込んでみた。

思ったほど臭いはしない。毛布や衣類が幾重《いくえ》にも敷き詰められ、女性の裸体のグラビア写真が、壁にガムテープで貼りつけられている。カセットコンロもあるので、簡単な調理ならできそうだ。小物類は発泡スチロールの箱にまとめられていた。

四《よ》つん這《ば》いになり、内部を検分する。

発泡スチロールの箱から古い写真が出てきた。三十歳前後の男性が、十歳ぐらいの少女と顔を寄せ合って写っている。二人とも笑顔だ。顔立ちがよく似ているから、親子だろう。そして三十歳ぐらいの男性には、被害者の面影があった。おそらく、被害者の若いころの写真だ。

被害者には娘がいた。ということは、結婚もしていたのだろうか。

こんなにかわいい娘がいてホームレスになるなんて。

男の人生に想いを馳《は》せながら、さらに箱を探る。

新聞の切り抜きが出てきた。

『世界へ届け　幻の交響曲第十番』という見出しで、篁のことが書かれている。天才的なピアニストが作曲家に路線変更し、ベートーベンの残したスケッチを元に作った交響曲『再会』が大きな話題になるまでの経緯が書かれている。来月七日には世界的に活躍するバイオリニスト・若杉了一《わかすぎりょういち》をゲストに招き、篁奏が指揮をするコンサートも予定されているらしい。かねてから若杉の大ファンで、このコンサートで念願叶《かな》って嬉しいといったコメントも、篁の写真付きで紹介されていた。つねづね若杉と共演したいと公言してきたのが、ようやく実ったらしい。

そして新聞記事とは別に、L判の篁の写真も入っていた。

「盗撮……？」

篁はレンズを向けられているのに気づいていないようだ。バストアップの構図で、どういうわけか白衣を身につけていた。いつごろの写真だろう。この前会ったときよりも、全体的に少しふっくらしている。

ウノは篁の行動を探っていた？

そして篁が秘密にしていた事実をつかみ、金品を強請《ゆす》ろうとした？

だがウノは関西在住だった。なのになぜ、篁の写真を持っているのか。

さらに荷物を探る。一番下から封筒が出てきた。愛想のない白い封筒で、宛先は兵庫県神戸市《こうべ》の『庄野美織《しょうのみおり》』となっている。裏返すと、差出人の名前は住所を記さずに『庄野和芳《かずよし》』と書かれていた。

「ショウノ……ウノ？」

閃《ひらめ》きに全身の毛穴が開いた。『ウノ』という被害者の呼び名は『ショウノ』から取ったものではないか。

『ウノ』の本名は『庄野和芳』なのか。

切手は貼ってあるが消印はなく、封もされていない。なんらかの事情で投函しそびれたようだ。何年も手もとに置いていたのだろうか、封筒全体が少し黄ばんでいる。

『庄野美織』は娘だ――と、音喜多は確信した。

大事に持っていた写真からも、ウノが娘にたいして強い思いを抱いていたのがうかがえる。後悔と贖罪《しょくざい》の気持ちを綴《つづ》った手紙を書きながら、投函できずにいた。相手が娘だとしたら、その心情は理解できる。

音喜多は封筒を開き、中身を取り出した。封筒と同じく愛想のない便箋《びんせん》だ。お世辞《せじ》にも上手いとはいえないが、気持ちをこめて丁寧に書いたのがうかがえる筆跡で文章が綴られていた。

『庄野美織さま』で始まったのは、やはり父から娘に宛てて書かれた手紙のようだった。『ウノ』は『庄野和芳』で間違いない。

庄野は神戸に妻子を残し、失踪したようだった。手紙を読む限り、夫婦生活も親子関係も良好で、家族仲は悪くなかった。便箋一枚に、びっしりと家族との思い出が回顧されていた。

にもかかわらず、なぜ庄野は家族を捨てたのか。

それは庄野が犯した『ある過ち』のせいらしい。どうやら庄野は娘に『ある過ち』の内容を伝えるべく筆を執ったようだ。『ある過ち』への後悔と自責の念が、失踪の遠因になったと綴られている。

それにしても自己弁護と自己憐憫《れんびん》にまみれた文章だと、音喜多は感じた。どこまでが真実なのか疑わしい。これほど自己愛の強い男が、罪の意識に苛《さいな》まれて失踪などするだろうか。本当の理由は別にあって、都合のいい理由を後付けしているだけのような気もする。

二枚目の便箋を読み終えた時点で心の芯が冷えつつあった音喜多だったが、三枚目の便箋に目を通した瞬間、思わず息を呑《の》んだ。

異変を察知したのか、それともたまたまか、鳴海がビニールシートをめくる。

「なにか見つかりましたか」

我に返った音喜多は、便箋を鳴海に差し出した。

「手紙？」

「おそらく、ウノから娘に宛てられたものだ」

「身元がわかったんですか」

　さすがの鳴海の声もうわずっている。

　だがもっと驚くべきことがある。

「手紙を読め」

　指示通りに手紙を読んでいた鳴海が、「えっ……？」と首をひねる。

　それから答えを求めるように、音喜多の顔を見た。

「これ、どういうことですか」

「どうもこうもない。書いてあることが真実なら、この手紙の主は――庄野和芳は、人を殺している」

　便箋の三枚目には『父さんは人を殺しました』と書いてあり、娘宛てとしてはあまりに衝撃的な内容だと思ったのか、文章はそこで途絶えていた。

第三章

1　一九八四年　九月

ピアノの和音が音楽室に響いていた。

グランドピアノの前に座った弥生は、目を閉じている。譜面はあえて見ない。次の音は。次の指は。頭ではなく、身体に曲を染み込ませ、指先が自然に動くようになってこそ、音を楽しむ余裕が出てくる。弥生の師匠である、ピアノ教室の松崎《まつざき》先生の教えだ。

最後の一音の余韻《よいん》が消えるまで待って、ようやくまぶたを開いた。

ミスタッチはなかった。だが鍵盤の重さに負けて、わずかにリズムが乱れた場面があった。とくに左手小指。

どうしてもこの指の力が弱い。

左手小指に力をこめ、何度か音を出してみる。この指さえもっと自在に動いてくれたら。

実力不足がもどかしい。

弥生は音楽室に一人だった。来月に迫った校内合唱コンクールの伴奏を任されたため、音楽教師に申し出て、昼休みにグランドピアノに触る許可を得たのだ。たかが校内合唱コンクールの伴奏でそこまで熱心にやらなくてもと、音楽教師はややあきれた様子だった。だが弥生は不安だった。ピアノに触れていないと、どんどん指が動かなくなる。

同じピアノ教室に通うレッスン生が、来月のジュニアピアノコンクールに出場する。小学校は違うが、学年も、ピアノを始めた年齢も同じだった。

ライバルと思ったことはなかった。昨年も揃って予選に参加し、揃って敗退した。彼女が急に上手くなったと感じたのは、今年に入ってからだった。身体が大きくなって力が強くなり、鍵盤の重みに負けなくなったせいか。それとも、手が大きくなって指のストレッチが利くようになったせいだろうか。

とにかくめきめき力をつけた彼女は、昨年跳ね返された壁をあっけなく突破した。

友人の快挙を祝福しながら、弥生の心中は複雑だった。プロのピアニストになりたいねと、二人で夢を語り合った。友人は夢に一歩近づいたが、弥生にとっては遠い夢のままだ。

がやがやと楽しげな声が遠くに聞こえる。校庭から聞こえる悲鳴は、ドッジボールで迫り来るボールから、児童が逃げ回っているのだろう。弥生は小学校入学以来、一度もドッジボールに参加したことがない。指を痛めたらピアノが弾けなくなる。

ふうと肩で息をつき、鍵盤に指を置いた。

勢いよく両手を鍵盤に叩きつけて和音で弾みをつけた後、右手で転がるような三連符の単音弾き。その後は左右で呼応するような、ゆったりとしたメロディーの第一主題。

ベートーベンのピアノソナタ第二十番第一楽章。

ジュニアピアノコンクールの予選会でも自由曲に選んだ、大好きな曲だった。この曲が弾けるようになった時点では、ピアノ教室に通う小学生の中でいちばん上手いはずだった。何度も演奏するうちにミスも減ったし、感情もこめられるようになった。松崎先生だって、とてもよくなったと褒めてくれた。弥生は天才だ、将来は世界を股にかけるプロのピアニストだと、両親は期待をかけてくれた。

なのに、なんで――。

ピアノが不協和音を奏で、演奏が止まる。

ミスタッチではない。鍵盤にわざとでたらめに指を叩きつけた。

弥生は泣いていた。

思うように上達しない自分に腹が立った。友人を妬《ねた》んでしまう自分が嫌いだった。

ふいに、廊下で物音がした。この教室は校舎の最上階、廊下の突き当たりにある。部屋の前を誰かが通過することはない。

「誰？」

ぞくり、と背筋が冷たくなる。休み時間に、悪趣味な男子が心霊写真ばかりを集めた本を持ち込んで、クラスメイトに見せてまわっていたのを思い出す。見たくもないのに見せられた。幽霊は夜と相場が決まっていたはずだが、あの本の心霊写真は昼間に撮影されたと思しき明るい背景ばかりだった。

「誰？　お祓《はら》いするよ。お祓いされたくなかったら、あっちに行って。出てこないでいいけん」

部屋の中を見回し、武器になりそうなものを探す。見つからない。たしか奥の角にあるロッカーの中に、モップがあった。あれぐらいか。

机にぶつかりながら、ロッカーに向かう。

法事で聞いた、しかしなにを言っているかわからないお経を口の中で唱える。

すると引き戸が開き、弥生は悲鳴とともに飛び上がった。

バランスを崩して後ろの机に倒れ込む。

幽霊を見た――と思ったが、違った。

音楽室の出入り口に立っていたのは、中村だった。

「中村くん……」

なぜ中村がここにいるのか。生きた人間相手なのに、幽霊を見たような顔をしてしまう。

「ごめん。怖がらせるつもりじゃなかったとけど」

中村が申し訳なさそうに後頭部をかいた。

「いや……」

顔が熱くなる。怖がったのは中村のせいではない。ぶつぶつ呟いていたお経は、中村の耳に届いただろうか。

気になったが、訊くのも怖いので話題を逸らした。

「どうしておると？」

「なんか、良い曲が聞こえると思うて」

「ずっと聴いとったと？」

「『翼をください』はちゃんと聴いてないけど、その後の綺麗か曲から」

『翼をください』は、ベートーベンのピアノソナタを弾く前に練習していた、合唱コンクールの伴奏曲だ。

「なんで――」

なんでこんなところにいるの。

良い曲が聞こえたから、というのは説明になっていない。音楽室の近くにいたからピアノが聞こえたわけで、弥生が訊きたかったのは、中村が音楽室の近くにいた理由だった。

最上階には音楽室のほか、視聴覚教室や家庭科室、理科室など特別教室が集まっていて、普通のクラスはない。

そこまで考えて、弥生は気づいた。

一般の生徒がほとんど出入りしないからだ。

『ウソ村』の渾名を与えられた中村は、クラスで無視されている。休み時間や昼休みに誰かと談笑しているのを見かけたこともないし、ドッジボールにも誘われない。そんな彼が昼休みになにをして過ごしているのか、弥生は考えたこともなかった。

「あの、この前はありがとう」

中村は怪訝そうに首をかしげた。なんにたいしての礼なのか、ピンと来ないようだ。それも当然かもしれない。あれから三週間も経過していた。

「精霊流しのときに、助けてくれて」

中村が通りかからなかったら、どうなっていたかわからない。命の恩人といっても過言ではなかった。

それなのに中村は、弥生を泣かしたと誤解した佳江に責められた。涙が収まった後で弥生が経緯を話しても、一度責めた手前、佳江も引っ込みがつかなくなったのか、「やっぱりあいつは『ウソ村』たい」となぜか中村を非難するようなことを言った。

中村と言葉を交わすのは、あれ以来だった。

「ああ」と、中村は軽く肩を揺すった。いま思い出した、という感じのしぐさだった。

「やっぱりこいつ嘘つきやって、思ったやろ」

「そんなことないよ」

「でも警察に電話したって言ったのに、本当はしてなかったし」

言われてみればそうだ。松田聖子のサインをもらってきてあげるというのも嘘で、警察に電話したからもうすぐパトカーが駆けつけるというのも嘘だった。どちらも嘘なのに、なぜ前者の嘘は非難され、後者は感謝されるのだろう。嘘はよくない。担任の永石先生は、そう言っていたはずなのに。

「あれは良い嘘やったし」

そう考えるしかなかった。

中村がぷっと吹き出した。

「なんやそれ、良い嘘ってあるとね」

「あるよ」

あの場ではあれ以外の方法はなかった。中村のとった方法は正しかった。だから、良い嘘はある。

「なにが良い嘘でなにが悪い嘘なのか、おいにはわからんけど」

中村の笑顔に、かすかな翳《かげ》りが覗いた。

弥生は胸の奥が締めつけられる感じがした。本当はきっと、みんなと仲良くしたいのだろう。サイン色紙の件だって、一時的には効果があった。いや、ほかのクラスに本物のサインを持っている生徒さえいなければ、効果は卒業まで持続したかもしれない。

積極的ではないにしろ、自分だって輪から弾かれるのを恐れ、中村を拒絶していた。弥生は強烈な罪悪感に包まれる。

中村が鼻の下を擦った。

「さっきの綺麗な曲、なんて言うと？」

「うちが弾いてた曲？」

「うん」

「ベートーベンのピアノソナタ。二十番」

「あれがベートーベンか」

作曲家の名前は知っていたらしい。

「ベートーベンは『運命』とかの交響曲のイメージが強いけど、もともとはピアニストさ。ピアノがすごく上手やったと。でも、耳の聞こえんごとなったけん、作曲に力を入れるようになったとよ」

弥生が披露した蘊蓄《うんちく》を、中村は興味深そうに聞いていた。

「耳が聞こえないのに、どうやって作曲すると？」

「絶対音感のあるけん」

「絶対音感？」

「音を聴いただけで、その音の音階がわかる能力のことさ」

たとえば、と白鍵に人差し指を置き、押し込んだ。

ポーンと音が鳴る。

「この音、ドレミファソラシドのどれかわかる?」

中村はかぶりを振った。

「わからん。わかるわけないいたい」やや拗《す》ねたような口調だった。

「いまのはドさ。音を聴いただけでドとかレとか、わかるのが絶対音感。絶対音感のある人は、音を覚えていて、頭の中で音楽ば鳴らすことのできるけん、耳が聞こえなくても作曲できると」

ふうん、と曖昧《あいまい》な反応から察するに、いまいち理解できていない。無理もない。絶対音感のある人の見る景色は、何年もピアノを弾いている弥生ですら想像できない。弥生はトレーニングこそ積んだものの、ついに絶対音感を身につけることができなかった。絶対音感は三歳から七歳までの期間で発達し、完成すると言われている。その後は成長することなく、加齢とともに衰えていくだけらしい。

「一度覚えてしまえば、頭の中でいつでも鳴らすことができるってこと?」

「そういうこと」

「そしたら、もうピアノいらなくなるね。いつでも頭の中で鳴るとやけん」

その発想はなかった。笑ってしまう。

「でもやっぱり、生《なま》の音を聴きたかったと思うよ、ベートーベンも」

「そっか」

中村も笑っていた。

「ねえ。さっきの曲、ベートーベンのピアノソナタ、また弾いてくれんかな」

はにかみながらの申し出を、弥生は快諾した。

「よかよ。そこに座らんね」

中村を教室の最前列に座らせた。弥生はグランドピアノの鍵盤の前に座る。

「特等席たい。なんか緊張してきた」

中村はそわそわと座り心地が悪そうにお尻を動かしていたが、「じゃあ、始めるよ」という弥生の声で、ぴんと背筋をのばし、膝の上に両手を置く。

大勢に見られるのは慣れているのに、クラスメイト一人にじっと見られるとやけに緊張する。一つひとつの機能を確認するように指をばらばらに動かし、深呼吸した。

両手を鍵盤の上に置く。

演奏者一人、観客一人のコンサートがスタートした。

2　二〇一九年 十一月

その女性は証拠品袋のビニールに包まれた便箋に、感情のない眼差しを向けていた。だが無関心というわけではないらしく、視線はゆっくりと文章を辿るように動く。

たっぷり五分ほどかけて便箋三枚に目を通した後で、彼女は顔を上げた。

「ありがとうございます」

老眼鏡を外し、証拠品袋を差し出してくる。

女性の名前は庄野亜由美《あゆみ》といった。庄野和芳が娘の美織にあてた神戸の住所に住んでおり、戸籍上はいまでも庄野和芳の妻だった。

後ろでひっつめた長い髪は半分ほど白く、口の横には深いほうれい線が刻まれている。突如として夫が失踪した後の、苦労と苦悩の深さを物語っているようだった。

音喜多と鳴海は大阪から神戸にやってきた。庄野和芳が娘に宛てた手紙の住所を訪ねると、そこは古い団地だった。手紙に記された住所のポストには、幸いにしてまだ『庄野』という名前がマーカーで書かれていた。

そして手紙の宛先だった部屋から出てきたのが、庄野亜由美だった。亜由美に金券ショップの防犯カメラ映像のプリントアウトを見せると、それが失踪した夫であると認めた。

ついに被害者の身元が判明したのだ。

音喜多と鳴海は、雑然としたリビングで、ちゃぶ台を挟んで亜由美と向き合っている。

「この手紙では、和芳さんは娘さんの大学受験を心配しているようですが」

音喜多は軽く視線を動かして部屋の中を見た。誰かと一緒に生活している様子はない。

亜由美は嘲《あざけ》るように鼻を鳴らした。

「美織はとっくに大学を出て、横浜で一人暮らしをしながら働いています。もうすぐ結婚する予定なんです。それなのに……」

舌打ちしそうな勢いで鼻に皺を寄せる。

気持ちはわからないでもない。夫が忽然と姿を消したのは二〇〇六年だというから、もう十三年も前の話だ。一家の大黒柱を失い、その原因も生死すらもわからないとなれば、残された家族の心労と苦労はいかばかりか。それもようやく落ち着き、心の整理もついたであろうタイミングでの、刑事の来訪だった。

いなくなった夫は、大阪でホームレスをしていた。しかもなぜか東京で何者かによって殺害された。しかも娘に遺した手紙で殺人を告白していた。娘としても、すべてを隠したまま結婚するわけにはいかないだろう。破談になる可能性だってある。

「美織のところにも行くんですか」

うんざりしたような息とともに、亜由美が質問した。

「もし必要とあれば、お話をうかがうかもしれません」

同情はすれど、捜査に手心を加えるわけにはいかない。音喜多は事実を伝え、娘の住所と連絡先を訊ねた。亜由美は渋々といった様子ながら、素直に答える。

「あの人が、本当に人なんか殺したのかね」

実感がないのか、それとも疑っているのか、あまり信じていなさそうな口調だ。

庄野和芳にはギャンブル癖があり、複数の金融業者からおよそ三百万円の借金をしていた。夫の失踪後は亜由美が返済することになったが、いまも完済できていないという。失踪の原因は借金で首が回らなくなったことだと、亜由美は断言した。夫を信頼してもいないし擁護《ようご》する気もさらさらないが、人を殺す意気地《いくじ》のある男ではないと。

「あの人、その場限りの言い逃れで適当な嘘をつくことが少なくなかったし、人を殺したというのも、いつもの嘘のような気もするんです。借金で首が回らなくなったという説明では格好がつかないから、もっと切羽詰まった状況だったように思わせたかっただけのような」

娘の気を引きたい一心で、ありもしない犯罪を告白した。しかし、さすがに殺人となると、思いがけない波紋を広げる恐れがある。だから手紙を書くのを思いとどまり、投函もせずじまいになった。もちろんその可能性もある。

とはいえ庄野の死に方と、その直前の不審な行動を考えれば、調べないわけにはいかない。

「旦那さんは、興信所を営んでいらしたんですよね」

「興信所とはいっても、一人でやってる、探偵なのか便利屋なのかわからないような仕事ですよ」

亜由美が丸い鼻に皺を寄せる。

「そのときの資料は――」

音喜多が言い終える前から、亜由美はかぶりを振っていた。

神戸一の繁華街である三宮《さんのみや》の雑居ビルに小さな事務所をかまえていたが、家賃がかかるため引き払い、荷物も処分したという。

失踪する直前どころか、それ以前にも、亜由美は夫が抱える案件について、まったく把握していなかった。庄野が守秘義務に忠実だったというより、ギャンブル通いを妻に悟られないよう秘密主義を貫いていたためのようだ。

「最後にこれをご覧いただけますか」

鳴海がバッグから証拠品袋に包まれた写真を取り出した。

白衣を着た篁《たかむら》の写真だった。篁のコンサート開催を伝える新聞記事とともに、庄野の発泡スチロール箱から見つかったものだ。

亜由美が写真を覗き込む。

「篁奏《かなで》ですね」

「ご存じですか」

「テレビで見たことがあります」

篁奏の知名度は、音喜多たちが思っていた以上のようだ。

しげしげと写真を見つめていた亜由美が言った。

「篁奏、神戸に来ていたんですね」

「えっ？」

音喜多は思わず訊き返し、鳴海の顔を見た。鳴海は不思議そうに首をかしげている。

亜由美が手を振る。

「ごめんなさい。てっきり神戸で撮影されたとばかり……私の早とちりだったみたいです。忘れてください」

「いえ。これは旦那さんが撮影した写真かもしれないので、神戸の可能性もあります」

「そうなんですか？　どうしてあの人が、篁奏を」

亜由美が混乱した様子で視線を泳がせる。

「ちなみにどのへんで、そうお感じになったんですか。これが神戸で撮影された写真だと」

音喜多の質問に、亜由美は「壁です」と即答した。

「篁さんの背景に写っている壁の落書きに、見覚えがある気がして」

失礼します、と写真を確認する。鳴海も横から覗き込んできた。

なぜか白衣を身につけた篁を、バストアップで切り抜いた構図。背景のコンクリートには、たしかにスプレーの落書きがされている。

「この落書きに見覚えがあると？」

「そんな気がした、というだけです。よく見ればどこにでもありそうな感じだし、私の勘違いかもしれません」

刑事たちの目の色が変わって、だんだん自信がなくなってきたようだった。

だが、勘違いなら勘違いで無駄足を踏むだけだ。せっかく神戸まで来ているのだから、それぐらいはかまわない。

「この落書きをどのへんで見たか、覚えていらっしゃいますか」

音喜多は開いた手帳にペンをかまえた。

3　一九八四年　十月

最後の一音が、音楽室の吸音壁に吸い込まれる。

最前列からぱちぱちぱちと拍手が聞こえた。

弥生は顔を上げ、たった一人のスタンディングオベーションに笑顔で応える。

拍手する中村の顔は、興奮でかすかに上気している。ベートーベンのピアノソナタ第二十番第一楽章。何度聴いても、初めて聴いたかのように目を輝かせて聴き入ってくれる。その表情だけはぜったいに『ウソ村』ではない。

弥生が昼休みに音楽室を使わせてもらうのは週に一、二回。たぶんそれぐらいが限界で、あまりに頻繁だと不審に思われる。

中村はそれ以外の日にも、昼休みにはひと気の少ない最上階で過ごしているようだった。毎日、給食を食べ終えるとさりげなく教室を出ていき、午後の授業が始まる直前に戻ってくる。これまで気にしたこともなかったし、気にしたこともなかった自分を恥じた。

それでもクラス全員から無視されている中村に、ほかのクラスメイトの前で話しかける勇気はなかった。同性だったら事情も違うが、異性とは少し親しくするだけで、好きだとか付き合っているとか噂を立てられる。前にクラスの女子がある男子と付き合っているとはやし立てられ、泣かされているのを見た。そうなるのは怖い。中村も同じなのか、昼休みの音楽室以外で弥生に話しかけてくることはない。

だが二人きりの秘密のコンサートも、今日で最後になる。

校内合唱コンクールは明日だった。弥生が音楽室の鍵を借りられたのは校内合唱コンクールに向けて課題曲の伴奏を練習するという名目があったからで、明日以降はそれもなくなる。

「次はなんば弾いてもらおうかな」

　中村は腕組みをして一生懸命にリクエスト曲を考えている。彼のリクエストのバリエーションは、これまで弥生が披露したベートーベンの数曲だけだ。中村はそれ以外の曲も、作曲家も知らない。弥生のピアノで、初めてクラシック音楽に触れたのだった。

「中村くんは――」弥生は身体ごと、中村のほうを向いた。「自分で弾いてみたいと思わんと？　ピアノ」

　素朴な疑問だった。そんなに好きなら、普通は自分でも演奏してみたくなる。

　中村は考えたこともなかったという感じで、小さな目を限界まで見開いた。顔と手を大きく左右に振る。

「おいは、楽器とかぜんぜん駄目だけん」

「上手に弾ける必要はないよ。下手《へた》でも楽しいって。私も下手やけど楽しいもん」

　本当は楽しくなくなりかけていた。だが最近、楽しさを思い出してきた。音楽は競い合うものではない。拙《つたな》い演奏でも、誰かが楽しんでくれる。それによって、自分も楽しくなる。

「北田は上手やろうが」

「そんなことない。下手くそよ」

「あんな……」信じられないという顔で口をパクパクとさせる。「あんなに綺麗に弾けるとに。合唱コンクールの伴奏もするとに」

「長く弾いていれば、ぜんぜん弾いていない人よりも弾けるようになる。でも、同じぐらい長く弾いている人に比べたら、上手じゃないと」

「そうね……」

呆然《ぼうぜん》とした表情がおかしくて、笑いそうになる。緩む口もとを手で隠し、弥生は続けた。

「でも楽しいと。下手でも、ピアノを弾くのは楽しい。だけん、もっとたくさん練習して、もっといろんな曲を上手に弾けるようになりたい」

ぽかんとしながら話を聞いていた中村が口を開く。

「北田はプロの演奏家になると？」

「なりたいと思うとる。いまはまだ下手やけど、大人になるまでまだ時間はあるし」

「すごかね。なれるとじゃ？」と、いったんは疑問形に持ち上げた語尾を訂正する。

「いや。なれる。ぜったいなれる」

「なれるかな」

「なれるさ。こんなに上手に弾けるとやけん。あ……上手じゃないとやっけ。でもおいは感動したもん。北田の演奏ば聞いて、すごいと思った。もっと聴いていたいと思った」

真《ま》っ直《す》ぐな賛辞が嬉しい半面、面映《おもは》ゆい。

中村がはっとなにかに気づいたような顔をした。

「これは嘘じゃないけんな。嘘ばっかりついてるウソ村やけど、これは本当」

「わかっとるよ」

私には『ウソ村』なんかじゃない。不名誉なレッテルを剝がしてあげられなくて、本当にごめん。

罪悪感で胸にちくりとした痛みを覚えながら、弥生は椅子の上でお尻を左にずらし、スペースを空けた。空いた部分の座面を、ぽんぽんと手で叩く。

「ここにおいで」

「でも……」

中村がどぎまぎしているのは、ピアノに触れるのに二の足を踏んでいるのか、それとも、女子と接近して座ることを躊躇しているのか。

「早よせんね。昼休みの終わってしまうよ」

自分でも驚くほど強い声が出た。時間がない。昼休みが終われば、二人きりのコンサートも終わりだ。たぶん、今後二度と開催されない。

おずおずと立ち上がった中村が、弥生の右隣に腰をおろす。

「ベートーベンのピアノソナタ二十番ね」

「いきなりそんな難しい曲――」

抗議は無視した。

「うちが左手で、中村くんが右手」

まずは弥生一人で、最初の四小節の第一主題を弾いてみる。

自在な指の動きに、中村が「おお」と感嘆の声を上げた。

「おお、じゃないの。中村くんがこの右手をやるの。ちゃんと見て」

低いシとレとソ。冒頭の和音をクリアしてしまえば、後は単音なのでメロディーを追っていけばいい。最初はレギュラースピードで演奏し、次にゆっくりと、中村がポジションを把握できているか確認しながら、何度か弾いてみせた。

五回ほど繰り返したところで、指の運びを覚えてきたようだ。

「大丈夫？　やってみる？」

中村は少しだけおののいたような顔をしたが、頷いた。

「やってみる」

「二十番第一楽章は二分の二拍子だから、いち、にー、いち、にー、のリズムね。まずはこのリズムに合わせて、口ずさんでみて」

いち、にー、いち、にー。その後は手拍子に切り替えた。

中村はリズムに乗りきれずに戸惑っている。長縄跳びに飛び込むタイミングを見計らうように、顔を上下に振っていた。

まったく楽器の経験がないと、こうなるのか。

弥生は新鮮な驚きを覚えながら、メロディーを口ずさんだ。お手本を聞いて要領がわかったらしい。中村も弱々しいハミングで加わってくる。

「わかった？」

「わかった」

手拍子を止《や》め、スタート地点にそれぞれの指を置いた。

「ゆっくり行くよ。いち、にー、いち、はいっ」

通常の演奏よりも半分ほどのテンポでカウントし、演奏を開始した。

最初の和音は問題ない。あらかじめ鍵盤に置いていた指を押し込むだけだ。

次の三連符で、早くも中村一人になる。レ、ソ、シ、オクターブ上のレ、オクターブ上のド、ラ。危なっかしい手つきながらも、なんとか上昇下降を乗り切った。成功したのがよほど嬉しかったらしく、中村がちらりとこちらを見て笑う。

その油断がよくなかった。

次の四分音符で隣の鍵盤も一緒に弾いて、不協和音を鳴らしてしまう。しかしそこで焦ることなく、すぐさま持ち直した。弥生の弾く低音にリズムを合わせ、見事なハーモニーを奏でる。その後はたどたどしいながらも、ミスタッチなく四小節を弾ききった。

中村が弥生を見る。その表情には喜びと興奮と達成感に満ちていた。

「すごい。出来た。おいが弾いた」

「そうよ。中村くんが弾いたとよ」

「信じられん。おいがピアノば……」

自分の手の平を見つめる中村に、弥生は提案した。

「中村くん、ピアノ始めてみたら？」

弾かれたようにこちらを向いた顔には、驚愕《きょうがく》が貼りついている。

「さっきも言うたけど、上手に弾ける必要はないし、中村くん、ピアノが本当に好きみたいやし、やったほうがいいと思う。それにいま、実際に弾いてるところを見たら、けっこう筋がいいよ」

「本当に？」

中村の表情がぱっと明るくなった。

「うん。ミスしたときもバタつかなかったし、タッチが柔らかい。すごく綺麗な音が出てる」

偽らざる本音だった。ほんの思いつきで隣に座らせたが、中村の指先から紡《つむ》がれる澄んだ音に、少し驚いていた。自分が初心者だったときの記憶はほとんど残っていないが、最初からこんなに綺麗な音が出せるものだろうか。

「やってみたらよかよ。先生もやさしいし、すごく楽しいよ」

それに、またこうやって連弾もできる。

かなり乗り気に見えた中村だったが、ふいに表情を曇らせた。

「でもピアノ教室ってお金かかるやろう？」

「うん。まあ」

かかると思う。毎月末には、母から持たされた月謝袋を先生に渡している。だが月謝袋にいくら入っているのか、弥生は知らない。

「うち、貧乏やけんさ」

そう言われてしまえば、返す言葉もない。貧乏という言葉は知っていても、どういうものか、まったく実感がない。経済的に貧しい家庭の子の生活が、自分とどう違うのか想像できない。

重くなった空気を嫌うように、中村が顔を上げる。

「そろそろ戻らんと。昼休みの終わる」

いつもはもう少しゆっくりしているのに、とは言えなかった。

「出るね」

中村が席を立ち、小走りに音楽室を出ていく。

昼休みの秘密のコンサートは、こうして短い歴史の幕を閉じた。

4　二〇一九年　十一月

「これ、森下《もりした》先生でしょう？　よく覚えています」

思いがけない女の言葉に、音喜多と鳴海は互いの顔を見合わせた。

「この人が森下というんですか」

音喜多がよく見てくださいと写真を指差して確認しても、結果は同じだ。

「森下歯科医院の森下先生。うちの子供のかかりつけだったんですけど」

音喜多たちがいるのは、神戸市東灘区《ひがしなだく》だった。近くに海があるのか、ほんのり潮の香りが漂っていて、少し首を回せば遠くに酒造メーカーの巨大なタンクが連なっている。

殺された庄野和芳の妻である亜由美は、白衣の篁奏の写真の背景に見覚えがあると言った。詳しく話を聞いてみると、以前にパートで働いていたクリーニング店の近所にあった、廃工場の壁の落書きに似ているそうだ。音喜多たちは廃工場のあったという場所に向かってみた。

すでに廃工場は取り壊されているという亜由美の証言通り、その場所には大型の工場施設のようなものが建設中だった。建設中の工場施設と道路を挟んで、低い屋根の住宅が軒を連ねていた。

とりあえず周辺で聞き込みをしてみようということになり、一軒ずつ訪ねては、篁の写真を見せてまわった。

そしていまは七軒目だった。

西尾《にしお》という表札のかかったその木造一戸建ては周囲と比べて新しく見えたため、最近越してきたばかりの住人だと思った。ところが玄関先に出てきたふくよかな女性——西尾藍子《あいこ》と名乗った彼女は、家主の妻らしい——によれば、建て替えしたものの、親子二代にわたってここに住んでいるという。

そして篁の写真を見せたところ、「森下先生」という耳慣れない名前が飛び出してきたのだった。

「その森下歯科医院というのは？」

まだ頭の中が混乱していた。写真の人物は作曲家の篁奏ではないのか？

予断を与えないためにも、篁の名前はこちらから出さないほうがよさそうだ。

西尾が玄関から出てきて、建設現場のほうを指差す。

「いま工事してる、その向こう側にあったんです」

「いまはもうないんですか」

鳴海が西尾の示すほうに顔を向けた。

「ええ。とっくですよ。もう……十年以上前じゃないかしら。いまはなにになっているんだっけ。しばらく空き地だったんですけど、別の誰かの家が建っていると思います」

「この方は、その森下歯科医院の経営者ということですか」

「そうです。あと一人若いお医者さんを雇っていたけど、院長は森下先生でした」

「その森下先生がいま、どちらにいらっしゃるか、ご存じですか」

西尾が急に眉根を寄せ、怪訝そうな顔になる。

「警察ですよね」

「え、ええ」

なにやら疑われたようだ。

「亡くなりましたよ」

「亡くなった？」

音喜多は顔をひねり、鳴海を見た。鳴海は意表を突かれたように目をぱちくりさせている。

「本当に警察の方ですか？」

西尾が疑わしげに声をうねらせる。

「東京から来たものですから」

警察手帳をあらためて提示する。西尾は手帳を凝視した。

ようやく疑いが晴れたらしい。視線が手帳から外れ、音喜多の顔に移る。

「ご存じなかったんですね。写真を見せられたときには、警察ってずいぶん粘り強く捜査してくださるんだと思いましたけど」

引っかかる言い方だった。

「捜査とおっしゃいましたが、森下さんが亡くなった原因は、なんだったんでしょうか」

西尾はぐるりと周囲をうかがい、小声で告げた。

「殺人です」

「殺人？」

「ええ。お気の毒に。殺されたんです」

森下が死んだのは十年以上前のことで、遺体は神戸最大の繁華街である三宮センター街の裏路地に遺棄されていた。死因は呼吸を塞がれたことによる窒息。ただし、首を絞められた形跡はない。遺体の口腔内からタオルの繊維が発見されたため、濡《ぬ》れタオルを顔に押しあてられたとみられている。そのほか、後頭部には鈍器《どんき》のようなもので殴られたとみられる打撲痕《だぼくこん》があった。犯人は逮捕されておらず、事件は未解決のままらしい。

口をタオルで塞がれたことによる窒息。

鈍器で殴るのとスタンガンという違いこそあれど、庄野が殺されたのとほぼ同じ手口なのは気になるところだ。二つの事件には、関連があるのだろうか。

西尾から話を聞いた後、音喜多と鳴海は近隣の警察署に向かった。

応対してくれたのは、当時の捜査本部に参加していた吉田《よしだ》という刑事だった。いかめしい顔つきのベテラン刑事だが、見た目に反して物腰は柔らかく、突然の来訪にもこころよく対応してくれた。

森下殺害について訊ねると、当時の捜査資料を開きながら丁寧に解説してくれた。

事件が起きたのは二〇〇五年八月。経営する歯科医院の休診日だった当時四十一歳の森下高雄《たかお》は、交際相手の田部優香《たべゆうか》のアパートで一日過ごした後、三宮センター街に繰り出した。足取りがつかめているのはそこまでだ。

遺体が発見されたのは翌未明。店を閉めて帰宅しようとしたスナック店員が、裏通りのゴミ捨て場に遺棄された死体を発見し、警察に通報した。

目撃者、犯人のものと思われる遺留品はなし。

当時の捜査本部は当初、被害者が最後に接触した交際相手の田部優香を疑ったようだ。実は森下は当時、結婚していた。田部との浮気がばれて妻子が家を出たため、別居状態だったようだが、離婚は成立していなかった。森下は一人息子を溺愛しており、すんなり離婚に応じたとは考えにくい。そこで別れ話を切り出された田部が逆上し、殺害したのではないかと疑ったのだ。

ところが田部優香は事件発生当時自宅におり、彼女のアパートに荷物を配達した運送会社アルバイトの目撃証言もあったことから、完璧なアリバイが成立している。田部のアパートの近所にあるコンビニの防犯カメラにも、三宮センター街の方角に向かう被害者の姿が捉えられており、田部の証言が裏づけられた。

次に疑われたのは、被害者の妻・森下弥生だった。家庭も顧みずに若い女に走った夫への憎悪は当然あったはずだ。ところが事件当日の弥生は、急な高熱を出した息子を連れて救急病院を受診していた。点滴の投与を終えた息子とともに彼女が病院を出たのは午前二時をまわっており、医師や看護師など多数の証言も得られたため、容疑者リストから外れることとなった。

となると、被害者の周辺に疑わしい人物はいなくなる。現場は繁華街で、酔っぱらい同士の喧嘩も珍しくない。行きずりの犯行という線で徹底的な地取り捜査が行われたものの、有力な手がかりが得られないまま時間が過ぎ、事件は風化してしまったという。

『――なるほど。たしかに森下が殺された手口は、今回の事件と酷似している』

「ええ。しかも庄野はなぜか森下の写真を所持していました。それも篁のコンサート開催を伝える新聞記事と一緒に」

『森下と篁は同一人物と見まがうほど、顔立ちが似ている』

ううん、と電話口から証拠を吟味するような低い唸《うな》り声《ごえ》が聞こえる。

そのとき車掌が通りかかり、音喜多はスマートフォンを隠すように身体の向きを変えた。

音喜多が立っているのは、東京行きの新幹線のデッキだった。神戸での聞き込みを終えた後大阪に出て、新大阪で最終ののぞみに駆け込んだのだった。

いま電話している相手は捜査一課での直属の上司である、班長の小野《おの》だった。

『しかも庄野はハウスに隠し持っていた娘への手紙で、殺人をほのめかしているんだよな』

「ほのめかすというより、告白しています」

『だが妻は信じていない』

「ええ。でも森下を殺したのが庄野だったとすれば?」

写真を持っていたのだから、出会い頭の口論ではない。探偵だった庄野は、森下の身辺を調査したことがあったのだろう。

庄野に森下の調査を依頼したのは誰だ?

森下の妻である森下弥生か。浮気相手だった田部優香か。どちらもありうる。調査の過程でなんらかの事実をつかんだ庄野は、それをネタに森下を強請ろうとした。だが森下は拒んで……。

『それで森下殺害にはつながらんだろう』小野が言う。

『とにかく、篁奏が鍵を握っているのは間違いない。それがわかっただけでも収穫だ。よくやった』

「ありがとうございます」

気をつけて帰ってこいという労《ねぎら》いの言葉とともに、通話が切れた。

音喜多はスマートフォンを懐にしまいながら、座席に戻る。

トンネルでもないのに、車窓から見える景色は真っ暗だ。遠くにかろうじて山の稜線《りょうせん》が浮かび上がっている。いまは沼津《ぬまづ》を通過したあたりだろうか。

先ほどまで座っていた自由席に腰をおろす。

それにしても。あきれながら隣の窓側の席を一瞥した。

シートを限界まで倒した鳴海が、腹の上で両手を重ねてすやすやと寝入っている。新大阪を出る前に駅弁を買うところまでは黙認したが、お土産《みやげ》まで選び始めたので強制的にレジに連行し、会計を済ませて新幹線に乗せた。最初のうちは「明治のカールは東京では買えないから買って帰りたかった」などとブツブツ文句を言いながら駅弁を食べていたが、食べ終わったかと思うとさっさとシートを倒して寝てしまった。

まったく呑気なものだ。だが、この奔放《ほんぽう》さが羨《うらや》ましくもある。

穏やかに寝息を立てる平和な横顔を見ながら、ふっと笑みが漏れた。音喜多はおもむろにスマートフォンを取り出し、ライブラリーの写真を開く。

小学校の正門の前に立ち、身体に比べて大きすぎるランドセルを背負って、少し緊張気味の表情でこちらを見据える少女。音喜多の娘の結菜《ゆな》だった。妻と別居した時点ではまだ三歳だったのに、いまは小学校一年生だ。たまの週休日に会って、食事をしたり、遊園地や水族館に連れて行ったりする。自分が小学校一年生のころ、同級生の女の子はこんなにませていたかと驚くほど、おとなびた発言をするし、嫌そうな顔をしたり、怒ったり、ネガティブな感情を顕にするときには、元妻の愛莉《あいり》の面影が覗いてぞっとさせられる。

　いまはまだ、父親とのたまのデートを無邪気に楽しみにしてくれている。だがいずれ、父に会うのを面倒くさがるようになるだろうし、両親の離婚の原因を知れば、父を恨み、遠ざけるようになるかもしれない。

　離婚の原因は、音喜多の浮気だった。刑事はひとたび事件が起これば警察署に泊まり込みが続き、自宅に帰れなくなる。音喜多は仕事を口実に、ときおり浮気相手の家に泊まっていた。人数合わせで同期に誘われ、渋々参加した飲み会で出会った、十も年下の看護師が相手だった。最初から遊びだったし、家庭を壊すつもりなどなかった。相手も自分の意向を了承してくれていると、勝手に決めつけていた。

　だが違った。音喜多の不在時を狙って自宅に無言電話が繰り返され、妻は心を病んだ。最初に妻から相談された時点で、ピンと来た。だが言えなかった。そして浮気相手を止めることもできなかった。このままでは本当に妻の心が壊れてしまう。そう考え、浮気を打ち明けた。原因が判明したことで妻は回復し、立ち直ったが、立ち直ったときには一人で子供を育てていく決意を固めていた。

妻子を捨てて失踪した庄野も、妻子がいるのに若い女に走った森下も、父親失格だ。だが音喜多には、彼らを責める資格がない。むしろ、失ったことにより本当に大切なものに気づくものだよな、きっと後悔しただろうと、彼らに同情すらした。

おれもいつか、誰かに殺されるのかもしれないな。

そんなことを考えながら息をついたとき、鳴海がむくりと上体を起こした。

「どうした、いきなり」トイレだろうか。

眉間に皺を刻み、いかにも眠そうな表情で、こちらに顔を向ける。

「わかりました」

「なにが。寝ぼけてんのか」

「寝ぼけていません。そもそも眠っていません。考えを整理していたんです」

嘘つけ、と思う。どう見ても眠っていた。

「レム睡眠で記憶の整理を行っていたんです。人間はレム睡眠時に記憶を整理固定します。経験した記憶の情報同士を結びつけたり、不要と判断した記憶については消去したりもします。推理にもっとも適しているのは、睡眠なんです」

もっともらしい理屈を並べられると、なんとなく説得力があるように思えてくる。

「で、なにがわかった」

「弥生ですよ。森下弥生。どこかで聞いた名前だと思っていたんです」

音喜多は軽く首をひねる。そんな名前の関係者がいただろうか。それとも事件とは関係なく、有名人と同姓同名とかだろうか。

だが、違った。

「キタダ、ヤヨイです」

「キタダ……」

それなら聞いたことがある。

そして次の瞬間、音喜多は息を呑んだ。

鳴海は真っ直ぐに音喜多の目を見つめ、意図が伝わったのを確信したかのように頷いた。

「そうです。キタダヤヨイとは、篁奏がゲストパスを発行し、楽屋に連れ込んでいかがわしい行為をしたという女性の名前です」

その通りだ。篁が苦し紛れにでっちあげた架空の女性だと思った。

実在していたのか――？

篁がゲストパスを与えた相手は、庄野だろう。キタダヤヨイではない。だがキタダヤヨイが実在しないまったくの架空の存在かといえば、そうではないのかもしれない。女性を楽屋に招き入れたのはその場しのぎの嘘でも、そのときとっさに口をついた名前には意味があった。

あのときゲストパスについて質問された篁は、表面上は平静を装っても内心では動揺していた。そこで女性を楽屋に連れ込んだと嘘をついた。だがとっさのことで架空の名前が思い浮かばず、つい知人の名前を口にしてしまう。

「森下弥生の旧姓は、キタダかもしれないな」

「私もそう思います。森下弥生とキタダヤヨイは同一人物です」

もし本当にそうならば、森下の別れた妻である弥生が、森下と篁、そして庄野をつないでくれるかもしれない。

5　一九八四年　十二月

目に映る光景が信じられなくて、弥生は何度も手の甲で自分の目を擦った。

間違いない。幻覚でも人違いでもない。そこにいるのは、中村だった。

白山小学校四年二組の教室ではない。

商店街の中にある楽器店の二階だった。音楽教室になっているそこには、絨毯敷きの広い空間の中央にグランドピアノが一台、それを取り囲むようにアップライトピアノが二台と電子ピアノが一台、設置されている。

そのうちのアップライトピアノの椅子に、中村が座っていた。緊張で頬をやや硬くし、最近レッスンを受け始めたばかりの小学校二年生の女の子と椅子を分け合っている。

「中村くん。どうしたと？」

弥生は肩にかけたレッスンバッグをおろすのも忘れ、足早に歩み寄った。

中村が口を開く前に、松崎先生の声が飛んでくる。

「あら。中村くんは弥生ちゃんと知り合いね？」

松崎先生はたぶん弥生の祖母と同じくらいの年齢だ。丸々と肥えた身体にいつも派手な柄のワンピースを着ていて、大きな胸を揺らしながら歩く姿がどこかコミカルに映る。いつも冗談を言ってレッスン生たちを笑わせてくれるし、もちろんピアノもすごく上手い。尊敬する大好きな存在だが、怒らせると本当に怖い。

「同じクラスです」

弥生の発言に、松崎先生はぎょろりとした目を剝《む》き、両手で口もとを覆った。なにもそこまでというほどのおおげさなリアクションは、いつものことだ。

「そうやったとね。それは偶然」

偶然ではない、と思う。この片田舎《かたいなか》の小さな街にいくつのピアノ教室があるのかは知らない。だがピアノを習いたいと思ったとき、この街のほとんどの住人が真っ先に思い浮かべるのは、ここだろう。それに、中村をピアノ教室に誘ったのは弥生だ。

「ピアノ、始めることにしたと？」

「わからん」

かぶりを振る中村の肩に、松崎先生が両手を置いた。

「体験レッスンさね。今日やってみて、続けるかどうか決めると。たぶん続けたくなると思うけどね」

いたずらっぽく覗き込まれ、中村が困惑しながらも笑顔を作る。

「中村くんは、ピアノは初めてやったね」

「はい」

「ほかになにか楽器を演奏した経験は？」

「ありません」

「そうね。わかった。じゃあ、どうしようかしら。なにを演奏してもらおうかな」

松崎先生が唇を曲げ、虚空を見つめる。どういう課題を与えようかと思案しているようだ。普通ならばリズム・メロディー・ハーモニーを理解し、身につけるためにソルフェージュから始めるか、あるいはバイエルになるのだろうが、無料体験レッスンではレッスン生が音楽を奏でる楽しみを見出せるよう、もっと親しみやすい童謡やポップスなどを弾かせることが多い。

すると、中村がおもむろに口を開いた。

「ベートーベンのピアノソナタ二十番を弾きたい」

ピアノ初心者の口から飛び出した思いがけない言葉に、松崎先生が目を丸くする。

「最初からベートーベンなんか無理だよ」

そう言って笑ったのは、小学校二年生の女の子だった。小学校に入った後でピアノを始めたのでまだレッスン歴は一年ちょっとだが、初めての発表会を境にめきめき実力をのばしている。

「もっと簡単な曲がいいんじゃないの」

小学校六年生の女の子はいかにもお姉さんらしくやさしい口調だが、笑いを堪《こら》えるように頰がかすかに緩んでいて、弥生は少し嫌な気持ちになる。

くすくすと壁際から聞こえるのは、低学年のレッスン生に付き添う保護者の笑い声だ。

「中村くん。初めてやったら、ほかの曲にしたほうが――」

松崎先生がやんわり軌道修正しようとしたそのとき、和音が鳴った。

弥生は息を吞んだ。

低いシ、レ、ソ。ベートーベンのピアノソナタ二十番第一楽章。音楽室で最後に連弾したとき、中村に教えた和音。

だがそれだけではなかった。

中村が奏でた和音には、低いソと、さらにオクターブ下のソが加わっていた。これは一人で弾くときの左手で弾く音で、中村と連弾したときには、弥生が担当した音だった。

中村は続く三連符を上昇下降し、二小節目に入る。

以前に連弾したときには、とちった場所。

だが今回は失敗しなかった。一音目のソをしっかりと鳴らす。

そして二音目。またも弥生は大きな衝撃を受ける。

右手のソは前拍と同じだが、左手の低いシが加わり、和音になっている。左手のパート
は、以前に弥生が弾いたものだ。

その後も中村はたどたどしい指運びながらも、右手で弥生から教わった運指、左手で弥
生が弾いた音を再現しながら四小節まで演奏しきった。

最後の一音の余韻が消えても、教室はしばらく無音だった。

我に返った様子で、松崎先生が中村の肩を叩く。

「なんだ。経験あったとね。前にどこで習ってたの」

「ありません」

中村はかぶりを振り、松崎先生を見上げた。

「友達に演奏を聴かせてもらったことがあるとです。それで曲を覚えて、下のピアノで」

「下のピアノって、楽器屋さんの？」

一階の楽器店にはピアノやオルガン、キーボードなどが展示されている。高級な楽器に
ついては難しいが、キーボードなどは客が自由に触れることができた。

「ディスプレイの楽器で練習してたってこと？」

松崎先生は相当驚いた様子だが、弥生の驚きはそれ以上だった。ピアノソナタ二十番の冒頭四小節の右手の動きだけなら、覚えてさえいれば練習もできたしこの場で演奏することもできただろう。だがいま、中村はあのとき教えなかった左手の動きまでも再現してみせた。演奏自体はたどたどしく、技術云々《うんぬん》を語れる段階ではないが、音を耳で覚えていないとできない芸当だった。

その日のレッスンが終わった後、一階の楽器店を通って店を出ていこうとする中村を、弥生は呼び止めた。ディスプレイの楽器で練習していたのは事実らしく、楽器店の店員は中村を見て「ああ。あの子か」という顔をしていた。

「どうやった？」

弥生の質問に、中村は記憶を辿るような顔をした後で、答えた。

「楽しかったよ」

どうしてもベートーベンを弾きたいと言い張る中村少年に根負けしたのか、松崎先生はピアノソナタ二十番第一楽章の楽譜を用意し、楽譜の読み方を教えていた。そう。中村は楽譜の読み方すら知らなかったのだ。習っていないのだから当然だが、弥生はあらためて驚かされた。中村はピアノソナタ二十番の冒頭四小節の左手の動きを、記憶と耳だけを頼りに練習していたのがはっきりしたからだった。

「続けると？」

続けるべきだ。中村には才能がある。もしかして、自分にはそなわっていない才能が。だが、本人の意思だけで決められることではない。ピアノを習うのだって、お金がかかるのだ。

「続ける」

期待していた、しかし予想はしていなかった答えが返ってきて、反応がワンテンポ遅れた。

「本当に？」

「うん」

じわじわと広がる喜びが、弥生の表情を緩める。それに釣られたように、中村も笑顔になった。

そのときだった。

「弥生ちゃん」

母だった。弥生がレッスン中に商店街のスーパーで買い物していたらしく、ネギの飛び出したナイロン袋を提げている。

「ママ」反射的にそう呼んでしまい、しまったと思う。クラスメイトの前では「お母さん」だったのに。

もっとも中村はそんなことを気にしていないようだ。少し警戒したような上目遣いで、歩み寄ってくる大人の女性を見ていた。

この子は誰なのと、母が目顔で訊いてきた。

「同じクラスの中村くん」

紹介された中村は、声を出さずに軽く首を前に突き出すお辞儀をする。母は礼儀に厳しい。大きな声ではきはきと挨拶する子を評価する。だから中村の態度が気に食わなかったようだ。やや表情を曇らせた。

「そうなの。こんにちは」

中村はふたたび軽く首を突き出し、「じゃ」と弥生に軽く手を上げ、背を向けて走り出した。

「またね」

弥生の声に反応し、軽くこちらに顔をひねる。だが速度は緩めず、角を曲がって消えた。

「あの子、どうしたの」

「これからピアノを始めるとって」

「そうなの」

無関心を装った、しかし歓迎していないのが伝わってくる嫌な言い方。弥生は母のこういうところが好きではなかった。強引に言うことを聞かせようとするわけではなく、子供に忖度《そんたく》を要求するような言い方。

「中村って、どこの中村さんかな」

「わからんよ。家はたしか浦田船津《うらだふなつ》のあたりじゃなかったっけ」

中村という苗字はさほど珍しくもない。

だが母には、心当たりがあるようだ。

「浦田船津の中村って……どこかで聞いたような」

「気のせいじゃないと？」

いつまでも方言すら話さずに、土地に溶け込もうとせず、地元の人間との間に壁を作っているくせに。そんな心情が言葉に乗ってしまったか、母が眉根を寄せて不機嫌そうな顔になった。

母に彼のなにがわかるというのか。どこかで聞いたなんて、気のせいに決まっている。

そのときは、そう思っていた。

6　二〇一九年　十一月

関西出張の二日後、音喜多たちは二子玉川にいた。

前回と同じ店の同じ席で、篁と向き合っている。鳴海は前回と同じキーマカレーセットを注文し、リズミカルにスプーンを動かしていた。

無遠慮な所轄の女刑事を横目で見ていると、篁の声が飛んできた。

「今日はどういった用件でしょう」

今日の篁は青いペイズリー柄のシャツを着ていた。まったく音喜多の趣味ではないが、ペイズリーの部分が浮き上がっていて、プリントではなく刺繍《ししゅう》なのがわかる。きっと高いものなのだろう。

「実はいま、キタダヤヨイという女性について調べています」

キタダヤヨイ、と口の中で呟き、篁が首をひねる。

「誰でしょう」

「渋谷のコンサート会場のバックステージに――」

音喜多がそこまで言って、ようやく思い出したようだった。

「そうでした。たしかにそういう話をしました」

「はい。その女性の身元――」

言いかけたところで遮られた。

「でもたぶん違ったと思います。彼女はキタダヤヨイという名前ではありませんでした」

「えっ……？」

「申し訳ない。記憶が曖昧なままにお話ししたので、不確かな情報を提供してしまいました。キタダヤヨイではありませんでした。キタが付く苗字だったのは間違いなくて、キタオカとかキタムラとか、そんな感じじゃなかったかな」

篁が申し訳なさそうに髪をかき上げる。

「キタダヤヨイさんは、知らないと?」

「知らないというか、違う名前です。キタダヤヨイという女性は存在しないんです」

存在する。間違いなく存在したのだ。

だが、あからさまな疑いを向ける段階ではない。音喜多は内心で舌打ちする。

兵庫県警の吉田から電話がかかってきたのは、昨日の午後一時過ぎだった。

十四年前に殺害された森下高雄の妻・弥生の所在を調べてもらうよう頼んでいたのだ。

吉田は迅速に動いてくれたようだ。

吉田からの報告によれば、弥生の旧姓は北田だった。本籍地は長崎県島原市だという。

予想はしていたものの、その事実は音喜多の鼓動を速めた。弥生は森下と別居後、実家には帰らずに神戸市内のアパートで息子の瑛一《えいいち》とともに生活していた。

続いて知らされた事実は、音喜多の想像をはるかに超えていた。

森下の死から四年後に息子の瑛一がバイクに撥《は》ねられて交通事故死。残された弥生も、その二年後に自殺したというのだ。森下一家は、すでに全員がこの世の人ではなくなっていた。

殺された庄野は、篁の新聞記事とともに、篁と瓜《うり》二つの顔をした森下高雄の写真を所持していた。そして森下の妻である弥生の旧姓は北田。

北田弥生。つながったと思った。

北田弥生との関係を問いただすのが、今回の目的だった。

だが先手を打たれた。今回の目的だった。楽屋に連れ込んだ女の名前は、北田弥生ではなかった。そう言われては、攻め手が見つからない。

「どうなさいました?」

篁が気遣わしげに首をかしげる。そのしぐさが挑発的に思えてむっとしたが、懸命に平静を装った。今後話が聞けなくなるのは困る。

すると、鳴海が顔を上げた。

「カラヤン、お好きなんですか」

唐突な話題転換に戸惑った様子ながらも、篁が顎を引く。

「ええ。もちろん。天才ですから」

「生でステージをご覧になったことは?」

「残念ながら」

そっかあ、と言いながら、鳴海が口をもぐもぐと動かしている。

「カラヤンって、なんだ」

なにがなんだかわからない。

「ヘルベルト・フォン・カラヤン。世界的な指揮者です。とっくに亡くなっているんですけど」

「なぜカラヤンの名前が？」

篁の疑問はもっともだ。会話に脈絡がなさ過ぎる。

すると鳴海が言った。

「先日のコンサートの映像を拝見しました」

「コンサートというのは、私が指揮をした？」

「そうです。東京ユニバーサルホールの『篁奏プロデュース　ベートーベンのゆうべ』コンサートです」

つまり庄野が殺害される直前のコンサートだ。

「おまえ、いつの間に？」と訊いたのは音喜多で、「あのコンサートはテレビ放映されていないはずですが」と指摘したのは篁だった。

「東京ユニバーサルホールの三木さんにお願いして、動画投稿サイトに限定公開で動画をアップしてもらったんです。もちろん、一般の目には触れないようにしているので、ご心配なく」

三木は鳴海にたいして非常に好意的だった。鳴海が頼めば、当日のコンサート映像ぐらいは見せてくれるだろう。

鳴海がグラスに手をのばし、ストローを咥《くわ》えてオレンジジュースを飲む。

「それで思ったんです。カラヤン、お好きなんだろうなって」

「よくわかりましたね。クラシック、お好きなんですか」

篁の声がやや強張《こわば》っていた。

「好き」という言葉の意味を咀嚼《そしゃく》するような間を置いて、鳴海が続ける。

「好きとか嫌いとか考えたこともないぐらい、私にとっては日常です。実は私も、音大出なんです」

「音大出で、刑事さんなんですか」

「いまだけです。音楽隊採用なので、いずれ異動になります」と、鳴海が軽く手を振る。

「篁さんは、シベリウス出身だとうかがいました」

「ええ」

「専攻はなんだったんですか。作曲？」

「いいえ」

篁がかぶりを振った。「ピアノです」

「そっか。もとはピアニストでしたもんね。私は声楽科ですけど、子供のころからピアノも習わされていました。あとバイオリン。実は趣味で作曲も少しかじっているんです」

そうだ、と鳴海がバッグを探る。

取り出したのは、A4サイズのコピー用紙だった。五線譜が印刷されており、ボールペンでオタマジャクシが書き込まれている。

「これ、ちょっと見てもらえますか」

「それはなんだ」

音喜多が質問すると、「私の作った曲です」と答えが返ってきた。

「は？　なにやってるんだ」

自作曲を売り込もうとしているのか。

「いいじゃないですか。プロの作曲家に自分の書いた楽譜を見てもらえるなんて、そうそうあることじゃないし」

「いいわけない」

奪おうとする音喜多の手を避けながら、ついには篁の手にコピー用紙を渡してしまった。

篁が呆然とした様子で、コピー用紙に視線を落とす。

「ひと言でいいので、なにか助言をいただけませんか」

鳴海の勢いに負けたように「わかりました」と、篁が頷いた。

鳴海の自作曲はコピー用紙三枚にわたっていた。篁は紙をめくったり、ときどき前に戻ったりしながら精読する。

やがて顔を上げ、コピー用紙を鳴海に返した。

「どうでしたか」

目を輝かせる鳴海への反応は、「いいと思いますよ。がんばってください」という素っ気ないものだった。

「おまえ、どういうつもりなんだ」

カフェを出て駅に向かう途中で、音喜多は言った。

少し先を歩いていた鳴海が振り返る。

「なにがですか」

「事情聴取で自分の曲を売り込む馬鹿がいるか」

音楽隊配属という希望が叶わないのには同情するが、そんな理由で捜査を邪魔されたらたまったものじゃない。

「あれですか。私の曲じゃありませんよ」

「は？」意味がわからない。

「篁の指揮する『運命』の映像を見たときに、思ったんです。この動き、どこかで見たことがあるなあって……そして気づいたんです。まるでカラヤンだって。それで、動画投稿サイトに上がっている『運命』を指揮するカラヤンの動画をいくつか確認しました。そしたらそのうちの一つが、篁の動きとまったく同じだったんです。一挙手一投足まで、すべて同じ。篁はカラヤンを完コピしていたんです。だからか、と納得しました」

「なにを」

話が見えなさすぎて、つっけんどんな口調になる。

「篁の指揮は、なんだか意図がぼやけている印象だったんです。適切なタイミングで各パートに指示を与えているように見えるけど、当の本人がその指示を理解できていないというか。スコアを読み込んで曲を把握しようとした形跡がないというか」

「結局どういうことだ。もっとわかりやすく言え」

「簡単に言うと、篁は楽譜が読めません」

「なに？」

驚きのあまり訊き返す声が裏返る。

鳴海はショルダーバッグから先ほどの自作曲の楽譜を取り出し、音喜多に差し出した。

「読めますか」

「読めるわけない」

「簡単な読み方なら小学校の音楽の授業でも習うから、これぐらいなら大丈夫だと思いますけど」

残念そうに肩をすくめた鳴海が、楽譜を見ながらラララで歌い出す。

突然の行動に驚いたが、二人のいる玉堤通りは自動車の往来こそ多いが、ほかに通行人の姿はない。

さすが音大卒。上手いもんだな。

普段の話し声からは想像もできない澄んだ美声にうっとりと魅了されかけて、「えっ？」と我に返った。

歌うのをやめた鳴海が、わかりましたか、という感じに唇の端を吊り上げる。

「『かえるのうた』じゃないか」

鳴海が歌ったメロディーは、音喜多も幼稚園や小学校低学年のころに歌ったことのある童謡『かえるのうた』だった。

鳴海の手からコピー用紙を奪い取る。ドレミファミレド、ミファソラソファミ。音喜多でも解読できる平易なメロディーが、そこにはたしかに記されていた。

「これを篁に？」

「そうです」

どういうことだ。わけがわからない。天才作曲家が『かえるのうた』の楽譜を見て、「いいと思いますよ」と感想を述べた。

「篁はディスレクシアです」

「ディスレクシア？」

「日本語では失読症とか識字障害といわれるものです。知的能力は低くないのに、文字を読んだり書いたりすることができません。文字だけでなく、楽譜の読み書きが難しい場合もあると聞きます」

失読症という言葉は聞いたことがある。ハリウッドの有名な俳優にもいたはずだ。

「『運命』の指揮をする篁の映像を見たときに、違和感を覚えました。それは篁の動きがカラヤンの完コピだったからなのですが、今度はなぜ、そんなことをする必要があったのかという疑問が湧いてきたんです」

鳴海が言うには、篁によるカラヤンの再現度は、好きとか影響を受けているというレベルを超えるものだった。身体のかたむけ方から、各楽器に指示を出すタイミング、そのときの手の開き方や角度まで、ぴったり一致していたという。

篁は作曲家が本業であり、指揮者ではない。とはいえ、指揮する際に自分なりの解釈がいっさいないのは不自然だ。いくらカラヤンが好きで、カラヤンのように指揮しようとしても、普通は自分なりの解釈が加わる。篁の指揮にはそれがない。ないのではなく、できなかった。

なぜなら、楽譜が読めないから――。

「そんなことありえるのか。篁は海外の音大を出て……」

音喜多はそこまで言って絶句した。

出ていない？　経歴詐称《さしょう》か。

「篁はきちんとした音楽教育を受けていません。海外どころか、国内の音大や専門学校で学んだ経験もありません。先ほどの事情聴取で確信しました」

頭が混乱する。篁が音楽の専門的な教育を受けておらず、譜面すら読めない？

「だがやつは曲を書いた」

ベートーベン幻の交響曲第十番を再現したという『再会』。オーケストラに演奏させたということは、当然譜面は存在する。その譜面は、篁が書いたはずだ。

「その点はどうとでもなります。ゴーストライターがいるのかもしれないし、誰かが作った曲を自分のものだと言い張っているのかもしれない。あるいは、コンピューターで作曲している可能性もあります。最近は譜面の読み書きができなくても、ハミングやＭＩＤＩ鍵盤で入力した音を譜面にしてくれるソフトもあります」

そういうものなのか、と納得したところで、ふと気づく。

「海外の音大を出たという経歴が偽りなら、ほかのプロフィールも鵜呑《うの》みにはできないな。普通に日本生まれ日本育ちってことも」

もしもそうならば、庄野を始めとする関西人脈とつながっていた可能性もある。

「じゅうぶんにありえます。篁の正体を調べてみましょう」

鳴海が背を向けて歩き出す。

その小柄で頼りない後ろ姿を追いかけながら、彼女にたいする認識を少しあらためるべきかもしれないと、音喜多は思った。

7　一九八五年　二月

背後で松崎先生の深いため息が聞こえ、弥生はどきりとした。

自分の演奏がまずかったのかと思いきや、違ったようだ。足音は弥生の後ろを通過し、教室に一台しかない電子ピアノへと向かう。

電子ピアノに座っているのは、中村だった。彼は電子ピアノの上の譜面立てに開かれた赤バイエルを見つめ、泣きそうな顔になっていた。バイエルは有名なピアノの導入教材で、赤と黄の上下巻に分かれている。赤バイエルの最初のほうは片手だけで弾くとても簡単な曲ばかりで、後半になってようやく両手で弾く曲が登場する。

中村がピアノ教室に通い始めて、今回で六回目だった。まだ赤バイエルの序盤も序盤ということになる。いま中村が恨めしそうに見つめる譜面も、すごく簡単なもののはずだった。少なくとも、彼が楽器店に展示された商品のピアノで記憶と耳だけを頼りにマスターしたベートーベンのピアノソナタ二十番第一楽章の冒頭四小節だけとは、比べものにならない。

「さっき教えたやろうもん」

松崎先生が中村の背後から赤バイエルの譜面を指差す。

「ここがドの音、ね」

五線譜のドの位置を示し、白鍵をポンポンポンと鳴らす。繰り返し同じ説明をさせられて苛立《いらだ》っているのが、音でわかってしまう。教室全体に緊張が走る。

松崎先生の人差し指と入れ替わりに、中村の人差し指がドを鳴らす。

ポーン、ポーン。

音が怯えていた。

「そう。わかった？　ここがド。ここがレ、そしてミ、ファって上がっていくと。ね？簡単でしょう？」

たぶん理解できていない。中村の視線は譜面から外れ、あちこちに泳いでいる。

「じゃあ、弾いてみて」

案の定、松崎先生に肩を叩かれても、中村の指は動き出さない。

代わりに弥生が鍵盤を鳴らした。

いまならたぶん、このあたりだろう。中村が開いているであろうページに掲載されている楽譜の内容を演奏する。

「弥生ちゃんが弾いてって言われたわけじゃないとよー」

隣のアップライトピアノに向かっていた、小学二年生の女の子がケタケタと甲高い声で笑った。弥生がふざけたと思ったらしい。

松崎先生も同じように感じたらしく、「こら、弥生ちゃん。できない人をからかわないと」と叱られた。

だが違う。ふざけているわけでも、中村をからかっているわけでもない。どういうわけか、中村は譜面が読めない。というか、読譜についてはまったく進歩が見られない。耳はすぐれているのだ。

弥生が弾いてみせたとたんに、中村はわかった、という顔になる。それからたどたどしい指使いで演奏を開始した。

「そうそう。そうよ、中村くん」

松崎先生は自分の指導が実ったと勘違いして、満足げに頷いている。

違うんだけどな、中村くんは譜面を読んでいるわけではないんだけどな。このままでは、また同じように松崎先生がイライラして、中村が泣きそうになるだけだ。だが、中村の抱える問題をどう伝えたらいいのかがわからない。最初は松崎先生がどうにかしてくれると期待したが、見込み違いだった。先生は中村のような生徒を教えた経験がないらしい。そういった問題の存在すら、想像できないようだった。

不思議だ。中村は一度聴いた音を記憶して、再現できる。ベートーベンのピアノソナタ第二十番第一楽章だって、冒頭の四小節だけではあるが、運指のたどたどしさはともかく、一音たりとも音を外さなかった。すごいと思った。初めて聴いた曲を記憶して再現するなんて、自分には到底できない。だからピアノ教室に誘った。だが中村は、いっこうに譜面が読めるようにならない。なにがいけないのだろう。このところ弥生はずっと考えている。このままでは恥をかくために教室に通っているようなものだし、中村はピアノを嫌いになってしまう。

レッスンが終わった。最近のレッスンでは、以前では感じなかった疲労を感じるようになった。

小学校一年生のレッスン生が両手で持った封筒を、松崎先生に差し出している。

今日は月謝の支払日だった。弥生はレッスンバッグから月謝袋を取り出した。

中村も月謝袋を先生に手渡していた。

少しホッとする。

お金がないからピアノ教室に通えないと言っていたけど、中村の父親は、息子のために月謝を用意してやっている。ちゃんと息子に愛情を注いでいる。

——あの子と仲良くするの、お母さんはあまり感心しないわ。

母の言葉が鼓膜の奥に蘇った。

以前、ピアノ教室の入った楽器店を出たところで中村と会った母は「浦田船津の中村って……どこかで聞いたような」と言った。気のせいだと思っていたが、母はご近所さんから「浦田船津の中村さん」について、情報収集したらしい。田舎者を見下しているくせに、こういうときにはコミュニティをフル活用するのだ。

その結果、中村の母親が男と駆け落ちしたという情報をキャッチした。中村の父親は浦田船津で漁師をしていた。地名に「船津」と付くように、浦田船津は海沿いにある漁師が多く住む町だった。

中村の母親が駆け落ちした相手は、同じ町に暮らす漁師で、中村の父が弟のようにかわいがっていた男だという。

中村さんとこの奥さんが男と逃げよったって。買い物に出かけるて言うて、そのままおらんごとなったらしか。後で調べたら、抽斗《ひきだし》の通帳のなくなっとったていうけん、あの人も気の毒よな。踏んだり蹴ったりやないか。

狭く小さな町で、噂は瞬く間に広がった。中村の父はそれ以降酒に溺れ、ろくに働かなくなったという。

だから中村と仲良くするなという母の理屈は、まったく納得できないし、従うつもりもない。だがその話を聞いて、ピアノ教室に誘ってよかったのだろうかと不安になった。

しかし、中村はきちんと月謝を支払っている。噂はたんなる噂に過ぎず、実際にはそれほど困窮していないのかもしれない。子供を大事に思わない親など、この世に存在しないのだ。

違った。それは、弥生の願望だった。

乱暴に扉を開く音がして、教室にいた一同は出入り口のほうを振り返った。

そこには三十歳過ぎぐらいの男が立っていた。弥生の父よりも少し若く、母よりは少し年上という感じだ。顔が赤黒く髪の毛はぼさぼさで、紺色のブルゾンはあちこちが白く汚れている。道の向こうから歩いてきたら引き返してかかわりを避けたくなるような、やさぐれた雰囲気をまとっていた。

「やっぱ、ここにおったとか」

男はろれつのまわらない口調で吐き捨てた。据わっているのにやけにぎらついた視線が、中村に向けられている。男を見た瞬間に弥生によぎった直感は、当たっていたようだ。

男は中村の父だ。中村は顔面蒼白で立ち尽くしている。

「あなたは誰ですか」

松崎先生の怯えた声には応えず、男は息子のもとに直行し、乱暴に腕をつかんだ。

「わがはなんしよっとか！　あ？」

おまえはなにをしているんだ、という意味の言葉を発し、息子の身体を乱暴に揺さぶる。

「中村くんのお父さんですか？　乱暴はやめてくれれんですか」

止めようとする松崎先生を、男は振り払った。

「ちいった黙っとけや、糞《くそ》ババア！」

糞ババア呼ばわりされた松崎先生はさっと顔色を変えたが、恐怖心のほうが勝ったようだ。言い返すことはせずに、後ずさる。

「家に警察の来たぞ。おもちゃ屋でファミコンのカセットば盗んだらしかな」

松崎先生が両手で口もとを覆った。

後ろめたそうにうつむいていた中村が、ふてくされたように吐き捨てる。

「盗んどらん」

言い終えるのとほとんど同時に、ぱしん、と乾いた音が響いて、中村が床に倒れ込んだ。男が中村の頬を平手打ちしたのだ。

ひいいっ、と悲鳴を上げる松崎先生に、「大人」の役割は期待できそうにない。弥生はまだ教室に居残っていた低学年のレッスン生たちを手招きし、「早く帰って」と出入り口から追い出した。弥生も怖かったが、教室に留まった。

「ならなんでここにおるとな！　月謝はどうやって払っとる！　ピアノ教室なんか通わせる金はないって言うたやろうが！」

弥生の視界に暗幕がおりた。

中村の父は、息子がピアノ教室に通うことを許していなかった。

ということは、月謝も支払ってもらえない。小学校四年生が自分でお金を稼ぐ手段など多くないだろうし、弥生には思いつかない。家に警察が来たとかゲームソフトを盗んだという物騒な話は、本当だろうか。

違ってほしい。誤解であってほしいと、弥生は祈るような心境だった。

「お金いらないって言われたけん」

中村が立ち上がりながら言う。

「あ？」

男が威圧するような声を出した。中村ではなく、松崎先生がびくっと肩を跳ね上げる。

「お金がないなら、しばらくお金いらないって言われたけん」

嘘だ。弥生はめまいがするような感覚に陥った。

月謝が払えないならしばらく無料でいいなんてことはありえないし、ついさっき、中村が月謝袋を先生に手渡すところを見た。

「本当な？」

「えっ？」

松崎先生は我に返ったようだった。

「本当に金ば取らんで、うちの馬鹿息子にピアノば教えよったとかて訊いとるとたい」

松崎先生の視線が泳ぐ。答え方によっては、また中村が酷《ひど》い目に遭うのはわかりきっていた。かといって、嘘をつくわけにもいかない。なにしろ中村の父親が言うには、警察が訪ねてくるような事態だ。

「お子さんを叩かんでもらえますか」

考えに考えた末の回答だったのだろうが、まったく無意味だった。

「やっぱり嘘やったやんか」

男の平手打ちで中村が吹っ飛ぶ。

「やめて！」と松崎先生が悲鳴を上げる。

「盗んだファミコンのカセットば売ったとやな？　そいばここの月謝に充てたとやろ！」

「違うもん」

「なんが違うとか！」

「ゲームは盗んどらん。飽きたけんあげるって、友達からもろうた」

「そん友達の名前ば言うてみんか」

「言われん」

「なんでな。なんで言われんことのあるか。おらんけんやろうが、そがん友達の」

「おる」

「なら名前ば言うてみろ」

中村の父がぱしん、と軽く息子の頬を叩く。

それでも大人の力だ。中村はたたらを踏んだものの、なんとか持ちこたえた。

だがそれでは終わらない。

「言うてみろ。ほら。ゲームばくれたていう友達の名前ば、言うてみろ」

二発、三発と叩かれた中村の頬は、すでに赤くなっている。

「お父さん。少し落ち着いて」

松崎先生は完全に及び腰だ。

ぱしぱしと頬を叩かれながら、中村は壁際まで追い詰められた。

「言うてみろって。こら。友達の名前ば」

「うちです」

気づけば弥生は、手を上げて名乗り出ていた。

振り向いた大人の男の視線の鋭さに怯みかけるが、自らを叱咤《しった》する。

「本当な？　おまえがファミコンのカセットば？」

「本当です。うちが遊ばなくなったゲームソフトを、中村くんにあげました。中村くんはそれを売って、ピアノ教室の月謝にしたんだと思います」

真実を見透かそうとするかのように、男が目を細める。弥生は逃げ出したい衝動をぐっと堪え、追及の視線を受け止めた。

中村はといえば、驚愕の表情で弥生を見つめている。

男の視線が息子に戻る。

「あのおなごが言うとることは、本当な？　嘘やったら承知せんけんな」

低くドスの利いた声に、思わず身がすくむ。中村はいつもこの恐怖に晒《さら》されているのだろうか。

中村がちらりとこちらを見る。

いいよ。私があげたことにして。弥生は小さく頷いた。

だが中村は震える声で父にこう告げた。

「違う」

「あ?」

「違う。おもちゃ屋でファミコンのカセットば盗んだ。そいば中古屋に売って、ピアノ教室の月謝にした」

どうして——。

「ふざけんなっ」

男が怒声とともに右手を振り抜き、中村が倒れ込む。

「なんばしよっとか、おまえは! いつもかつも嘘ばっかつきおって! おまえの嘘でこっちがどんだけ振り回されとるか、ちったぁ考えんか! なんでおまえはそがんあっとな! なんで嘘ばっかつくとな!」

男がうずくまる息子に歩み寄ろうとする。

そのとき、弥生の身体が勝手に動いた。

「待って！」

亀のようにうずくまる中村に、覆いかぶさる。

「血の……血の出とる！」

「ああ？」

男にはことの重大さが伝わっていないようだ。

弥生は中村をかばったまま、松崎先生に声をかけた。

「先生！　救急車ば！」

棒立ちになっていた松崎先生がはっと我に返ったように動き出した。

「中村くん。大丈夫ね？　中村くん！」

弥生の問いかけに答えはない。

中村は痛そうに顔を歪め、両手で左耳を覆っていた。その指の間から、真っ赤な鮮血がしたたり落ちていた。

第四章

1　二〇一九年　十一月

ファミリーレストランに入ってきたその男は長めの茶髪で、革ジャンにスリムジーンズという、見るからにロックミュージシャンといった感じの服装だった。手足が長く、ほっそりとしてスタイル抜群だが、顔だけは年齢相応に皺を刻んでいて、そこだけ別人の顔をはめ込んだ雑なＣＧのような違和感を覚える。

「あれだな」

音喜多は隣の鳴海の肩を軽く小突き、立ち上がった。

茶髪の男がこちらをうかがうようにしながら歩み寄ってくる。

「山際聡史《やまぎわさとし》さんでいらっしゃいますか」

音喜多が確認すると、男は「ああ。はい」と首を突き出した。

「警視庁の音喜多です。こっちは鳴海」

「そっすか。山際です」

とても四十を超えているとは思えない軽薄さだが、若いころからずっとこの調子だったのだろう。変わる必要もなく生きてこられたのは幸運なのか不幸なのか。

四人がけのボックス席に向き合って座る。店員が注文を取りに来た。

山際がメニューの中でもっとも高額なステーキセットを注文するのはわかるが、「私も」と追随《ついずい》できる神経が理解できない。

横目で鳴海を睨みつつ、音喜多は言った。

「今日はお忙しいところ、ご足労いただいてすみません」

「いや、別に。今日はもう終わったんで」

もう終わりなのか。まだ午後三時過ぎなのに。

「どういったお仕事をなさっているんですか」

「音楽の専門学校の講師です。友達がスクール作るから、エレキギター科の講師やってくれないか……って頼まれたんです。ま、バイトですけど」

山際が見えないギターをかき鳴らす。

「で、亘《わたる》ちゃんについて話を聞きたいんですって?」

「そうです。二十年ほど前に、あなたが一緒にバンドをやっていた、中村亘さんです」

「その名前、久しぶりに聞いたなあ。懐かしい」

感慨に耽《ふけ》るように腕組みをしていた山際が、おもむろに声を落とす。

「彼、なにかしたんですか」

「詳しい話は申し上げられません」

「ですよね。そりゃそうだ」

あっさり納得してくれたようだ。「でも亘ちゃんの話を聞きたいんなら、もっとほかにいい人がいたんじゃないですか。おれもう、あいつと最後に会ってから相当経ってますよ。久々に話そうと思って電話したら、電話番号変わってたし」

山際の言う「亘ちゃん」こと中村亘が、いまや時の人となっている天才作曲家・篁《たかむら》奏《かなで》の正体らしい。

篁奏の過去を探るには、まず篁の正体を突き止める必要がある。とはいえ、いまのところ篁への疑いは確固たる証拠に基づくものではないため、令状を請求して戸籍や住民票を調べることはできない。

そこで東京ユニバーサルホールの三木にふたたびコンタクトを取り、篁の個人事務所の名前を訊いた。篁は株式会社オフィス篁という個人事務所を窓口にしており、ギャランティーの支払いなども事務所を通して行っていた。じゅうぶんな手がかりだった。株式会社ならば商業登記されており、商業登記簿は法務局を通じて閲覧できる。

株式会社オフィス篁の商業登記簿謄本《とうほん》を閲覧したところ、本店の所在地が二子玉川のタワーマンションの一室になっており、役員の欄には『中村亘』という名前があった。おそらくこの『中村亘』というのが篁奏の本名だろうとあたりをつけた。

そこから山際に辿り着いたきっかけは、古いブログの記事だった。

中村亘という名前は、ありふれているというほどではないが、とりたてて珍しくもない。インターネットで検索すると、同姓同名だけでなく、『中村亘利』や『中村亘輝』や『中村亘佑』などの似た名前も多数ヒットし、目的を達するのは難しいかに思えた。

そんな中、鳴海が見つけてきたのが、SATOSHIなるハンドルネームの人物が運営するブログだった。二〇〇二年、いまから十七年前に書かれた記事に『中村亘』という名前が掲載されていたのだ。

――友達の中村亘くんとメシ。彼と会うのは本当に久しぶり。おれが上京して最初に組んだバンドで、キーボードを弾いてくれたんだよね。お互い留学経験もあるし、タメだしで意気投合したんだ。たっぷり思い出話をしてから、おれたちあと二年で三十歳だぜって笑い合った。彼はいま、セッションミュージシャンとしてキャリアを積んでいる。かたやおれは、まだ夢の途中だ。三十歳には三十歳に鳴らせるロックがある。これからも頑張るぜ。

日記のような短い記事にただ一度登場しただけだが、鳴海はこのブログ主に話を聞きに行きましょうと言い出した。

たしかに年齢は、現在四十五歳の篁奏と合致する。だが篁は楽譜を読めないのではなかったかと指摘すると、楽譜を読めないだけで音楽的素養がないわけではなく、なにかの楽器を演奏できる可能性はあるらしい。クラシックでは珍しいが、ロックやポップスの分野では、楽譜を読めない演奏家は少なくないという話だった。さらには「セッションミュージシャンとしてキャリアを積んでいる」という一文も、鳴海のアンテナに引っかかったようだ。篁が世間に注目されたのは三年前の交響曲『再会』がきっかけだが、五年前から映画やテレビの音楽を担当していたとされている。

海外の音大を卒業したのと同様、虚偽の経歴かもしれないと指摘したが、株式会社オフィス篁の商業登記は五年前だった。つまり、どれほどの規模かは定かでないものの、篁は五年前からプロの作曲家としてのキャリアをスタートしていた。それなりに伝手やノウハウがあったからこそ、マスコミを利用して有名になることができたのだ。ということは、以前からショービジネスの世界に身を置いていた可能性が高い。だからこのSATOSHIなる人物のブログに登場する中村亘は、篁奏になれる条件をそなえているのだという。

SATOSHIのブログ自体は八年前に更新が途絶え、放置状態だったが、SATOSHIの所属するバンド名もブログに掲載されていたため、足跡を辿るのは難しくなかった。SATOSHIは別のSNSでアカウントを作成し、いまでも頻繁に更新していた。いくつか脱退や解散を繰り返したものの、いまだに音楽活動を継続しているらしい。SATOSHIのアカウントにメッセージを送り、こうして会うことになったのだった。

「お願いしていたもの、持ってきていただけましたか」

音喜多が言うと、山際は腰を持ち上げ、ジーンズの尻ポケットを探る。

「だいぶ古いやつですけど」

テーブルに一葉の写真を差し出した。

髪を明るく染めた五人の若者が横並びになり、挑発的な表情でこちらを見つめている。山際が『中村亘』と一緒にやっていたという、バンドの写真だった。五人のポーズや表情といい、照明をきちんとあてたような撮り方といい、いわゆる宣材写真だろう。

写真を見た瞬間、音喜多は固まった。

空振りだ。

「どうしたんですか」

山際に怪訝そうに見つめられ、我に返る。

あらためて写真を見ても、やはり違う。無駄足だった。背中がじんわりと汗ばんでくる。

一九九三年だから、いまから二十六年前に結成されたバンドで、そこからの活動歴が何年か知らないが、少なくとも二十年以上前に撮影されたものだろう。そんなに時間が経てば、人相も体形も変化する。

それでも山際はすぐにわかった。左から二番目に写っている、片眉を吊り上げた若者だ。いまでもスリムなので体形はそれほど変わらないが、やはり若さのぶん、写真のほうが鋭い印象だ。

しかし、写真には篁らしき若者の姿がない。篁だっていまも年齢にしてはかなりスリムな体形を保っているので、太ったせいで人相が激変したということもないはずだ。

なのに、どれが篁かわからない。

よく観察してみても、山際を除く四人の若者に、篁の面影すら見つけることができないのだ、この中に篁奏は——。

そう思って音喜多ががっくりと肩を落とした瞬間、鳴海が写真を指差した。

「これが中村さんですね」

鳴海の人差し指は、五人のうち右端に立つ若者を指差していた。その若者は長い髪にパーマをかけ、身体を斜めにしながらカメラのレンズを見つめている。

なにを言い出すんだ。

鳴海が指差した男は、篁とは似ても似つかない。不細工ではないが、目が小さく鼻も丸くて、篁の端整な顔立ちとはほど遠い。いくら月日が経ったとはいえ、ここまで顔が変化することは……。

すると山際が「そっす」と頷き、ぎょっとした。

呆気《あっけ》にとられる音喜多を差し置いて、鳴海が質問する。

「中村さんとは、どうやって知り合ったのですか」

「楽器店のメンバー募集チラシです。当時、おれはバイト先が一緒だったボーカル……この写真の真ん中に写ってるやつですね、こいつとバンドを組もうって話していて、メンバーを探していました。そいで、あちこちの楽器店や練習スタジオに、メンバー募集のチラシを貼りまくっていたんです。それを見て電話をかけてきたのが、亘ちゃんでした」

「それで一緒に、バンドを？」

「ええ。三年ぐらいかな。一緒に活動しました。全員プロ志向で月に何本かライブをやって、積極的に活動していました。これでもけっこう良いところまでいったんですよ」

少し誇らしげな口ぶりだった。

バンドの活動期間を詳しく確認すると、一九九三年ごろから一九九五年ごろのようだ。山際が二十歳のときにバンドを結成し、解散時には二十三歳になっていた。中村も同じ年齢だったらしい。

「バンド解散後も、中村さんとは連絡を取っていらっしゃったのですか」

「たまーにですけどね。仲が悪くなったわけではないけど、その後で組んだバンドは、キーボードの音が必要ないような音楽性だったから、別々に活動するようになりました。それでも最初はよく一緒にメシ食いに行ったりしてたんだけど、やっぱり同じバンドで活動していないと、だんだん疎遠になっちゃいますね」

その結果、いまは連絡先もわからなくなった。

「最後に中村さんと会われたのは？」

「あのブログに書いたときです。あれが最後」

「ということは、十七年前ですね」

「十七年前？」

山際が目を丸くする。「そんなに昔なんだ。そりゃおれも年取るわけだ」

「最後に会ったとき、中村さんはセッションミュージシャンとしてキャリアを積んでいると、ブログに書かれていました」

「はい。あいつは特定のバンドに加入するんじゃなく、いろんなバンドのサポートみたいなことをやっていたみたいです。ロックをやりたい鍵盤って絶対数が多くないから、引っ張りだこなんですよ。それで、どこかのセミプロバンドのサポートをやったときに事務所に声をかけられて、スタジオワークに参加するようになったと聞きました」

実はあのバンドやあのアーティストのアルバムにも参加しているんですよ、と名前を挙げる山際は、自分の功績を誇るかのような口ぶりだった。ただ、音楽に疎い音喜多には馴《な》染《じ》みのない名前ばかりだった。

「当時の中村さんは、音楽で生計を立てられていたのですか」と鳴海。

「そういうふうに言ってました。バイトはしなくてよくなったって。おれはカラオケバイト週五で入れてたから、めっちゃ羨ましかったですね。上手いことやったなと思いました。でもあいつ、たしかに上手かったし」

少し悔しそうに、山際が自分の髪の毛をかく。

「中村さんは、音楽の学校などで専門的な教育を受けた経験があったのでしょうか。ブログには、お互いに留学経験があると書かれていましたが」

「たしか、ボストンのバークリー音大出身だと言ってたっけな。実はおれも少しだけ通ってたことがあるんです、バークリー。もっとも、おれの場合は正式に入学したわけじゃなくて、バークリーの名を冠した専門学校に短期留学しただけなんですけど」

バークリー音大という名前は初耳だ。篁はフィンランドのシベリウス音楽院出身ということになっていた。

山際の話す『中村亘』は、音喜多たちの調べている『中村亘』と同一人物なのだろうか。

「バークリーには学士や修士が得られる正式な大学のほかに、無認可の専門学校も併設されているんです」

鳴海は音喜多に解説し、ふたたび山際を見た。

「中村さんは本校を卒業したと話していたのですか」

「音楽修士号を持ってるって言ってたので、卒業したってことでしょう」

「山際さんから見て、中村さんにはそれに見合う技術がありましたか」

山際が不可解そうに顔を歪めた。

「問題はありませんでした。一度聴いた音はすぐに覚えて再現できましたし。さすがバークリー卒だと思っていました」

「聴いた音？　初見の楽譜はどうですか」

「楽譜ですか。うちのバンドはみんな楽譜が苦手だったので、楽譜でのやりとりはほとんどありませんでした」

それでは楽譜の読み書きができたかどうか、わからない。

「中村さんはたしか、海外出身でしたね」

篁はロサンゼルス出身という経歴だった。もしも篁の正体が、かつて山際と一緒にバンドをやっていた中村亘ならば、出身校がバークリー音楽院だったりシベリウス音楽院だったりとコロコロ変わっているので、どこまで本当かはわからないが。

「いや」と山際が怪訝そうな顔つきになる。

「海外生活は長いと話していたけど、出身は日本でした。たしか九州のほうじゃなかったっけ……」

九州──そういえば関係者の中に一人、九州出身の人物がいた。

鳴海もそれに気づいたらしく、前のめりになる。

「九州のどこですか」

「えっと、たしか長崎じゃなかったたっけな」

おぼろげだった記憶が、口にしたことではっきりよみがえったらしい。山際がうん、と一人で頷き、続ける。

「長崎でした。間違いない。カステラとかちゃんぽんとか言ったら、こっちの人間はみんなそういうふうに言うけど、それは長崎市のことだと笑っていましたから。そういう会話をした記憶があります」

ということは、中村の出身は長崎市ではない。

神戸で殺害された歯科医・森下高雄の元妻・弥生の本籍地は、長崎県島原市だった。

ようやく断片同士がつながりかけてきた。

2　一九八五年　七月

背後から肩を叩かれ、中村亘はびくっと身体を震わせた。

突然のことで驚いたためと、自分にたいして積極的にコミュニケーションを取ろうとする児童など、ほとんどいないからだった。

振り返ると、そこには信じられない顔があった。

北田弥生だった。

もともと接点はほとんどなかったが、ピアノ教室を辞めさせられ、五年生になって別々のクラスになってからは、いっさいの接触がなくなっていた。

亘は周囲を見回した。自分と話しているところをほかの誰かに見られたら、弥生の学校での立場が悪くなる。とくに四年生のときに同じクラスだった連中にとって、自分は『ウソ村』だ。変な噂を立てられかねない。

幸いにも、近くにひと気はなかった。

「何度か声かけたけど」

弥生の声が水中で聞くように遠い。

「ごめん。右側に来てくれん？　そっち側、聞こえないとさ」

あっ、と弥生が自分の口を手で覆う。慌てて亘の右側に移動してきた。

亘の左耳が聴力を失ったのは、あの日の出来事がきっかけだった。

ピアノ教室に父が乗り込んできた日。

父の暴力には慣れていた。松崎先生や弥生は真っ青になっていたが、亘にとっては日常だった。好んで殴られるわけはないが、暴力から逃れる手段はないと悟ってもいた。だからひたすら耐える。父だって無尽蔵《むじんぞう》に体力があるわけではないので、気が済めばこぶしを収めるのだ。夕立と同じで、無理して突っ切ろうとしてずぶ濡れになるより、どこかで雨宿りしながら過ぎ去るのを待てばいい。

あの日父の平手は、亘の左頰ではなく、左耳を直撃した。ぱん、と頭の中で爆竹が破裂したような音がした。

弥生は救急車を呼ぶよう訴えたが、父はそれに応じず、耳から血を流した息子の腕を乱暴につかみ、引きずるように教室を出たのだった。

痛みは長引いたが、出血は意外に早く収まった。だから病院にも連れて行ってもらえなかった。左耳が聞こえないのは、一時的なものだと思っていた。

ところがあれから五か月近く経つのに、亘の左耳はいまだに聞こえない。新学期に入ってすぐの聴力検査で問題を指摘され、再検査を実施してもやはり聞こえないので、担任教師から父に連絡が行ったようだ。大きな病院での精密検査を勧めたと担任教師から聞かされたが、父はなにも言ってこなかった。

「どこか行くと？」

弥生の家は小学校の西側で山のほう、亘の家は東側で海のそばだ。帰り道が一緒になることはない。どこかに用事があるのだと思った。

だが、弥生はランドセルのストラップを両手で握って歩きながら、顔を横に振った。

「ううん」

そこで会話は終わった。続ける気もなかったし、続けるのを弥生が望んでいるとも思わなかった。

それでも亘が少し歩速を早めると、弥生も早足になって隣に並んできた。

亘が足を止めると、向こうも立ち止まる。

「なに？」

つい詰問口調になった。

弥生に責任はない。亘が左耳の聴力を失った原因は父の暴力であり、亘の窃盗《せっとう》だ。それは重々承知している。だが心の奥底には、弥生にたいして恨めしい気持ちもあった。弥生からピアノ教室に誘われなければ。ピアノに出会わなければ。逆恨みなのはわかっていても、理屈で説明できない暗い感情が湧き上がってくる。

弥生は怯んだ様子だったが、決意を固めるように唇を引き結んだ。

「もう、ピアノはやらんと？」

「やらん」

「どうして？」

「どうしてって……」

かっ、と頭に血がのぼった。どうしてかは訊くまでもない。

「お金のないけんたい。わかっとるやろ」

最初からわかっていた。才能や環境に恵まれた弥生には、夢を見る権利がある。だが自分にはない。

なのにベートーベンの遺した旋律の美しさに聴き惚《ほ》れて、弥生と連弾したときの、指を通じて全身に伝わる音が心地よくて、ピアノを弾きたいと思ってしまった。見てはいけない夢を見てしまった。

「帰らんね。おいと一緒におったら、あたんまで変な目で見られる」

追い払うように手を振ったが、弥生は立ち去らなかった。

「うち、考えたと」

真っ直ぐな眼差しが、亘を見つめる。

「中村くんは嘘をつきたくてついてるわけじゃないと。嘘をつかないといかんけん、嘘をつきよったと」

「なんね、それ」鼻で笑ったが、弥生の言葉は心に深く突き刺さっていた。

「松田聖子のサインなんて、つかなくていい嘘たい」

亘は露悪的な笑みを浮かべた。

いまになって振り返ると、どうしてあんなことを口走ってしまったのか。嘘でした。冗談でした。見栄を張ってしまいました。そう言って止めるタイミングはいくらでもあった。なのに亘は、文房具店で購入してきたサイン色紙にマーカーで適当なサインを書き、クラスメイトに配った。

輪の中心になるのが気持ちよかった。クラスメイトの尊敬と羨望と嫉妬《しっと》を一身に浴びるのが心地よかった。誰かに求められる存在であり続けたかった。

「あれは、日ごろ嘘をつくことに慣れてしまったけんやろ？　しょうがないよ」

「嘘をつくのに慣れてしまったって、どういうことな」

訊き返しながら、亘は息が詰まるような感覚に陥っていた。自分は嘘つきだ。いつも嘘ばかりついている。嘘ばかりの『ウソ村』だ。嘘でなにかを誤魔化せても、自分を大きく見せられても、いつだって胸の内に不安を抱えている。本当の自分を見透かされるのを恐れている。ありのままをさらけ出せる強い人間になりたいが、なれない。本当の自分を誰かに好きになってもらう自信がない。だからつい嘘をつく。そして嘘がバレてしまうのではないかと、ヒヤヒヤし続ける。

弥生の指摘は正しい。亘はいつだって嘘をついているし、いつだって怯えている。

「それ、お父さんにやられたとやろ？」

弥生は亘の脚を指差した。半ズボンからのびた左の太腿《ふともも》には、くっきりと黒い痣《あざ》ができている。酔った父にベルトでぶたれた痕だった。

「お父さんとかお母さんに叩かれるなんて……叩かれることはあっても、傷になるほど強く叩かれるなんて、うち、そんなの考えたことなかった。中村くんがしょっちゅう擦り傷とか痣とかかさぶたとか作ってるのも、転んだりして怪我してるだけかと思っとった。だって中村くんに訊いても、いつもそう答えよったたし。転んだとか、友達とふざけ合ってたら間違って怪我したとか、言いよったたい。でもあれ、ぜんぶ嘘やったとやろ。お父さんにやられたとやろ。あの日、ピアノ教室に中村くんのお父さんが来た日にわかった。だけん、中村くんは嘘つくとに慣れてしもたと。好きで嘘ついとるわけじゃない。嘘をついて、ほかの人に心配かけないようにしよると」

話を聞きながら、亘の全身は震えていた。それをどう解釈したのか、弥生は同情するように目を細める。

「もう嘘つかないでいいとよ。先生に言うて――」

「やめろ」

思いがけず強い言い方になった。

弥生が目を見開き、両肩を跳ね上げる。

「先生には、ぜったいに言うな」

「どうして」

「言うても無駄やけんたい」

「でも、言うてみんとわからな――」

「わかる」

弥生を遮って言った。

亘は唇を曲げた。あまり言いたくはなかったが。

「永石に言うたことのある」

弥生が大きく目を見開いた。

永石は昨年度までの担任教師だ。昨年度は、弥生の担任でもあった。

「どうなったと？」

よほど衝撃だったのか、弥生の声は震えていた。

「どうかなったとやったら、問題はとっくに解決しとる。なんもしてくれんやった」

「嘘。永石先生は、いつもやさしいとに……」

人は相手によって態度や振る舞いを変える。

どうしてそれがわからない。

心が発火しそうになるのを、封じ込めた。

「信じらんならそれでよか。どうせおいは『ウソ村』やけんな」

亘は自嘲の笑みを漏らした。すごく卑屈な笑い方になったと、自分で思った。

悲しそうな眼でしばらく一点を見つめていた弥生が、顔を上げる。

「信じる。中村くんのことば信じる。じゃあほかの先生に――」

「わかっとらんね。あのときの松崎先生の態度、見たやろう」

目の前で自分の生徒が暴力を振るわれているときに、あの女はなにもできずに手をこまねいていた。生徒にたいする普段の厳しい指導とは大違いだ。結局のところ、自分より立場の弱い相手にしか強く出ることはできないのだ。信用できない。

「じゃあ、どうしたらいいとやろ」

「どうもできん」

弥生と話すと希望を抱いてしまう。だがそれは例外なく、絶望につながっているはずの希望だ。そんなものは最初からないほうがいい。光を知ったら、闇は余計に深くなる。

「もういいけん。放っておいてくれんか」

軽く手で払うようなしぐさをして、背を向ける。

だが、弥生は追いすがってきた。

「そいはできん！」

亘は目を閉じ、静かに息を吐いてから振り返る。

「中村くん、うちのこと助けてくれたけん。うちも中村くんのことば助けたいと」

「どうやって助けてくれるて言うとね」

できる限り冷たい視線を意識した。

「そいは……」

弥生が口ごもる。具体的な案など出てくるわけがない。

「大人に言うても、なんもしてくれん。お父さんの言うことば聞かないけんとって。酒ばっか飲んで、ろくに働きもせんで、すぐ叩く糞ばってんか、そいでも親父《おやじ》やけん、大人やけんえらいとって。なんもできん。あがん親父、いなくなってくれたほうがよかとばってんか」

ふいに、暗い閃きがよぎった。

「親父を、殺したい」

弥生が息を呑む気配がした。

「それでどうね。あの親父さえいなくなれば、おいは助かる。だけん殺したい。どうね。もちろん、女子に一人でやれとは言わん。手伝ってくれさえすればいい」

さすがに脅しすぎたか。ふっ、と笑って誤魔化そうとしたが、亘よりも早く、弥生が口を開いた。

「いいよ。手伝う」

今度は亘が息を呑む番だった。

愕然としながら、弥生を見つめる。彼女は真剣な顔で、両足を地面に踏ん張るように立って決意の固さを表明していた。

本気なのか――？

わからない。だから亘は二の句を継げない。

父を殺す。勢いに任せた、ほんの思いつきだった。もちろん、殺意ならこれまでに幾度となく抱いてきた。だが実行に移せるわけがない。腕力で大人に及ぶわけがないし、あんな父でも、いなくなれば天涯孤独になる。父の両親はすでに亡くなり、親戚付き合いもない。独りになるのが寂しいのではなく、子供一人では生きていけないと思っていた。だから思いつきは思いつきのまま、いつも煙草の煙のようにあっけなく消えた。

そのとき、クラクションの音がして飛び上がりそうになった。

五メートルほど先に軽トラックが停車している。通行の邪魔だという意味でのクラクションかと思ったら、頭にタオルを巻いた運転席の男が、弥生に手を振っている。

「城田のお兄ちゃん」

どこかで見た顔だと思ったら、一度会ったことがある。弥生の母親の代わりに、ピアノ教室に迎えに来ていた男だった。

「こがんところで、なんしよっとね」

城田は、運転席の窓を半分ほどおろした。

「ちょっと寄り道しとったと」

弥生の声からは、ほんのりと媚《こ》びが感じられる。

「なに？　デート？」

「違うよ。もう。変なこと言わんで」

弥生がなにかを叩くように手を振ると、城田は愉快そうに笑った。

弥生が城田に向けた笑顔を、そのままこちらに向ける。

「明日の放課後、霊丘《れいきゅう》公園の体育館の裏に来て」

早口の小声でそう言い残し、トラックのほうに駆けていく。

「寄り道しとったて、お母さんに告げ口せんでね」

「わかっとるって。これから帰るけん、家まで送っていってやろうか」

「ありがとう」

「彼氏は？」

「彼氏じゃないってば。あの子はこの近所やけん、大丈夫」

「そうね」

助手席側に移動した弥生が、扉を開いて軽トラックに乗り込む。

走り出す軽トラックの運転席から城田が軽く会釈をしてきた。

その隣で弥生の唇が「明日ね」と動いた。

3　二〇一九年　十一月

島原船津駅のホームに降り立つやいなや、磯《いそ》の香りが鼻に絡みついてきた。諫早《いさはや》駅で島原港行き下り電車に乗り込んでから、道中の大部分で左手は有明海《ありあけかい》に臨んでいたが、この駅も海の近くらしい。

駅舎を出ると、緑に覆われた山が正面に見える。海も山も近い、自然豊かな土地のようだ。駅周辺に建ち並ぶ住宅も屋根が低く、空が広い。こんなのどかな町で、いったいなにが起こったのだろう。

「うわあ。気持ちいいですねえ」

鳴海が本当に気持ちよさそうにのびをする。

あきれたように鼻を鳴らしながらも、東京からこれだけ遠く離れてしまえば、音喜多としても解放感を禁じえない。このあたりの名物はなんだろう。さすがに日帰りはできないので、ビジネスホテルを予約してあった。夕食に美味《うま》いものを食べるぐらい、罰《ばち》は当たらないだろう。

音喜多たちがやってきた長崎県島原市は、殺された森下高雄の妻・森下（旧姓北田）弥生の故郷だった。そしておそらくは、篁奏の故郷でもある。

篁奏の正体は、中村亘という元ロックミュージシャンであると思われた。ところが、かつて中村と一緒にバンドを組んでいた山際が持参した写真に写る中村亘は、篁奏とは似ても似つかない顔立ちだった。

山際と別れた後にそのことを指摘すると、鳴海は「美容整形だと思います」と平然と答えたのだった。顔立ちは大きく変わっているものの、首にあるほくろの位置が一致しているので、写真の男を篁奏だと断定したらしい。たしかに鳴海は、写真に写るバンドメンバーの中から、どれが中村亘かをすぐに言い当てた。

本当に篁の顔が美容整形の産物だとすれば、篁は森下高雄そっくりに整形したことになる。いったいどういう意図があったのか。

ともあれ中村亘が長崎県出身であるという事実が判明した。森下高雄の妻・弥生も、長崎県島原市出身だ。篁奏と森下弥生の接点が、長崎にあるのではないか。そうした想定のもとに長崎県警に中村亘の身分照会をしたところ、森下弥生の小学校時代の同級生に、中村亘という生徒がいたらしいという情報がもたらされた。

そこで音喜多と鳴海は中村亘について調べるべく、長崎県までやってきたのだった。

「長崎県といっても、ここらへんはぜんぜん長崎感がないですね」

「長崎感ってなんだよ」

鳴海にツッコんだが、言いたいことはなんとなく理解できる。音喜多は中学の修学旅行で長崎市を訪れたが、そのときは歩くだけで楽しくなるような、異国情緒あふれる個性的な街並みだった。それに比べると島原市の印象は、寂《さび》れきった漁村だ。かなり印象が違う。

それにしても寒い。九州は南国のイメージだったが、東京よりも空気が冷たく感じるのは、海の近くだからだろうか。ときおり吹き抜ける風の冷たさに、思わず歯を食いしばる。

二人は地図アプリを頼りに、中村亘が住んでいた家のあった場所を目指した。いまでは建物は取り壊され、土地も人手に渡っているようだが、中村のことを覚えている近所の住人がいるかもしれない。

島原船津駅から中村亘の自宅跡地までは、ゆっくり歩いても十分かからない距離だった。建ち並ぶ住宅のすぐ向こう側は海のようで、小さな漁船が停泊している。

中村家の跡地は更地のままだった。漁に使用するような網が干してある。

まずは隣家の住人に聞き込みをしようと玄関に向かおうとしたら、カーテンを開いた掃き出し窓越しに、家の中で遊ぶ三歳ぐらいの子供と目が合った。来客がよほど珍しいのか、目を丸くして二人の刑事を見つめている。

音喜多が手を振ると、子供はなぜか火が点《つ》いたように泣き出した。なにごとかと様子を見に来た四十前後の肌の浅黒いジャージ姿の男が、来訪者に気づいたようだ。掃き出し窓を開ける。

「こんにちは。こちらのお宅の方ですか」

「そうですけど」

泣き続ける子供と同様、余所者《よそもの》は珍しいようだ。男は明らかに警戒している。

音喜多たちは身分証を提示し、自己紹介した。

「はるばる東京からですか」と驚く男の名は、本多《ほんだ》というらしい。代々漁師の家系で、昔からこの場所に居をかまえているという。

「お隣に、中村さんという方がお住まいになっていたと思うのですが」

「中村……」本多は記憶を辿るような顔をした。「いました。もうけっこう前に、おらんごとなったとけど」

「お引っ越しなさったんですか」

「いや。違います。亡くなったとです」

音喜多は思わず鳴海と顔を見合わせた。

「その家に住まれていた、どなたが亡くなられたのですか」

「中村さんですよ。漁師をしていた、中村……なにさんだっけ。おうい、母ちゃん」

本多が家の奥のほうに声をかける。

「なんね」とぶっきらぼうな女性の声だけが聞こえた。

「隣に住んどらした人、なんていう名前やったっけ」

「中村さん」

「違う。下の名前。中村、なにさんか訊いとると」

「そがんと、覚えとるわけないやろ」

そこで奥の部屋から、白髪の女性が顔を半分だけ覗かせた。

「なんでそがんこと訊くとか」

「東京から警察の人の来とらすと。中村さんのことば調べとるって」

「東京から？」

警戒と興味を顕にしながら、白髪の女性が前掛けで手を拭きながら歩み寄ってくる。「母ちゃん」は妻ではなく、母だったようだ。

本多母は、上目遣いで音喜多たちを見上げた。

「中村さんがどうかしたとね」

「詳しくはお話しできないのですが、亡くなったのは、中村さん一家の――」

「旦那さん」本多母が答える。

「酔っ払って海に落ちて溺れたとじゃなかったっけ」

息子の言葉に、母がそうそうと頷いた。

「ちょうどあれよ。精霊流しの日やった」

本多母子曰く、中村一家の主は漁師だった。真面目で寡黙《かもく》な男だったが、弟のようにかわいがっていた漁師仲間の男と自分の妻が駆け落ちしたことで、酒に溺れるようになったという。仕事もほとんどしなくなり、卸売市場でその姿を見かける機会も少なくなった。たまに見かけたとしても、以前とは別人のような荒《すさ》んだ雰囲気を身にまとうようになり、漁師仲間からも近所のコミュニティからも浮き上がっていった。

「中村さんには、子供がいたと思うのですが」

音喜多のその質問には、息子が答えた。

「いました。亘くんです」

「この人ですか」

鳴海がバッグから写真を取り出して見せる。山際が持参したバンド時代の写真をコピーしたものだ。

息子が手にした写真を、母が横から覗き込む。

息子は眉間に皺を寄せた。

「おいが知っとるとは、小学校のときまででですけんね。似とるといえば似とるけど」

すみません、と写真を返された。

「小学校のときまで、ということは、亘さんが小学生のときに、お父さんが亡くなった？」

音喜多は訊いた。

「そうです。正確には覚えとらんけど、亘くんが小学校五、六年生ぐらいのころじゃないですかね。小学校の卒業式には出とらんと思います」

小学校卒業を待たずに転校していったらしい。

「亘さんは親戚の家に引き取られたのでしょうか」

その質問には、母子ともに首をひねった。

「さあ。そこまではわかりません」

息子の答えに、母も頷く。

「引っ越すときに訊いたりしなかったんですか。どこに行くか、とか」

不思議そうにする鳴海に、息子が曖昧に顔を歪める。

「小さいころは仲も良くて、やさしいお兄ちゃんていう感じでかわいがってもろうたとですけど、亘くんのお母さんがいなくなったぐらいから、ちょっと変わってきたというか」

本多息子は中村亘より三つ年下らしい。

ふいに、道路を軽自動車が走ってきた。歩行者はしっかり道の端に寄っておかないと、接触するような狭い道だ。

二人の刑事が軽自動車をやり過ごした後で、息子のほうの本多が続けた。

「親父さんのほうが荒れてきて、外で見るときもいっつも千鳥足で顔真っ赤にして、目の据わっとらすけん。怖いとですよ。近所の子はなんもしとらんとに、いきなり怒鳴られたとか言うし。だけん、あんまかかわらんごとなったというか」

「奥さんが出ていったとは気の毒やけど、その後、あんなふうになったとは、感心せんね。まして酔って海に落ちて死ぬとやけん。子供が悪いわけじゃないけど、親としては、そういう家庭の子供とはかかわらせたくないでしょうが」

母は息子を擁護する口調だ。

「あと」と息子のほうが思い出したように付け足した。

「亘くんは学校で『ウソ村』っていう渾名のついとったごたるです」

「『ウソ村』……ですか」

音喜多が訊き返す。

「ええ。覚えとるのが、松田聖子の知り合いて嘘ばついて、友達に自分が書いた偽のサインば配りまくったていう話です。ほかにはおもちゃ屋でファミコンソフトば万引きしたとか、おいの友達の中には、キン肉マン消しゴムば盗られたていう子もおったとです」

とにかく親子ともども評判が悪いから、かかわらないようにした自分たちは悪くないと言いたいらしい。

音喜多は話題を変えた。

「最後にうかがいたいのですが、北田弥生さん、という女性をご存じでしょうか。中村亘さんと親しくされていた方だと思うのですが」

「北田……どっかで聞いたことあるような」

北田、北田と、息子が口の中で繰り返す。

「『北田工務店』の娘さんが、たしかそんな名前じゃなかったたっけ」

母の言葉に、息子が大きく頷く。

「そうやった、そうやった。たしかあそこの娘が弥生さんていうた」

「『北田工務店』ですか」

音喜多は母子に漢字を確認し、手帳にその名を書き留めた。

「いまはもうないですよ。倒産したけん」

息子が言う。

「一時期は本当にすごかったけどね。新山《しんやま》のほうに大きな御殿ば建ててさ、奥さんはしょっちゅう東京やら博多やらまで買い物に出かけて。子供たちにも高そうなべべ着せとったもんね」

母のやや皮肉っぽい口ぶりから、北田一家にあまり良い印象を持っていなかったのが伝わってくる。

「その『北田工務店』の娘さんが、弥生さん？」

「ええ。そんな名前でした。このへんにはあまりおらん感じの、いかにもお嬢さまって雰囲気やったけん、わりと有名かったとですよ。同じ学校でも、あの人のことば好きっていう男子のいっぱいおりました」

息子のほうは弥生に好印象を持っていたようだ。

「お金ばかけとるだけやろうもん。あんだけお金ば使えば、どこの子供だってお坊ちゃまお嬢さまになれるわ。あの一家も、結局いまはどこでなにをしとるとやら」

母がつまらなそうに鼻を鳴らす。

「弥生さんはピアニストになったとじゃないと？」

息子のなにげないひと言に、音喜多は食いついた。

「弥生さんはピアノをやっていたんですか」

「はい」と息子が気圧《けお》されたように顎を引く。

「ピアノが上手で、合唱コンクールでも伴奏をしてました。あの子はプロのピアニストになるらしいって聞いたことあるし、たしか音大まで進んだんじゃなかったっけな」

「それじゃ、中村亘さんとは音楽つながりで……？」

音喜多の質問に、息子が眉をひそめる。

「亘くんは音楽しとらんですよ。なにか楽器が演奏できたという話も知らんし」

母ちゃんは知ってる？　という感じの息子の視線に、母は「私は知らんよ」とかぶりを振った。

4　一九八五年　七月

立ち漕ぎで坂をのぼり、霊丘公園の敷地に入った。

右手にだだっ広いグラウンドがあり、その奥に体育館が見える。

亘の自転車は舗装された道路から、土の上におりた。がくんと、ハンドルに衝撃が伝わる。

体育館の横で速度を落とし、のろのろと走りながら首をすくめて中の様子をうかがう。

無人だ。よかった。弥生がどこまで本気かはわからないが、これからする話の内容は、万が一にも誰かに聞かれてはならない。

それ以前に、本当に弥生は来ているのだろうか。

来ていたら嬉しいと思ういっぽうで、来ていて欲しくないと願う気持ちもある。亘はほとんど止まりそうなほどのゆっくりとしたスピードで、体育館の角を曲がった。

いた。

体育館の壁を背にして身体の後ろで手を重ね、物思いに耽《ふけ》るように空の一点を見つめている。自転車のタイヤが小石を弾く音に気づいて、こちらを向いた。

目がなくなるような人懐こい笑みを向けられ、とくんと心臓が跳ねる。

「早かね」

「学校終わってから走ってきたもん」

弥生は赤いランドセルを見せつけるように、軽く身体をひねった。学校帰りでそのまま来たらしい。いったん帰宅してランドセルを置いてきた自分が、申し訳なかった。

「今日はなんか習い事なかったと」

弥生はピアノのほかにも、習字やそろばんを習っている。毎日のように予定が入っていて大変だと同情しながらも、自分はそのうちの一つにすら通わせてもらえないと僻《ひが》む気持ちもあった。

「大丈夫。習字の予定やったけど、お休みしたけん」

「もしかして、このために？」

「気にせんでよかよ。今回が初めてじゃないけん。サボりたいときには、たまに休みよると。習字の先生は親に連絡したりせんけん、安心さね」

意外だった。生真面目な印象を抱いていたが、弥生も習い事をサボることがあるんだ。

「正直、疲れるとさね。お母さん、自分ができんかったことを、ぜーんぶうちにやらせようとするとやもん。良い子でいるとも大変よ」

だとしても、なにも与えてくれない親よりは百倍マシだ。そんな亘の心情を察したように、「でも」と弥生が続ける。

「中村くんに比べれば、うちの親のほうがぜんぜんマシやったね」

亘は深々と頷いた。

「そらそうやろ。あれをやれこれをやれって指図されるのは、やぜかやろうけど」

やぜか、とは、「鬱陶しい」の意だ。鬱陶しく感じるほど愛されてみたい。あの男が干渉してくるのは、我が子の未来を邪魔するときだけだ。転げ落ちるなら勝手にすればいいのに、全力で足を引っ張って道連れにしようとする。

「おいは北田のことが羨ましか。おいはなんもさせてもらえんけん。もしも北田みたいに、ピアノとか習字をさせてもらえたら、おいならサボらずに一生懸命やる。やりたいもん」

あの男さえいなければ。

ふんわりとした霧のようだった感情が、あのとき、「親父を、殺したい」と弥生にたいして口に出した瞬間から、はっきりとした輪郭をともなった。いまでは、あの男が消えた後の人生を夢想することも増えた。きっと楽しいだろう。

だが、北田を巻きこむわけにはいかない。

「おい一人でやるけん」

「なんで」

弥生が目を見開く。

「北田がおったら邪魔とさ」

「そんなことないやろ」

弥生が一瞬、言いよどんだのは、亘の父をなんと呼ぼうか躊躇《ためら》ったからだろう。

「あの人」結局そう呼ぶことに決めたらしい。

「あの人、身体も大きいし、力も強そうだったじゃない。子供一人じゃどうにもならないよ」

「だからと言うて、小学校五年生の女子が一人増えても敵《かな》うもんじゃなか」

「そんなことない」

「そんなことある」

ぴしゃりと撥ねつけると、弥生が不満げに口角を下げた。

「せめて計画ば、教えてくれんね」

「計画……？」

「そう。一人でするとやろ。そいはわかったけん、計画ば聞かせて」

具体的には考えていなかった。だが亘が無策だと知れば、弥生は強引に首を突っ込んでくる。

ここは『ウソ村』の面目躍如《めんもくやくじょ》だ。亘は頭をフル回転させた。

「よっ……酔っ払って寝とるときを狙う。起きとるときに気づかれたら、ボコボコにされて下手したらこっちが殺されるけん」

うんうん、と納得した様子の頷きが返ってきた。合格のようだ。

「それで？」

「それで、ええと……包丁で心臓ばこう」

両手で包丁を振り上げ、想像上の父の胸に突き立てた。きゅっ、となぜか自分の心臓が小さく痛む。こんなことで大丈夫なのか。本当に殺せるのか。

今度は不合格だった。弥生が大きくかぶりを振る。

「それじゃいかん。刺した後でどうすると？　警察に電話すると？」

「お、おう……」

「そしたら殺人事件として警察が調べるよ。なんて説明すると？」

すでに警察から尋問されているような感覚に陥っていた。背中が冷たくなる。

「遊びに出かけとって、帰ってきたら死んどった」

「どこに遊びに出かけとったと？」

「どこにって……そがんと、適当に答えればいいやろう」

「駄目よ。どこに遊びに出かけとったか聞いたら、警察はそこまで出かけていって、本当に中村くんがそこにいたとか聞いてまわるとやけん。その時間にそこにいた人とかに、本当に中村くんがいたか、確認するとよ。そいで中村くんが本当にその場所におったか確認できんやったら、嘘をついてるということになって、ずーっとくっついてくるよ」

「そんな、ずーっと……って」

笑い飛ばそうとしたが、乾いた笑いが漏れただけだった。

「ずーっと、よ。大げさじゃなか。本当にずーっと、くっついてまわらすけん。何人か交代でずーっと見張ると。そいで証拠ば見つけたら捕まえる」

自分が手錠をかけられる場面を想像し、呼吸が浅くなる。

「証拠の見つからんごてすればいいとやろ」

「どうやって見つからんごてすると？」

「う、海に捨てる」

「包丁ば?」

「うん。包丁ば」

「そんなの、すぐに見つかるよ」

「でも、海に捨てれば血は流れる。誰がなにに使ったかわからんやろ」

会話の内容があまりに現実離れしていて、アニメやドラマの話をしているような錯覚に陥る。

「なに言うとると。刺し傷と包丁の刃のかたちば比べれば、人殺しに使った包丁だていうことはすぐにわかる」

「そしたら、山の中に捨てればよか」

ちょうどいま亘たちのいる霊丘公園も、グラウンドの横は小高い丘になっている。鬱蒼《うっそう》とした松林になっていて、夜になると変質者が出没するという噂だった。あそこに穴を掘って埋めれば、見つからない。

だが弥生から見れば、甘い見通しだったようだ。

「それこそいつ誰に見つかるかわからないよ。ここの山、高校生のカップルの秘密のデートスポットになっているとよ。中村くんが来るのを待っているときも、商業高校の制服を着た二人が入っていくのを見たもん」

知らなかった。小学生ならともかく、高校生があんな鬱蒼とした林に分け入ってなにをして遊ぶのだろう。

ともあれ海にも山にも、凶器を捨てるのはまずいらしい。

それ以外の方法が思い浮かばずに途方に暮れていると、ふいに弥生が視線を鋭くした。

「うち、考えてきたとけど」

「なに？」

これまで見たこともない彼女の視線の冷たさに、亘は生唾を飲み込む。

「精霊流しの日に決行したら、いいとじゃないかな。どこの家も精霊流しば見に出かけるけん、まわりの家も留守になるやろ。死体ば運び出しても、誰かに見られる危険性が低いたい」

「死体」という単語にぎくりとなる。

だが弥生はとっくに腹を括っているようだった。

「うちら子供だって、精霊流しば見に行っとったて言えば、疑われることはないし。もし疑われても、うちが広馬場の交差点で中村くんと会ったって、話してあげる」

「でで、でも」口が渇いて舌が上手くまわらない。「運び出すて、どこに」

「海」

弥生の中では、すでに完璧な計画ができあがっているようだった。

亘の家は海沿いに建っている。窓から釣り糸を垂らせるほど海が近い。

運び出すというのは、遺体を海に突き落とすという意味か。

「そんなことしたら、すぐに警察沙汰になるやろ」

刺し殺された男の死体が海に浮かんでいたなんて一大事だ。殺人事件として警察が大々的な捜査に乗り出すのではないか。

「でも死体を隠そうとしても、ぜったいにいつかバレるよ。大人の身体は大きいし、いずれ腐って臭いもしてくるやろうし」

腐乱した肉が顔から剝がれ落ちる父の姿を想像した。いつかテレビでやっていた『ゾンビ』という映画のような感じだ。怖いけれど、やはり現実感は薄い。

「だから殺人事件じゃなくて、事故に見せかけると」

事故に見せかけるなんて、そんなことができるのだろうか。

「先週、たこ八郎が死んだやろ」

「え。死んだと?」

たこ八郎なら知っている。くるんとカールした前髪が特徴的なコメディアンだ。いつも酔っ払ったような話し方をする。テレビに出てきたときに「こいつなに言うとるかわからん」と父が笑っていた。おまえも同じだと、亘はひややかに思った。あのたこ八郎が。

「知らんかったと?」

「知らん」

「酔っ払って海に入って、心臓発作起こしたとて」

弥生の説明を聞いて、亘は思わず目を見開いた。

弥生が小さく顎を引く。

「ただ海に突き落としたら、助かってしまうかもしれん。だけん、あらかじめ殺しとくと。かといって包丁とか、ぱっと見てわかるようなのは駄目よ。傷が残るけん」

ついに弥生の口から「殺す」という単語が発せられた。ぎゅっと内臓を絞り上げられるような感覚を覚えた。

「傷が残らないようにする殺し方って、あると？」

弥生だけにその言葉を口にさせてはいけない。亘はあえて「殺し」という単語を使う。

「濡れたタオルば、顔にかけると。口と鼻にかかるように。そしたら息のできんで窒息する」

「本当に？」

そんな簡単なやり方で人を殺せるのか。にわかには信じられない。

「時代劇で濡れた手ぬぐいを顔にかけて殺す場面のあったと。あんなやり方で人を殺せると？　って、一緒にテレビを観よったお父さんに訊いたら、息ができなくなったらそりゃ死ぬやろうって笑いよった」

複雑な方法で計算していた問題の、すごく簡単な解き方を教わったような気持ちだった。

「たくさんお酒を飲ませて酔い潰さんといかんよ。そうじゃないと起きるけん」

「わかっとる」

自分の体温が上がったのがわかる。亘は興奮していた。

これまでに何度も夢想したことが現実になる。しかも弥生の計画ならば、父の死は事故として処理され、犯人捜しも行われない。酔っ払った父が誤って海に転落し、心臓発作を起こして死んだ。いかにもありそうだから近所の誰もが納得するし、殺人を疑いはしない。

俄然《がぜん》乗り気になった亘は、計画を確認した。

決行は来月十五日。精霊流しの夜。

父に酒を飲ませ酔い潰し、顔に濡れタオルをかけて窒息死させる。その後、父を海に突き落とす。

亘は精霊流し見物に出かけていたことにする。万が一、警察に疑われそうになったときには、弥生が広馬場の交差点で亘と会ったと証言する。

警察に通報するのは、精霊流しが終わって自宅に帰ってくるぐらいの時間がいい。だいたい九時ごろに終わるはずなので、通報は九時半ごろが自然か。

「いや」と、そこで弥生が異を唱えた。

「精霊流し見物の後に町内会の打ち上げとかに行って、午前さまになる大人も多いけん、すぐに電話したら不自然よ。翌朝ぐらいがいいとじゃ？」

亘は納得した。飲み歩いた父が遅くまで帰ってこないなど、珍しくもなんともない。普段は父がいなくてもさっさと寝てしまうのに、その日だけ心配になって警察に通報するのはおかしい。通報は翌朝、目が覚めてからと決めた。

——朝起きても、お父さんが帰って来てないとですけど。

しゃべりすぎはボロが出るので、通報時の台詞は必要最低限に。弥生の指示は的確だった。精霊流しの翌日なので早朝から海に出る漁師は少ないだろうが、それでも通報前に遺体が発見される可能性もある。そうなれば、早朝から警察や近隣住民が訪ねてくるので、その場合の心構えも必要だと確認し合った。

「うちにウォッカの瓶のあるけん、今度持ってくる」

「ウォッカ？」

亘はそれを知らなかった。父が飲んでいるのは、混ざり物の多い安酒ばかりだ。

「ソ連のすごく強いお酒。お父さんがお土産にもろうたとけど、あまり好きじゃなかったみたいで何年も置きっぱなしになってるけん、なくなっても気づかんて思う。いつも飲んでるお酒に混ぜとかんね」

「う、うん。ありがとう」

「どうやって渡せばいいかな。決行までに何度もこそこそ会うのもよくないけん、明日あさってにでも、早めに登校して中村くんの机に入れとくよ。小さい瓶やけん、ランドセルとか手提げ袋に入ると思う」

「わかった」

「先生に見つからんごて気をつけんとね。学校にお酒ば持ってきとるなんてバレたら、おおごとになるけん」

極力かかわらせないつもりだったのに、いつの間にかあれやこれやと決められ、主導権を握られていた。

「あと、一つ訊いておきたいとやけど」

ふいに弥生が思い詰めたような顔になる。

「計画が上手くいったら、中村くんは一人になるじゃない。そうなったら、どう――」

「大丈夫」と亘は声をかぶせた。

「お母さんが名古屋のほうに住んどるけん。そっちに引っ越すことになるて思う」

「そうなの？」

弥生は少し意外そうだった。そして意外に思ったのを恥じるように、目を伏せる。

「本当は、前から一緒に暮らそうって言われとったとさ。でも親父が行かせてくれないけん、困っとった。もし親父がいなくなったら、名古屋でお母さんと暮らす」

「よかった」

弥生はふうと長い息を吐いた。

「じゃあ、また」

亘は自転車に跨がる。

「うん。学校で」

手を振る弥生に軽く手を上げて応え、地面を蹴ってペダルを漕ぎだした。

5　二〇一九年　十一月

中村亘の実家の近所で聞き込みを済ませた音喜多と鳴海は、中村の母校である島原市立白山小学校に向かった。できれば中村の父の死亡事故を知る職員に話を聞きたかったのだが、三十四年前の事故当時に勤務していた職員はいなかったため、森下弥生こと旧姓北田弥生の学年の卒業アルバムを見せてもらい、北田弥生の顔写真をコピーさせてもらった。中村亘は北田弥生と同学年のはずだが、卒業生の中にその名前を見つけることはできなかった。中村の実家の隣家に住んでいた本多の言う通り、小学校卒業前に引っ越したらしい。

次に二人は所轄の島原北警察署に向かった。

予想はしていたが、三十四年前の事故の資料は保管されていなかった。しかし、当時現場に駆けつけたという警察官がまだ残っていた。

久住《くずみ》という、いまは交通課長の職にある男だった。頭は禿《は》げ上《あ》がり、でっぷりと突き出た腹の脂肪もベルトに乗っかっているが、当時はキャリアの浅い若手警察官だったのだろう。時間が経っているので記憶が薄れている部分もあるが、頻繁に事件や事故が起こる土地でもないので、当時のことは覚えているという。話を聞かせてもらうことにした。

「当時、私は刑事課に配属になったばかりの新人刑事でした」

応接室で湯気の立つ湯呑みを口もとに運びながら、久住は懐かしそうに目を細めた。

「中村さんは、溺死という話でしたが」

音喜多が水を向けると、久住は寒そうに両手を擦り合わせながら頷く。

「溺死というか、正確には心臓発作ですね。水は飲んどらんかったみたいですけん。たしか息子さんから通報が入るのと、人が海に浮いていると通行人から通報が入ったのは、ほぼ同時でした。午前六時前とか、そがん早い時間じゃなかったっけな。まだ夜も明け切っておらんで、通報で叩き起こされて眠い目を擦りながら現場に向かった記憶があります」

まだ暖まらんなと、久住は点火したばかりのストーブに手を近づけた。

「寒くないですか」と訊ねられ、「平気です」と鳴海が頷く。

「そうですか。まあ、東京からいらしたなら大丈夫かもしれんですね。私も何度か旅行で行ったことありますけど、あっちの寒さは質が違うというか、風の強かでしょう。ビルがたくさんあるけんですかね」

かもしれません、と世間話を軽く流し、音喜多は話の筋を戻した。

「遺体の発見現場は」

「ホトケさんの自宅から三〇メートルほど離れた場所です。突堤に引っかかるかたちで、背中を上にして海に浮いてました。ホトケさんの自宅のすぐ裏側が海なんですよ。それで、酔っ払ったホトケさんが自宅の窓から海に転落し、心臓発作を起こしたのだろうということになりました」

「司法解剖は？」

鳴海の質問に、久住はかぶりを振った。

「やってません。遺体には目立った外傷もなかったし、ホトケさんの人間関係には、動機のありそうな人物もいないようでしたし」

「亡くなった中村さんは、近隣住民から距離を置かれていたようですが」

音喜多はガラス製のローテーブルに出された湯呑みに手をのばす。

「そうみたいですね。嫁さんが若い男と駆け落ちしてから、ろくに働かなくなり、酒に溺れるようになったとか。まあ、どこのコミュニティにも一人はいる鼻つまみ者ですな。そういう意味ではホトケさんを疎《うと》んどったご近所さんはたくさんおったでしょうが、普通、その程度で殺そうとは思わんですよ。それに、事故が起きた日は精霊流しが行われとったとです。コミュニティから浮き上がっとったホトケさん以外、町内会のほとんどすべての人間が出払っとりました。動機のありそうなご近所さんたちはほぼ全員が行動をともにしとって、アリバイのあったとです」

「精霊流しというのは、地元の方にとって、そんなに大きな行事なのですか」

「亡くなった方への大事な弔《とむら》いですけんね。それに、田舎には娯楽は少ないですけん」

久住はおどけた顔で肩をすくめた。

「自宅の窓から転落したと断定した根拠は」

音喜多は訊いた。突堤に引っかかっていたのなら、突堤から転落した可能性もあるのではないか。

なんだったっけなと、久住が顎を触る。

しばらくして思い出したようだった。

「ホトケさんの自宅の窓枠に、小さな布片が引っかかっとったとです。ホトケさんの着とったランニングシャツは、背中の部分が破れとりました。ちょうどその破れた部分に、布片がぴったり嵌《は》まったとです」

「背中？」と鳴海が反応した。

「背中のどの部分ですか」

「そこまでは覚えとらんですけど」

困惑する久住から期待する答えは得られないと考えたのか、質問を変える。

「中村さんが転落したという窓枠の高さは、どれぐらいでしたか」

「誤って転落するぐらいですから、そんなに高くはないですよ。そうですね、だいたい……これぐらいかな」

立ち上がった久住が、自分の膝の上あたりを手で示す。五、六〇センチぐらいか。

鳴海がなにを考えているのか、音喜多にもわかった。

高さ五、六〇センチの窓。立ち上がった状態からバランスを崩して転落するなら、窓枠で背中を擦ることはない。窓枠で背中を擦るような倒れ方なら、身体の大部分は部屋の中に残っているはずなので、転落には至らない。

よほど不自然な倒れ方をしたのか。

あるいは……。

東京から来た二人の刑事の間に流れる奇妙な空気は、久住にも伝わったらしい。彼は大きく手を振った。

「ないですよ。どういう転落の仕方をしたのかは知らんですけど、ホトケさんは誤って窓から落ちたんです。近隣住民への聞き込みでも日ごろから酒浸りで、千鳥足でそこらへんを歩いとったという証言がありましたし、ホトケさんの自宅も、散らかって生活の荒れとる様子はうかがえましたが、誰かが侵入した形跡や、争った形跡はありませんでした」

「亡くなった中村さんには息子がいましたね」

「ええ。朝になっても父親が帰ってこないと通報してきたのも、息子さんでしたけんね。

名前はなんていうたか忘れましたけど」

「亘くんです」

音喜多の言葉に、「そうだったそうだった。亘くんだ」と本当に覚えているのか怪しい、軽い口調が応える。

「亘くんには、会われましたか」

「もちろんです」

「どんな様子だったか、覚えていますか」

久住が記憶を辿るように目を閉じる。

それからしばらくして、はっと目を見開いた。

「思い出した。私は一時期、亘くんが父親を殺したんじゃないかと疑ったとでした」

「なぜですか」

鼓動が速まるのを感じながら、音喜多は訊ねた。

「音喜多さんや鳴海さんが指摘されたような理由です。ホトケさんは転落する際に、窓枠に背中を擦っとった。転んで落ちる際に擦ったとなると、よほどおかしな転び方をせん限り、窓の外に落ちるなんてことはない。だから深く寝入っとるか、あるいはすでに死んでいるかという状態のホトケさんを、誰かが窓から押し出した可能性がある。第三者が出入りした形跡がないのなら、唯一の同居人である息子を疑わざるをえない。そしてもう一つの理由が、亘くんの態度です」

「態度？」と音喜多は訊き返した。

「父親、それも唯一の肉親が亡くなったにしては、えらく冷静に見えました。もちろん、急に家族が亡くなって感情が追いつかないというケースが少なくないのはわかっとります。私も学生のときに母親を亡くしましたが、しばらく実感が湧きませんでした。予想しとったような悲しみに包まれるような心理状態に陥らず、それどころかテレビを見てゲラゲラ笑うことすらあって、自分には人の心がないのかもしれない、案外冷たい人間なのかもしれないと、恐ろしくなったものです。葬儀が終わってから、急に涙があふれて止まらなくなりましたけどね。そういう感じで、感情が追いつかないだけやったとかもしれん。けど、それにしても冷静というか、なんというか……」

そこで久住は動きを止めた。具体的なエピソードを思い出したらしい。

「たとえば、こちらの質問を予想していたように、すらすら答えるとです。知らない大人からいきなり、しかも警察からあれやこれや訊かれても、普通は緊張と混乱で頭も舌も思うようにまわらんものでしょう」

同意を求められたので、音喜多は頷きで先を促した。

「なのにあの子は、事件の起こった時刻にどこでなにをしとった。帰って来てからあれした、それしたと、よどみなく答えたとです。ちょっと違和感を覚えました。そいで、もしかしたら息子が父を殺したとやないかと、当時の上司に進言したとでした」

記憶が鮮明になってきたようだ。

自らを戒めるように、久住が禿頭《とくとう》をぽんぽんと叩く。

「でも疑いはすぐに晴れました。だけん、亘くんが犯人ということはありません。本人はそのことに気づいとらんやったろうけど、疑って申し訳ないことをしたと反省しました」

「なぜ疑いが晴れたんですか」

音喜多はやや前のめりになった。

「ホトケさんは体重が七十キロ以上ありました。それを小学校五年生が一人で運び出すのは難しいし、あと、アリバイが成立したとです。同級生の女の子が、精霊流しの会場で何度か亘くんを見かけたと証言しました」

「その同級生の女の子の名前は？」

鳴海が立ち上がらんばかりに身体を前傾させた。

なぜそんなところに食いつくのかという感じで、久住が二人の刑事に引き気味の視線を投げかける。

「さすがに覚えとらんですよ。ただ、こんな田舎には珍しい雰囲気の上品なお嬢さま、という感じでした。言っちゃ悪いが、ひとり親の、ろくに仕事もしない漁師の息子と親しくしているようには見えませんでした」

だから信憑性《しんぴょうせい》の高い証言と判断した、ということらしい。

「写真だ。鳴海」

音喜多が顎をしゃくり、鳴海が鞄から取り出した北田弥生の卒業アルバムの写真を、久住に見せた。

目を細め、写真を顔に近づけたり遠ざけたりしていた久住が、鼻に皺を寄せる。

「ほんの数分話しただけやけん、さすがに人定《じんてい》まではできんです。こんな感じやった気はします。ただ、断定はできん」

じゅうぶんだった。

最後に鳴海が質問する。

「ちなみに、中村さんのお宅に、ピアノはありましたか」

「ピアノ？」

半笑いで訊き返すその口調が、すでに答えになっていた。

6　一九八五年　八月

午後六時三十三分——。
さっき時計を確認してから、二分しか経っていない。

亘は漫画雑誌に視線を戻した。だが内容はまったく頭に入ってこない。それでもなにかしていないと落ち着かない。そう思ってしばらく絵と活字を追ってみたが、目が滑るだけだった。観念して漫画雑誌を閉じ、立ち上がって台所に移動する。

冷蔵庫を開けて麦茶ポットを取り出し、グラスに麦茶を注いでいっきに飲み干した。それでも喉の渇きが癒えないので、もう一杯飲み干す。

口もとにこぼれた麦茶を手の甲で拭い、麦茶ポットを冷蔵庫に戻した。

そういえば冷蔵庫の扉を素早く開け閉めする癖がついたのは、冷蔵庫の中に顔を突っ込んで涼んでいると、父から髪の毛をつかんで引き回され、腹を蹴られたからだった。

——なんばしよっとか！　こん糞が！　電気代のかかるて言うとるやろうが！

そういうわりに、腹を押さえて咳き込みながら上体を起こした亘が見たのは、扉が開け放たれたままの冷蔵庫だった。息子をしつけたというより、たんに虫の居所が悪かっただけなのだろう。

理不尽だらけだった。ろくに働かず、酒を飲んでばかりいる人間のクズが、ただ父親というだけで偉そうに振る舞う。あの男は偉くなんかない。父親だから無条件に偉いのではない。きちんと働き、きちんと我が子を守り養うからこそ偉いのだ。

いつまで我慢すればいい。

高校卒業までか。いや、あの男の稼ぎをあてにしていたら、高校など通えるはずがない。

だとしたら中学か。中学卒業まで、あと、およそ五年。

それは亘にとって、とてつもなく長い時間だった。なにしろ、小学校入学から現在までより長い時間だ。しかも中学を卒業したからといって、あの男から簡単に解放されるとは思えない。息子が金を稼ぐようになったら、きっと金をせびってくる。息子に愛する人ができて結婚でもしようものなら、その相手をも金づるにしようと考えるだろう。

だから母は逃げたのだ。

相手は若い男。よりにもよって、父が弟のようにかわいがっていた男をたぶらかした。父はそう説明し、被害者として周囲からの同情を集めようとした。最初はその目論見《もくろみ》も成功した。

だがその後の醜態《しゅうたい》を目の当たりにし、いまでは近所の大人たちも気づいているはずだ。父が家族に暴力を振るうのは、母が出ていったのがきっかけではない。それ以前から、母は父の暴力に悩まされていた。母と逃げた男は、母から父についての相談を受けていた。その結果、逃げた。どういう話し合いを経てそうなったのかは想像もつかないが、母はじゅうぶんに耐えた。それは父の暴力を間近で見てきた亘が、いちばんよくわかる。

だがどうして母は、自分を連れて行ってくれなかったのだろう。ずっと答えを探し続けてきた。

家を出る母を、亘は見送った。買い物に出かけるというわりに大荷物なのを怪訝に思ったが、母はそれまで、亘に嘘をついたことはなかった。買い物に行くと言われれば、買い物に行くのだろうと信じた。なにかお菓子を買ってきてくれると嬉しいなと期待した。だが母は、いくら待っても帰ってこなかった。

きっと母は、我が子を信じてくれたのかもしれないと、亘は結論づけた。獅子《しし》が千尋《せんじん》の谷に我が子を突き落とすように、亘に試練を与えたのだ。そうとしか考えられない。それまでは身体を張って守ってくれた母が、息子の盾《たて》となって暴力に晒された母が、我が子を捨てるなんてありえない。

どこかできっと、息子が訪ねてくるのを待っていてくれる。

それにはまず、父を始末しないと。

いつもなら在宅している時間なのに、なぜ今日に限って……。

外はがやがやと騒々しい。家の近くが町内会の精霊船の集合場所になっているせいだ。わずかに開いた磨《す》りガラスの窓の、アルミの格子越しに、白い法被を着た男衆たちが見え隠れしている。かつては父も精霊船の担ぎ手として参加していた。ほかの男衆とともに巨大な精霊船を肩に担ぎ、街を練り歩く姿に、幼いころは憧れたこともあった。いまはそれが現実だったのかも曖昧に思えるほど、遠く、不確かな記憶だ。

どこをほっつき歩いている。外で飲むような金は持っていないくせに。

そんなことを考えながら、恨めしげに玄関の扉を見つめる。

ちょうどそのとき扉がノックされ、飛び上がりそうになった。

心臓が早鐘を打ち始める。

中村家では就寝時以外、玄関に施錠しないし、父ならばノックなどせずに扉を開ける。近所付き合いも親戚付き合いもないこの家に訪ねてくる人物は、限られている。

ふたたびノックの音。さっきよりも乱暴になった。相手の気分を害することなど意に介さないような叩き方で、亘は自分の悪い予感が当たったと確信した。

扉を開くと、胸もとの大きく開いた、派手な柄のシャツを着た人相の悪い男が二人、立っていた。一人はパンチパーマで、もう一人はオールバックだ。

「こんちは」

ガムでも噛《か》んでいるのか、パンチパーマが口を動かしながら言う。

「こんにちは」

目を伏せて挨拶を返しながら、もう駄目だと思った。いまこの機を逃したら、今後自分に大それた計画を実行に移す勇気など出ない。屈辱にまみれた人生が続く。

「お父さんは？」

オールバックのほうが、家の中を覗き込みながら言う。

「おらん」

「本当に？」

パンチパーマがいやらしく語尾を持ち上げる。

「嘘ついとったら、タダじゃおかんぞ」

オールバックが自分の手の平を反対のこぶしで打った。乾いた音が響き渡り、近くを歩いていた白い法被の男衆が振り返る。だが声をかけてくることはない。ちらちらと亘たちのほうを振り返りながら、集合場所に歩いていく。中村さんとこにまた借金取りの来とったよ、などと集合場所で噂されるのだろう。

「やめとけや、おまえ。子供ば脅してどうするとか」

これまでに何度も顔を合わせているのでわかるが、二人のうち、パンチパーマのほうが兄貴ぶんのようだ。「すんません」とオールバックが首をすくめる。

「お父さん、どこ行った？」

「わからん」

「何時ごろ出ていった」

「わからん」

パンチパーマがあきれたように鼻を鳴らす。

「なんもわからんことは、ないやろうもん。だって坊主、おまえ、いま夏休みやろう？」

やさしい口調の中に、静かに恫喝するような響きがあった。

「うん」

「どっか、出かけとったとか」

かぶりを振った瞬間、がつん、と大きな音がして飛び上がった。

パンチパーマが扉を蹴った音だった。

「ならずっと家におったとやろうが。どこにも出かけとらんとに、なんで親父がいつ出ていったかもわからんとか。わがは親父ばかばっとるとか」

「かばっとらん」

「わっの親父は、うちの会社から金ば借りとるとぞ。わかっとるやろうな」

うんうんと頷いた。声を出せば涙があふれそうだったのに、「頷くだけじゃなくてちゃんと声ば出して返事せんか」と叱られた。

「はい」と言った瞬間に、予想通り涙があふれる。一度あふれ出したら止める術《すべ》がない。

「泣けば済むて思うとるとか」

かぶりを振った後で、「違います」と声を絞り出した。

「金ば借りたらどうせないかんとや」

「返さないと……」懸命に嗚咽を呑み込んで続ける。「返さないといけません」

「わかっとるやっか」

パンチパーマがにやりと唇の端を吊り上げ、オールバックを振り返る。

「おい、タグチ。借りた金ば返せんやったやつは、どうなるとやっけ」

想定していなかった質問らしく、オールバックが虚を衝《つ》かれたような顔をする。

「指ば詰めるやろう」

パンチパーマの言葉に、オールバックが暗い笑みを浮かべた。

「そうですね。責任ばとって小指ぐらい落としてもらわないといけんですね」

「やろうが」

二人の間で企みの目配せが交わされる。

「親父が逃げ回っとるとやったら、代わりに息子の小指どん、もらっとくか」

「そらよか考えですね。そうしましょう」

全身から血の気が引いた。

どうすればいい。どうすればこの状況を切り抜けられる。

周囲をうかがう。借金取りたちの背後を、白い法被や同じ学校の児童たちが通り過ぎていく。誰もがこちらを見ているはずなのに、誰も助けてくれない。透明な存在になったかのようだった。思えば、昔からそうだった。父のせいで、亘は町内会でも学校でも、透明な存在だった。誰かの気を引きたくて、嘘をついてしまう。でもすぐに嘘とバレて、仲良くしたかった相手は離れていく。

「タグチ。押さえとけ」

「はい」

パンチパーマがズボンの尻ポケットに手を入れ、オールバックが歩み寄ってきて亘の腕をつかみ、扉に押さえつける。

「ちょっと待って。ちょっと待って。嫌だ。嫌だ」

助けて。助けて。助けて。

じたばたと手足を動かして抵抗するが、大人の力には敵わない。

「嫌だ！　助けて！　助けて！」

涙で顔をぐしゃぐしゃにしながら叫んだ。

すると、パンチパーマが吹き出した。オールバックも笑っている。

腕を押さえつける力が緩み、亘は解放された。立っていられなくなり、その場にへなへなと崩れ落ちる。

二人のチンピラは腹を抱えて笑っていた。

「マジでビビっとるけん。おかしか」

パンチパーマは涙を拭っている。

まったく笑えない。なにがそんなにおもしろいのだろう。明らかに堅気ではない人間から指を切り落とすと脅されたら、普通は本気にする。

「悪かったな。冗談たい」

オールバックが手をのばしてきたので、ビクッと肩を震わせたら、頭をくしゃくしゃに撫《な》でられた。

「親父によう言うとってくれんか。借りた金、ちゃんと返せって。あんま逃げ回るようやったら、冗談じゃなくけじめつけてもらうぞて」

パンチパーマが言い残し、背中を向ける。

楽しげにじゃれ合いながら遠ざかる二人の背中を、亘は虚脱しながら見送った。

顔を上げると、遠巻きにしていた白い法被の大人たちが、さっと目を逸らす。

助けてもらえなかった。

わかっていたが、実感した。泣き叫んで助けを求めても、なにもしてくれない。

あいつの息子だから。

そのとき、ぽんぽんと誰かから頭を叩かれた。

父だった。

「おう。どうした。こがんところで」

そう言って亘の横を通過し、玄関に入っていく。

かっ、と全身が熱くなった。

たまたま入れ替わりで帰ってきたのを装っているが、違う。

父は、見ていた。

息子がチンピラどもに脅され、弄《もてあそ》ばれるのを、物陰から見ていた。なのに救おうともせずに、連中が帰るまで身を潜めていた。

やっぱり、やる。

ぜったいに今日、殺す——。

なにごともなかったかのようにテレビを点け、寝転がる父を見ながら、亘は決意を新たにした。

7　二〇一九年　十一月

「すごぉい!」

膳《ぜん》の上に並んだ料理の豪華さに、鳴海が弾んだ声を上げる。即座にスマートフォンを取り出して写真を撮り始めるところなどは、いまどきの普通の若者だ。

「音喜多さん、これ見てくださいよ。こんな具だくさんでお雑煮《ぞうに》なんですよ? 東京の雑煮とぜんぜん違う」

「たしかに美味そうだな」

音喜多は軽く首をのばし、鳴海の膳に載った鍋を覗き込んだ。鶏肉、アナゴ、シイタケ、卵焼き、かまぼこ、餅《もち》、春菊《しゅんぎく》などの豪華な具材が、鍋からあふれんばかりに盛り付けられている。

二人がいるのは、島原名物の具雑煮を出す姫松屋《ひめまつ》という店だった。和風ファミリーレストランといった趣の店内の、ボックス席で向き合っている。ビジネスホテルのフロントで島原名物を出す美味い店はないか訊ねたところ、この店を勧められたのだった。

有名な店らしく、ラストオーダー直前に駆け込んだにもかかわらず、二十以上あるボックス席は八割方埋まっており、小上がりの座敷からは賑やかな宴会の声が聞こえてくる。

「ってか、なんで音喜多さんはとんかつ定食なんですか」

箸を手にしながら、鳴海が不可解そうに眉をひそめる。

素直に名物の具雑煮定食を頼んだ鳴海にたいし、音喜多が注文したのはとんかつ定食だった。とんかつと千切りキャベツのほか、白飯に味噌汁《みそしる》、お新香という、どこで頼んでも同じものが出てきそうな内容だ。

「別にいいだろうが。とんかつが食べたかったんだ」

「でも出てきたのを見て、自分も具雑煮にすればよかったと思ったんじゃないですか？」

「思わねえよ」本当は少し思った。

「本当ですか？」

疑わしげに目を細められた。

「思わねえし。ってかさっさと食うぞ。ほら」

音喜多はビールのジョッキを持ち上げ、乾杯を促した。鳴海のウーロン茶のグラスにジヨッキをぶつけ、炭酸を胃に流し込む。

ぷはーっ、と自分でも驚くほど美味そうな息が漏れた。

「コマーシャルみたいな飲みっぷりですね」

鳴海が鍋から具材を小皿によそいながら笑う。

「おまえは飲まないんだな。それとも飲めないのか」

注文のときから思っていた。

「飲めない……かどうかはわかりません。飲んだことないので」

「嘘だろ」

ぎょっとした。体質的に合わないとか、味が好きではないとかではなく、酒を口したことがないという大人が存在するのか。

「嘘じゃないですよ」

猫舌なのか、鳴海は小皿にとった具材をふーふーと吹いている。

「飲もうと思ったこともないのか」

「興味がないわけではないけど、喉にダメージを与えたくないので」

あっ、と思った。鳴海が音楽隊採用だという事実を忘れていた。

「そっか。商売道具だもんな」

鶏肉をもぐもぐと咀嚼しながら、鳴海が複雑そうな顔になる。

「商売道具っていうか、いまのところそうはなってないですけど」

当初は刑事としての能力や適性を疑問視した音喜多だが、鳴海を刑事課に引っ張ったという玉堤署刑事課長の気持ちが、わかり始めていた。かなりズレたところのある女だが、たしかに有能だ。

だが本人はあくまで音楽隊への異動を希望しているし、それにそなえてもいる。

「でも、今日はちょっとだけ飲んでみようかな」

鳴海が上目遣いで小首をかしげる。視線をちらちらと音喜多のジョッキに向けているのは、少し飲ませて欲しいというアピールのようだ。

「やめておけ。喉を傷めるかもしれない」

「大丈夫ですよ。もう十一月だから、かりに喉を傷めても、次の人事異動まで何か月もあります」

「だが……」

「プロのコンサート歌手でもみんな普通に飲んでいるし、なのに、歌う機会も与えられない私が神経質になるのも、なんだか馬鹿みたいじゃないですか」

「そんなことない」

音喜多は両手で持ったジョッキを鳴海から遠ざけていたが、一口だけ、と懇願され、ついにはジョッキを手渡した。

「大丈夫か」

「平気です」

鳴海がジョッキに口をつける。そして目を丸くしながらジョッキを見た。そのままの表情を、音喜多に向ける。

「美味しい。ビールってこんなに美味しかったんですね」

「よかったな」

音喜多はジョッキを取り戻そうと手をのばしたが、鳴海はそれを避けて二口目を飲んだ。そのままジョッキをかたむけていき、最後は逆さまにした。

「おい、おまえ……」

ぷはーっ、と美味そうな息を吐き、濡れた口もとを手の甲で拭う。

「すみませーん。生大一つ」

流れるような注文に、呆気にとられるしかない。

初めての飲酒なのに大丈夫かと心配していたら、二十分ほどで目が据わってきた。

「もうやめとけ。な」

ジョッキを取り上げようとする音喜多の手を叩《はた》き落とし、三白眼《さんぱくがん》で睨みつけてくる。

「なにすんだ。このモジャモジャ頭」

「絡み酒かよ」心の声が漏れ、鳴海の眉間に皺が寄る。

「なんだと！」

「なんでもない」

「あんた、私のこと邪魔なんだろ。さっさと音楽隊に行けって、そう思ってるんだろ」

「思ってないし――」

「行けるもんなら行きたいよ。私だって。なんで行かせてくれないんだよ」

ぶんぶんと大きくかぶりを振る。

「わかった。わかったから、ひとまずそいつを寄越せ」

ようやくジョッキの回収に成功した。上半身が不安定に揺れていて、いまにもジョッキを落としてしまいそうでひやひやしていた。

ふいに、鳴海が弾かれたように座敷のほうを向いた。

座敷からは、手拍子とともに合唱が聞こえていた。地元の学校の校歌だろう。いかにもそういう雰囲気のメロディーだった。

鳴海がすっくと立ち上がり、座敷のほうに向かう。

「おい。どこに行く」

「トイレ」

その答えを聞いて安堵したのも束の間、鳴海が座敷の障子戸《しょうじ》を開くのを見てぎょっとした。

「へたくそ！　うるさいんだよっ！」

座敷からの歌と手拍子が止んだ。

「こら、鳴海！　なにやってんだ！」

音喜多は慌てて立ち上がり、鳴海を止めに向かう。

が、次の瞬間には動きを止めていた。

鳴海が歌い出したからだった。

酔っぱらいの歌ではない。どこまでも澄んだソプラノヴォイス。しかもとてつもない声量だ。

ふと見ると、ほかの客たちもおしゃべりをやめて鳴海の歌に聞き入っている。店員も動きを止め、美声に聞き惚れているようだった。

一節を歌い終えた鳴海が、右手を上げて仰々しいお辞儀をする。

すると店じゅうから拍手が沸き起こった。

8　一九八五年　八月

全身が心臓になったように拍動していた。

亘の目の前には、父がいた。居間の畳《たたみ》の上で大の字になり、大いびきをかいて眠っている。

「お父さん。お父さん」

呼びかけてみたが反応はない。顔の上で軽く両手を打ってみても、同じだった。

完全に酔い潰れている。きっと弥生からもらった、外国の酒が効いたのだ。

亘は父が出かけている間に、飲みかけの安酒の酒瓶《さかびん》にウォッカを混ぜた。かなり強い酒だと聞いていたが、たしかにキャップを開けて匂いを嗅いだだけで、むせ返るほどだった。大人になればこんなものを美味しいと感じるようになるのだろうか。

おそるおそる注いでいたが、誤って入れすぎてしまった。味が変わって不審を抱かれたらどうしようと心配したが、杞憂《きゆう》だった。アルコール中毒の父の舌には、味の違いなどわからないようだ。むしろ混ぜ物だらけの安酒に高い酒を混ぜたおかげで、いつもより美味しく感じたかもしれない。

いよいよだ。大きく深呼吸をする。すでに吐く息が震えている。やれるのか、こんな状態で。実の父を。大好きだったこともある、お父さんを。

やるんだ。

少なくともかつての、亘が大好きだったころの父ではない。成長とともに味覚が変わって酒が美味く感じられるように、人間は変わる。見た目は父でも、父の内面は日々、どす黒く汚れ続けている。感傷に耽っていては、人生を無駄に消費するだけだ。

——おう。どうした。こがんところで。

借金取りが立ち去った後で、のうのうと現れた父を思い出す。息子が泣いて助けを求めたのに、身を潜めていた卑怯者《ひきょうもの》。たまたま入れ替わりのタイミングで帰って来たかのように振る舞う、惨めで情けない男。亘はあえて嫌な記憶を呼び起こし、怒りに燃料を注いだ。

風呂場《ふろば》から桶《おけ》を取ってきて、台所の流しの中に置いた。タオルを二枚放り込み、蛇口をひねって水を溜める。水の落ちる音を聞きながら、わずかに開けた磨りガラスの窓を見た。格子越しに見える景色は暗く、人の姿は消えていた。精霊船が集合地点を出発し、広馬場の交差点へと向かったのだ。遠くからロケット花火や爆竹の音が聞こえる。

桶いっぱいに水が溜まった。

蛇口を閉め、窓も閉めた。

クレセント錠を上げたときの、窓のロックされる音が、なにかのスイッチのように感じられた。もう戻れない。これから自分は殺人者になる。

持ち上げてもポタポタと雫《しずく》がしたたる程度に、タオルを軽く絞った。

気持ちよさそうに眠る父の頭のそばに、腰をおろす。無意識に正座していた。

目を閉じ、肩をゆっくりと上下させる。

時間をかけると感傷があふれそうだったので、早速腰を浮かせて膝立ちになり、二枚のタオルを重ねて広げた。

仰向けの父の頭部を逆さまに覗き込みながら、両端を持ったタオルを顔にかぶせる。

数秒はなにも起こらなかった。このまま静かに息を引き取ってくれるのか。父は苦しみを感じないまま、亘も殺人の罪悪感を覚えないまま、終わるのだろうか。

そんな淡い期待を抱いた瞬間、ふごっ、とタオルが父の口のかたちに窪《くぼ》んだ。じたばたと手で空《くう》をかき始める。

ぎょっとして飛《と》び退《の》きそうになったが、このまま父を生かしてしまうのは最悪だ。殺されそうになったと知った父は、たぶん亘を殺す。息子であろうと容赦《ようしゃ》しない。

亘はタオルの両端を握り、畳に押しつけた。父はなにが起こったのか理解できない様子で、手足をバタバタと動かしている。ときおり迫ってくる父の手を避けながら、亘は懸命にタオルを押しつける。

「わたるっ……！」

父がそう呻《うめ》いた気がして、ぎくりとした。

そんなはずはない。父は息子から殺意を向けられているなど、つゆほども思っていない。いま自分を殺そうとしているのが息子だとは、気づいていない。

だとしたら、救いを求めたのか――？

生命の危機に瀕《ひん》したときに、とっさに息子の名を呼んだ。息子に救いを求めた。

それほど息子を信じていた？

いや……。

ふいに力を緩めそうになり、大きくかぶりを振った。

息子が酷い目に遭っているときには見て見ぬふりをしてやり過ごすのに、自分が危機に瀕したときだけは助けてもらおうなんて、そんな虫のいい話があるか。

「死ねっ！」

亘は手だけでなく、両膝で父の頭を挟み込むようにして、全体重をかけてタオルを押さえつける。噴き出した汗が目に入り、目に染みる。顔を伝う汗が顎からぼとぼととしたたり落ちる。

気づけば、抵抗はなくなっていた。

晩夏に差しかかり、夜風は秋の気配を孕《はら》むようになってきたとはいえ、窓を閉め切った室内での作業だ。全身が汗みずくになり、全力疾走したかのように喘《あえ》いでいた。

タオルから手を離してみる。ついさっきまで口の部分だけが窪んだり膨らんだりして必死に酸素を求めていたが、もはやなんの動きもない。

父の顔からタオルを取り払ってみて、思わず小さな悲鳴を上げた。

苦悶に喘ぎながら逝った父は、口を大きく開き、目を剝いて、見たこともない顔をしていた。もしかして、タオルの下で別人にすり替わったのか、自分は見ず知らずの他人を殺《あや》めてしまったのかと震え上がったが、そんなわけはない。これは紛れもなく父だ。魂が抜けることで、人間は人間らしい表情を失ってしまうのかもしれない。

「お父さん……お父さん……」

父の胸を叩いたり、肩を揺さぶったりしてみる。父は動かない。口に手をあてても呼吸がないし、胸に耳をあててみても、心臓の音が聞こえない。

「死んだ？」本当に？

にわかには信じられない。自分の手で、ひとつの生命を終わらせたことが。これまで散々苦しめられた存在から、解放されたことが。

おいが、殺した――。

全身が虚脱する。ひと仕事終えた安堵のせいか、現実の重みを感じたせいかはわからない。亘は尻餅をつき、壁に頭をもたせかけた。そうしながらしばらく、かつて父だった肉塊を見つめる。息を吹き返すのではないかという恐怖はない。苦悶のまま固まった父の表情は、もはや人間のそれではない。

問題は、この肉塊をどうするかだ。

こうしてはいられない。

亘は顔の汗を腕で拭い、立ち上がった。

9　二〇一九年　十一月

島原市滞在二日目。

その男の住まいは、島原市北部の有明町《ありあけちょう》にあった。有明町はもともと南高来郡《みなみたかきぐん》に属する独立した自治体だったが、二〇〇六年に島原市に編入されたという。

舗装された道路から砂利道《じゃりみち》に乗り入れると、軽自動車ががくん、と上下に揺れた。ぴしぴしとタイヤが小石を跳ね上げる。

音喜多たちは島原での移動にレンタカーを利用していた。所轄の警察署で、タクシーよりレンタカーのほうが割安だし便利だと助言されたのだ。助言に従って正解だったと、ハンドルを握りながら音喜多は思った。国道から坂をのぼり始めると、店がほとんどなくなった。田畑や畜産農場、養鶏場の狭間《はざま》に、集落がある。まれにすれ違う対向車も軽トラックが多く、タクシーなんてほとんど見かけない。

砂利道をのぼりきると、少し開けた場所があり、いくつかの木造住宅が建ち並んでいた。左手の家の前で、犬が激しく吠《ほ》えている。

「着いたぞ」

パーキングブレーキをかけ、エンジンを切る。

助手席で寝息を立てていた鳴海が、うっすらと目を開けた。

「近かったですね」

「おまえが寝てたからそう感じるだけだ」

本庁捜一の刑事に運転させて自分は眠りこけるなんて、なにを考えているんだ。鳴海に運転させようとしたら、拒絶された。ペーパードライバーだから事故を起こすのが怖いのだという。本来なら所轄の刑事は、本庁の刑事のアテンド役になるんだぞと、喉もとまで出かかった言葉を、ぐっと呑み込んだ。

昨晩のことを思い出す。

酒に酔った鳴海は、具雑煮の店で美声を披露した。居合わせた客には喝采《かっさい》を浴びたが、音喜多にはとても悲しい響きに聞こえた。玉堤署の刑事課長のように、鳴海の捜査能力を高く評価する者もいるいっぽう、音楽隊採用の女性刑事への風当たりも、弱くはないだろう。それでも最初から刑事志望だったら耐えられるのだろうが、鳴海は刑事になりたくてなったわけではない。昨晩の歌は、そんな鳴海の魂の叫びのように感じられた。

店を出るときに、鳴海のバッグの中身がわかったせいかもしれない。

いつもパンパンに膨らんでなにが入っているのか不思議だったが、酔った鳴海を立ち上がらせ、バッグも持とうとしたら、口が開いていたらしく中身をばら撒《ま》いてしまった。

譜面だった。

たぶん何曲分もあるのだろう。バッグの中には冊子状の譜面がぎっしりと詰まっていた。ところが鳴海にはまったく記憶がないようで、どうやってホテルに戻ったのか不思議がっていた。タクシーに乗せるまで大変だったんだぞと叱りながら、音喜多はほっとしていた。あんな内面の葛藤《かっとう》をさらけ出されて、これからどう接すればいいのか迷っていたのだ。

車をおりると、左手の家から茶色いカーディガンを羽織った、五十過ぎぐらいの女性が出てきた。「こら。静かにせんね」と犬を叱りながら、こちらを気にするそぶりを見せる。

音喜多たちの目的地はその家だった。

「こんにちは。先ほどお電話した者ですが」

女は眩《まぶ》しそうな顔でこちらを見た後で、家の中に「あんた！　来《こ》らしたよ！」と呼びかけた。そしてすぐに視線を落とし、「こらっ」と唸る犬を叱る。

ほどなく玄関から男が出てきた。女より少し年代が上に見える、固太り体形の六十歳ぐらいの男だった。角刈り頭は真っ白なのに、眉は黒々としている。

「城田泰義《やすよし》さんでいらっしゃいますか」

「そうです。どうも遠いところご苦労さまです。入ってください」

城田泰義は弥生の父親が経営していた『北田工務店』の社員だった男だ。『北田工務店』の倒産が一九九五年なので、当時はまだ三十代半ばだったはずだ。

二人の刑事は居間に通された。テレビに炬燵《こたつ》、床の間には掛け軸という、昔ながらの田舎の家を再現したような和風の部屋だった。

「よかったらどうぞ」

テーブルの上の器をこちらに押し出しながら、城田が対面に胡座をかく。器には個包装された煎餅《せんべい》やチョコレート菓子などが入っていた。

「やった」とすかさず手をのばす鳴海に非難の目を向けながら、音喜多は頭を下げた。

「ありがとうございます」

「東京から来た刑事ですって言われたときには、なにが起こったのかと思いましたよ。なんも悪かことしとらんとになーて」

がっはっはと自分の発言に笑った後で、城田が神妙な顔になる。

「弥生ちゃん、なにかしたとですか」

「そういうわけではないのですが」

弥生が亡くなったことは、知らないようだ。

「北田弥生さんとご連絡は――」

「まさか」と、城田は大きくかぶりを振った。

「会社が潰れてからは、いっさい連絡取っとらんです。社長の娘さんと個人的に連絡を取り合う義理もなかでしょうもん。でもおいに懐いてくれとったし、気になっとったとです。弥生ちゃんは、元気にしとらすとですか」

なんと答えようか迷ったが、まだなにかを断定する段階ではない。

「『北田工務店』には、何年ほどお勤めになったのですか」

「何年ぐらいかな」と記憶を辿る顔になる。「十九歳からやけん、だいたい十六年です。いや、あのときは参りましたよ、急に仕事がなくなったとやし。結婚もして、長男が中学に入るころでしたし、いろいろと物入りになる時期でしょうが」

「そんなに急だったんですか」

「そりゃもう。経営がかたむいてるなんて、おくびにも出さんかったです。そいがいきなり倒産、差し押さえ、ですけんね。いまでこそ笑えるけど、当時はとてもじゃないけど」

当時を思い出したように、城田が顔をしかめる。

「実際、真面目にやっとれば、潰れるような状況でもなかったと思います。仕事は普通に取れとったし」

「ではなにが原因で？」

城田は考えを整理するような間を置いた。

「とにかく金の管理が杜撰《ずさん》だった、という一言に尽きるんじゃないですかね。社長は面倒見の良い親分肌で、毎年社員旅行は海外やったし、社員の結婚祝いにぽんと百万あげたりしよりましたもんね。いま思えば、ああいうことやっとるから会社がかたむいたんやろうけど、働いとる人間からしたら、そりゃ景気の良い会社だな、ぐらいにしか思わんでしょ。

見栄っ張りやったとでしょうね。頼まれたら断れない、お人好しなところもあったと思います。いろんな人に金貸したり、保証人になったりしとったみたいですけん。あとは、あれですね」

そう言って、不快げに鼻に皺を寄せる。

「奥さんがよくなかったと思います。東京から連れてきたおなごやったとですけど、こいがまた金遣いの荒くてですね。島原じゃまず手に入らんブランドもので身を固めとって、しょっちゅう博多やら東京やらに買い物に通いよったとです。なんというか、田舎もんば見下しとるというか、東京出身ていうのを鼻にかけとる感じが好かんやったですね。まあでも、おかげで弥生ちゃんも弘臣くんも、教育にはお金かけてもらえたごたるですけど」

社長夫人にたいしては、良い感情を抱いていなかったようだ。

「弥生さんはもちろん、弥生さんのご家族とも、現在は音信不通というわけですね」

音喜多の発言に、城田はやや怪訝そうに目を瞬かせた。

「音信不通ていうか、社長は亡くなりましたけんね、首吊って」

思いがけない事実に、虚を衝かれる。

「倒産してすぐですよ。いろいろ無理しとったとでしょうね。あの奥さんじゃ、腹を割った相談なんかできんでしょうけん。残った家族は、社長が亡くなって、しばらくしたらどこかに引っ越したごたるです。どこに越したかは知らんけど、東京に戻ったとじゃないですか。あんだけ、東京東京言いよったぐらいやけん。その後のことは、わからんですね」

「そのころ、弥生さんは大学生ですか」

「はい。あの子は小さいころからずっとプロのピアニストば目指しとりましたけん。東京のどこやったっけな……あれだ。たしか吉祥寺《きちじょうじ》音大ていうところに入ったはずです。でもどうやろ。卒業できたとかな。普通の大学でも大変なのに、音大となるとそうにゃ金のかかりますもんね。うちも三人子供のおったけど、長男しか大学行かせられんでしたもん。どうなったとやろ」

「中村亘、という名前をご存じないですか」

「誰ですかそれ」

城田が目を瞬かせる。

「弥生さんの同級生です。小学校四年生か五年生ぐらいのときに、親しかったようです」

「そんなの、おいが知るわけなかでしょうもん。親じゃないとやけん」

笑われた。駄目でもともとのつもりではあったが、やはり知らないか。

ところが――。

「あ、でも、おったな。親しくしとった男の子」

「本当ですか」

「実際にどれだけ親しかったかは知らんですけど、男の子と一緒におるところを、何度か見かけたことはあります。弥生ちゃん、真面目やったけん、高校卒業するまで誰かと付き合ったりとかもなかったとですよ。だけん覚えとるとです。その相手が、中村なんとかくんかは知らんですけど。最初に見かけたのは、たしかピアノ教室のお迎えでした」

音喜多は思わず目を瞠った。

「商店街の楽器屋の二階でやっとるピアノ教室に、弥生ちゃんは通っとったとです。自宅からちょっと距離がある教室だったので、いつもは奥さんが車で送迎しとったとですけど、たまにおいが行かされることもあったとですよ。あの人が東京やら博多やらに出かけとるときに。おいは『北田工務店』の社員であって、あんたの家のお手伝いさんとか召使いじゃないとぞとか思ってはいましたけど、弥生ちゃんを一人で帰ってこさせるわけにもいかんけん、行きよったとです。そんときですね。楽器屋の前で男の子と楽しそうに話しよって、邪魔したら悪かねて、ちょっと遠慮しました」

「その男の子は、同じピアノ教室に通っていたのですか」

「だと思いますよ。詳しく関係を問いただしたわけじゃないけん、わからんですけど」

この刑事たちはなにを色めき立っているんだという感じに、城田は二人の顔を見た。

10　一九八五年　八月

亘は父の遺体の真横に、ブルーシートを広げた。もともとは父の漁船に積み込んであったものだが、めったに漁に出なくなったために、倉庫で埃をかぶっていたのを、引っ張り出してきたのだ。

ブルーシートの上に、父を移動させようとする。だが重くて動かない。愕然とした。大人の男の身体は、こんなにも重いのか。

それでも腕を少しだけ持ち上げ、その下にブルーシートを押し込むといった要領で、時間をかけて遺体をブルーシートの上に乗せた。それだけでとてつもない重労働だった。全身の筋肉が痙攣《けいれん》し、力が入らない。

だがこれで終わりではない。問題はここからだ。

窓を開けて遺体を海に捨てなければならない。

疲労困憊《こんぱい》して少し横になりたいぐらいだが、時間がかかれば近所の住民が帰宅してしまう。そうなれば、誰にも目撃されずに遺体を投棄するのは難しい。

亘は疲れた身体に鞭《むち》打って、立ち上がった。

居間の窓を開けると、心地よい夜風が入り込んでくる。眼前には有明海が月の光を反射して、きらきらと輝いていた。広馬場の交差点でかなりの量の爆竹が破裂したのだろう。外気はほんのりと焦げ臭い。はるか遠くに、海に流された精霊船の灯りが見える。

亘はブルーシートの端をつかみ、窓のほうへ引っ張った。やはり重い。本当にこんな重量の物体を持ち上げ、海に捨てることができるのかと気が遠くなる。だがここで頑張らなければ、警察に捕まって檻《おり》の中だ。懸命に自分を叱咤していると、ずるりと畳の上をブルーシートが滑った。そこからは比較的スムーズに、窓の近くまで運ぶことができた。

遺体の横に座り、乱れた息を整える。もはや遺体はたんなる物体に過ぎず、遺体を海に捨てるのは、こなさなければならない作業と化していた。

何時だ。壁に掛かった時計を見る。

午後八時過ぎ。

いまごろ、広馬場の交差点の盛り上がりは最高潮だろう。九時近くなると見物客もぼちぼち帰り始め、九時過ぎには、家の前に帰宅する見物客の行列ができているはずだ。早くしなければ。

壁から背中を剝がし、立ち上がる。

そのとき、こんこん、とノックの音がして、心臓が止まりそうになった。気のせいだろうか。動きを止め、息を殺す。

すると、ふたたび遠慮がちなノックの音が聞こえた。今度は間違いない。

誰だ。まさか借金取りが戻ってきたのか。

気配を悟られないよう、亘は石になった。しかし玄関扉の向こうの気配は消えない。うろうろと外を歩き回りながら、様子をうかがっているのがわかる。まるで家の中に誰かがいると確信しているかのようだ。

なぜ立ち去らない。電気は消して月明かりだけで作業していた。もしかして扉越しに聞き耳を立てられていたのだろうか。亘の力む声や、重いものを引きずる際に出る呻きなどを聞かれていたら、万事休すだ。

外を移動した気配が、磨りガラスの窓越しにこちらをうかがう。

そのとき窓に映った人影で、来訪者の正体がわかった。

「どうして……」

小走りに玄関に向かい、扉を開ける。

つま先立ちになって窓を覗き込んでいた弥生が、こちらに顔を向けた。ささささっと忍者のような踵を地面につけない走り方で近寄ってくる。

「なんで来たとや」

責める口調になった。彼女を深入りさせたくなかった気持ちが半分、遺体を運び出す作業が予想以上に大変で、八つ当たりが半分だった。

「早く入れて」

弥生が肩をすぼめて玄関に入ろうとする。

亘はいったん抵抗した。死体を見せるわけにはいかない。

だが「人に見られる」と脅され、弥生を招き入れた。

玄関に入った弥生は、奥に横たわる遺体に気づいて、ひっ、と小さな悲鳴を上げたものの、自分の喉をつかんで声を呑み込んだ。

「殺したとね」

「なんで来た」

「一人で運び出すと大変やろ」

「いや……」

地獄に仏という気持ちもあった。だが彼女を死体に触れさせるのには、抵抗と遠慮がある。いいのか。そんなことまでさせて。

だが亘の葛藤などおかまいなしに、弥生は靴を脱いで上がり込んだ。

「早よせな。精霊流しの終わってしまうよ」

弥生は着ていたパーカーを脱ぎ、Tシャツ姿になる。

今日は浴衣じゃないんだ。ふいにそんなことを考えた。昨年の精霊流しで見かけたときには、彼女は浴衣を着ていた。なのに今年は普段着だ。もしかして、最初から犯行を手伝うために動きやすい服装を選んだのだろうか。

だがいまはそんな会話をしている余裕はない。

弥生は一人で遺体の腕を持ち上げようとこころみていた。いま初めて遺体を見たのに、肝の据わりように感嘆する。

「重いやろ」

弥生は右腕、亘は左腕を持ち、抱えてみる。上体が軽く浮くぐらいまでは持ち上がったが、窓枠の高さは五〇センチほどある。とてもじゃないが、子供二人だけでこの高さを越えられる気がしない。

「待って」

弥生がいったんおろそうと、目顔で伝えてくる。

亘は父の左腕をブルーシートにおろした。両腕がパンパンに張って、とっくに限界を迎えている。

なにか使えるものはないかという感じで部屋を見回していた弥生が、ちゃぶ台に目を留めた。

「あれば窓に引っかけて、坂道ば作ろう」

すぐには言っている意味がわからなかったが、弥生が身振り手振りを交えながら説明してくれる。亘の家にあるちゃぶ台は、脚を折り畳むことができる。四本あるちゃぶ台の脚のうち、二本を窓の外に出して窓枠に引っかけ、部屋の中にある残り二本の脚は折り畳んだら、窓に向かって坂道ができる。

二人でブルーシートを引っ張って遺体を窓から引き離し、代わりにちゃぶ台を窓の近くに移動させた。そして裏返したちゃぶ台の脚を二本、畳む。それを元に戻し、畳んでいないほうの脚が窓の外に飛び出すかたちで、窓枠に引っかける。居間から窓に向けて坂道ができあがった。

ふたたび二人でブルーシートを引き、坂道ののぼり口に遺体の頭を持ってくる。それまで横に力を加えていたブルーシートに、縦方向の力を加え、遺体の頭を持ち上げる。そのまま窓のほうに引いて、遺体の頭にちゃぶ台の段差を乗り越えさせた。ブルーシートをいったんおろすと、頭だけがちゃぶ台に乗っかったかたちになる。

少しだけ時間を置いて呼吸を整え、今度はブルーシートを坂道の角度に引っ張る。肩が段差に引っかかったので、ブルーシートを持ち上げて段差を乗り越えさせた。

そこからは比較的スムーズだった。

これまでとは比べものにならないほど軽い力で、遺体の腰あたりまでをちゃぶ台に乗せることができた。遺体は大きくリクライニングさせた座椅子に座っているような姿勢になる。あとひと息だ。この状況なのに、二人で微笑みを交わし合う。

弥生が右、亘が左と二人で遺体の腋下《わきした》に手を入れ、押し上げる。もっと。もう少し。頑張れ。小声で叱咤し合いながら力を振り絞っていると、ふいにがくん、とちゃぶ台が揺れ、軽くなった。

外に飛び出した遺体の頭部が、ちゃぶ台の支えを失ったのだった。

二人は遺体の下半身のほうに移動し、太腿や足の裏を押した。ここまでくればもう少しだ。そう思っていたのに、意外なほど苦戦する。上半身は腋を持ち上げればよかったが、下半身には持ちやすい場所がなく、上手く力を加えられない。おまけに少しのぼったかと思えば、遺体がブルーシートをずるりと滑り落ちる。最初は張り切っていた弥生にも疲労の色が見え始め、踏ん張りが利かなくなってきたようだ。

それでも少しずつ坂をのぼらせ、ついに遺体の胸の部分までがちゃぶ台の向こうに露出した。

あと少し。できるだけ早く勝負をつけなければ。この状態を通行人にでも見られたら一巻の終わりだ。

二人で遺体の足の裏を押し上げる。

ふいにちゃぶ台が持ち上がる感覚があって、ひやりとした。

すでに遺体の上半身がちゃぶ台から落ち、くの字に仰《の》け反《ぞ》るような体勢になっている。テコの原理で部屋の中にある脚を畳んだ部分も持ち上がってしまったらしい。下手したらブルーシートとちゃぶ台ごと、海に落下するところだった。

亘はちゃぶ台に膝を載せて自分の体重を重石《おもし》にした。残った力を振り絞り、遺体を窓の外に押し出そうとする。

もうあとひと押しというところで、弥生に手の平を向けた。

「ここからは、おいがやる」

弥生はなにか言い返そうとしたが、結局は口を噤《つぐ》み、頷いた。

ちゃぶ台に両膝を載せ、遺体の両足の裏をつかんで、思い切り力をこめる。歯を食いしばって踏ん張る。全身の血液がいっきに頭に集まって、気が遠くなりそうだ。

ずるり。

遺体の動き出す気配があった。

と思ったら、そこからは早回しだった。

両手に感じていた重みがなくなり、遺体の足が浮き上がる。同時に亘の身体もふわりと浮き上がった。

逆さまになった遺体の脚が、落下して視界から消えていく。

それに引っ張られ、亘の身体も窓のほうに引きずられる。

海に落ちる。

胃が持ち上がるような感覚に陥った直後、両肩に重みを感じた。

遺体の脚が視界から消える。

ざばん、と海に落ちる音がした。

斜めになったちゃぶ台に敷かれたブルーシートの上で、亘は弥生に抱きしめられていた。

「危なかった」

遺体と一緒に海に落ちそうなところを、とっさに飛びついて助けてくれたようだ。

全身が心臓になったようだった。実の父を葬ったためか、生まれて初めて誰かに抱きしめられたせいかはわからない。

ブルーシートを撤去し、テーブルを元に戻した。

「早よ行け」

「わかった。広馬場の交差点のビジネスホテルの前と、あとマイショップみついの近くで中村くんば見かけたことにするけん」

弥生は玄関扉を薄く開いて外の様子をうかがい、人通りがないのを確認すると、走って広馬場の交差点のほうに消えていった。

時計を確認すると、弥生が訪ねてきてから十分ほどしか経っていなかった。助かった。深入りさせたくなかったが、こんなに短時間で死体を遺棄できたのは、まぎれもなく弥生のおかげだ。彼女がいなければ、まだ遺体を前に途方に暮れていた。後は部屋を片付けて朝まで過ごし、警察に電話すればいい。

窓から外を見る。遠くに流れる精霊船の灯りも、さっきより増えていた。切子灯籠を積んだ船が、潮の流れに任せてゆっくりと進む。どこに向かうのだろう。この海の向こうに、なにがあるのだろう。あの精霊船が死者への弔いならば、ついさっき生命を落とした父の魂も慰めてくれるだろうか。

窓枠に手をつき、下を見た。

父の背中が見える。落ちるときにちゃぶ台の縁で擦ったのか、白いランニングシャツが破れ、肌が露出していた。

遺体はずっと岸壁沿いにいるのだろうか。それとも、流されてどこかに行くのか。

そんなことを考えながら無感情に夜の海を眺めていたら、ふいに遠くの精霊船の灯が滲《にじ》んだ。あれ、と思い、顔に触れる。頬が濡れていた。汗かと思ったが、そうではなかった。涙だった。亘は泣いていた。

「なんで?」

わけがわからない。本懐を遂げたのに。自由になったのに。

悲しい? そんなわけがない。父のことは憎くてしかたがなかった。消えてくれればいいのにと、ずっと願ってきた。

そんな自問自答とは関係なく、涙は後から後からあふれ、むしろ勢いを増していく。

どうして自分が泣いているのかもわからないまま、亘は両手で顔を覆ってうずくまった。

11　二〇一九年　十一月

「中村亘くんね。よく覚えています。たしか弥生ちゃんのお友達だったと思いますけど」

あっさりとそう答えられ、音喜多は拍子抜けする思いだった。

音喜多と鳴海は島原城のお濠《ほり》のすぐそばにある一戸建てを訪ねている。かつて弥生が通っていたピアノ教室の教師だった、松崎多恵《たえ》という女性を訪ねてきたのだった。

松崎はすでに九十歳近い高齢だが、ふっくらと膨らんだ髪にも艶《つや》があり、記憶も話し方もしっかりしている。現在ではピアノ教師を引退し、息子夫婦とともに暮らしているという。

二人の刑事が通されたリビングルームはけっして広くはないものの、アンティーク調の家具が統一感を持って配置されており、趣味の良さと裕福さをうかがわせる。

松崎はのそのそと歩いてきた毛の長い猫を抱きかかえながら、思い出を語った。

「でもうちの教室に通っていたのは、何か月かだけですよ」

「すぐに辞めてしまったのですか」

例のごとく出された紅茶をなんの遠慮もなく啜っていた鳴海が、ティーカップから顔を上げた。

「辞めたというか、辞めさせられたというか」

含みのある言い方に、音喜多の眉間に皺が寄る。

「お父さまが教室に怒鳴り込んできたとです。なんでも中村くんがおもちゃ屋からゲームソフトを盗んで、それを転売したお金をお月謝に充てていたらしく、自宅に警察が訪ねてきたそうです。入会申込みの際にはご両親の同意書をいただくことになっとって、中村くんからも提出してもらっとったとですけど、それも自分で書いて判を押していたみたいで。お父さまにピアノ教室に通いたいとお願いしたものの、断られたので、やっちゃったとですね。そういう意味では、書類の不正を見抜けなかった私にも責任があるので、申し訳なかったと思っとるとです。なのに、あんなことを」

「あんなこと?」

音喜多は手帳にかまえたペンを握り直した。

「怒鳴り込んできたときに、お父さまが、中村くんに暴力を」

「ピアノ教室で、ですか」

「はい。いま思えば、私が身を挺《てい》してでも止めに入るべきでした。中村くんは耳から血を流して、起き上がれなくなって……弥生ちゃんもその場にいて、救急車を呼んでくれって言うたとですけど、いらんってお父さまが怒鳴って、そのまま中村くんを抱えて、出ていってしもうたとです。中村くんと会《お》うたとは、それっきりです」

松崎は膝の上に載せた猫を何度か撫で、顔を上げる。

「その後、気になって弥生ちゃんに様子を訊ねたりしたとですけど、クラスの違うけん、学校ではほとんど話をしないって言うてました。学校にはちゃんと来てるっていうから、安心はしていたとですけど。でも本当は、安心できるような状況でもありませんでしたね。あの乱暴なお父さんと一緒に生活しているていうことですけん。いくら悪いことをしたというても、人が見ているところであんなに酷い暴力を振るうとやけん、たぶん、日常的に虐待されとったとじゃないかと思うとです」

「中村くんは弥生さんのお友達だとおっしゃいましたが」

音喜多は言う。

「ええ。そうです」

「なのに、学校ではほとんど話をしなくなったのですか」

松崎はどう答えようかという感じで、難しい顔になる。

「彼女なりに責任を感じた部分もあったと思います。中村くんがうちの教室に通おうと思ったのは、弥生ちゃんの誘いがきっかけだったようですし。なんでも彼女が演奏するベートーベンのピアノソナタが大好きで、そんなに好きなら自分で弾いてみればと勧めたそうです。最初に体験レッスンに来たときにも、ベートーベンのピアノソナタ第二十番第一楽章の冒頭四小節を演奏したので、誰かに教わったのかと訊いたら、曲を耳で覚えて楽器店に展示されている電子ピアノで練習したという答えが返ってきて、驚きました」

「曲を耳で覚えたんですか」

鳴海の大きな目がきらりと光る。

「はい。耳は悪くなかったです」

耳は――ということは。

「中村くんはディスレクシアだったのでは？」

松崎が目を見開いた。

「おそらくそうだったと思います。当時は知識がなかったものですから、真面目にやる気があるのかと疑って、きつく叱ってしまったとですけど、後でそういう障害があると知って、中村くんはそうだったのかもしれないと考えるようになりました。耳は良いから、聴いた音を再現するのはできるとですけど、バイエルの簡単な譜面も読めずに固まってしまうとです。お父さんのこともあったけど、それ以前に私の教え方が悪かったせいで、あの子を音楽嫌いにさせてしまったとかもしれません」

「それはないと思いますよ。中村くんはいまでもベートーベンを愛していると思います、きっと」

鳴海に断言され、松崎は不思議そうに首をかしげていた。

一時間弱話を聞いて、松崎宅を辞去した。

駐車場に向かいながら、班長の小野の番号へ電話をかける。

数度の呼び出し音に続いて、低くよく通る上司の声が応じた。

「お疲れさまです。いまはまだ島原にいます」

音喜多は島原での聞き込みの成果を伝えた。篁の父親が不可解な死を遂げていたこと。その際、篁のアリバイを証言したのが、おそらく森下弥生であったということ。篁と森下弥生は同じ小学校に通う同級生で、一時期は同じピアノ教室にも通っていたこと。篁は父親に虐待を受けていたであろうこと。

報告を聞き終えると、小野は『つながったか』と安心したように呟いた。部下を九州まで出張させて空振りになるのを心配していたようだ。

『とはいえ、まだまだ謎は多いな。森下高雄や庄野とのつながり、なぜ篁は森下そっくりに整形していたのか』

「少なくとも篁にとって、森下弥生が重要な存在であるのは間違いありません」

『だな。森下弥生は篁をピアノ教室に誘い、音楽との出会いを与えている』

「篁が世に出るきっかけとなった交響曲『再会』はベートーベンの未完成交響曲を再現したようだと話題になりました。森下弥生は幼いころ、篁にベートーベンのピアノソナタを弾いて聴かせたりもしていたようです」

『作曲家・篁奏の原点ってわけだな』

父の死後、島原を出てからの篁の足跡を辿ると伝え、通話を終えた。

そして、前を歩いていたはずの鳴海の姿がないのに気づいた。

「あいつ、どこ行きやがった」

きょろきょろと周囲を見回す。いない。

スマートフォンで鳴海の番号を呼び出しながら、早足で坂をくだる。

見つけた。

交差点で呆然と立ち尽くし、途方に暮れているようだ。

駆け寄って肩をつかむと、鳴海がびくっと身を震わせる。

「音喜多さん……」

「おまえ、なにやってんだ」

「ごめんなさい。すごく似てる人が」

鳴海の視線を辿ってみると、車道を挟んだ歩道を歩く男の姿があった。あの男と自分を見間違えたのか。信じられない。背格好はたしかに音喜多と似通っているし、コートの色味も近いが、髪形が全く違う。こっちは天然パーマのモジャモジャ頭で、向こうは直毛を後ろに流している。

「まったく似てないじゃないか」

「ですよね。声がぜんぜん違いました」

「いや、そういう次元じゃなくて」

そのとき、強い風が吹き抜けた。音喜多は目にかかる天然パーマの髪の毛を払いのける。視界の端で、鳴海が音喜多と見間違えた男も同じことをしていた。乱れた髪を直しながら、アーケード街のほうに遠ざかっていく。

ふいに閃きが弾けた。

——あいつ、すごいんだぜ。絶対音感があるんだ。

——あれが職質のスペシャリストとは、そう説明されてもとても信じられない。

——さっき、お会いしましたよね。声聞いてわかった。

——もしかして、目が悪いのか？

——ごめんなさい。すごく似てる人がいたから。

急激に記憶が逆流し、一つの可能性を浮かび上がらせる。

「鳴海。おまえ……」ひょっとして。

愕然とする音喜多の前で、鳴海は不思議そうに首をかしげていた。

12　一九八五年　十一月

「中村くん。所長先生の呼びよらしたよ」

扉を開け、川島《かわしま》先生が声をかけてきた。先生といっても、教員免許は持っておらず、白山小学校のどの先生とも雰囲気が違う。亘にとっては、指導者というより近所のおばちゃんといった距離感だ。

「所長室に行けばよかですか」

「うん。所長室におると思う」

扉が閉まり、足音が遠ざかっていく。

「ごめん。ちょっと行ってくる」

立ち上がる亘に、博人《ひろと》が「戻ってきたら続きしようね」とオセロのボードを両手で持ち上げた。前歯の欠けた笑顔は、どこか間抜けな印象だ。小学校二年生なので歯が生え替わる時期なのかと思ったら、父親に殴られて前歯を折ったらしい。

「ずるい。次は美里《みさと》と遊んでもらう番よ」

両手を腰にあてて頰を膨らます五歳の美里の腕には、丸い火傷の痕が無数に残っている。母親に煙草を押しつけられたと聞いた。

博人も美里も、児童相談所の権限で親もとから引き離され、一時保護された子供だった。児童相談所に保護されてみてわかったが、世の中には自分よりも過酷な環境で生きている子供が少なくないようだ。

「二人とも順番に遊んでやるけん、喧嘩せんで待っとって。喧嘩したら駄目ぞ。戻ってきて喧嘩しとったら、二人とも遊ばん」

いがみ合う二人に釘を刺し、遊戯室を出る。

廊下を歩いて突き当たりにある、所長室の扉をノックした。

「どうぞ」落ち着いた女性の声が応じる。

ノブをひねり、扉を開けて部屋に入った。

「話て、なんですか」

質問したが、想像はついている。今後の処遇についてだ。児童相談所にいられるのは基本的に三か月だという話は聞いていた。もっとも、一回につき三か月というだけで、博人も美里も児童相談所に出たり入ったりする常連らしいが。明らかに虐待の痕跡があるというのに、警察はあの子たちの親を逮捕しない。それを聞いて、父を殺した自分の決断は間違っていなかったと確信した。

八月半ばに亘が長崎市の外れにあるこの長崎南児童相談所に入ってから、もうすぐ三か月になろうとしている。

「おいで。まずは座らんね」

所長先生はソファを勧めた。所長室は独立した部屋になっているが、学校の校長室と違い、子供たちは比較的自由に出入りする。合皮のソファは小さな子供たちに人気で、座面の上でぴょんぴょんと飛び跳ねるものだから、皮が破れてビニールテープで補修されていた。買い換えるだけの予算はないのだそうだ。

亘は座り心地の悪いビニールテープの部分を避け、座面に腰をおろす。

「いつも博人や美里と遊んでくれてありがとうね」

所長先生は六十歳ぐらいの太った女の先生で、膝が悪いらしく、立ったり座ったりするときに動作がスローモーションになる。髪が短くて声が低く、最初に会ったときには男か女かわからなかった。もともとお医者さんで、長崎市内に医院をかまえており、児童相談所の所長と二足のわらじを履いていたが、数年前に医院の経営を息子に譲り、所長に専念するようになったそうだ。

「おいも楽しいけん」

「本当ね。そいはよかった」

所長先生はにっこりと笑う。「学校のほうはどうね。慣れた?」

児童相談所に保護されて以来、亘は長崎市内の小学校に通わされている。前の学校でクラスメイトに別れを告げる時間もなかった。

もっとも猶予が与えられたとしても、亘が別れを告げたい相手は一人だけだが——。

「いや。まだ」

曖昧な表情でかぶりを振った。慣れたところで意味もないし、慣れる必要もないと思っている。新しいクラスメイトたちは亘がどこから学校に通っているか知っていてよそよそしいし、亘のほうでも、意識的に壁を築いていた。

どうせすぐに引っ越すから、味方を作る必要もない。

亘は長崎を出ていくつもりだった。

「そう。大変だとは思うけど、自分から話しかけてみたらいいと思う。みんな少しずつ受け入れてくれるよ」

所長先生の発言に違和感を覚える。

まるで亘が今後もここで過ごすような言い方だ。

「今度の学校ではそうします」

亘は言った。嫌な予感を振り払おうと、あえて毅然とした口調を意識した。

「その話なんだけど、あまり学校を頻繁に変わるのも、嫌じゃない。お友達とも離ればなれになってしまうし」

そんなことはありません。喉もとまでこみ上げた言葉を、唇を噛んで抑える。

所長先生はなにを言っているんだ。まさか、このままいまの学校に通い続けろなんて、言うんじゃないだろうな。

そのまさかだった。

「ここから車で十分ぐらいのところに、セント・メリー・ホームというところがあってね、そこは、いろんな事情でお父さんお母さんと暮らせない子供たちが一緒に生活しているところさ。そこの施設長さんは、先生もよく知っている人なんだけど、とてもやさしくて良い人なの。怒ったところを見たことがないし、この人、怒ったりすることなんてあるのかなーて思うほど、すごくやさしい人。会《お》うてみたらわかると思うけど。そこならお友達もたくさんおるから寂しくないし、学校もいまの学校にそのまま通えるけんか――」

亘は遮って訊いた。

「お母さんは、なんて?」

所長先生の顔が、苦いものを飲んだように一瞬歪む。

「お母さん。連絡取れたとでしょう? 岩井《いわい》先生が、中村くんのお母さん見つかったみたいよって、言うてました」

児童相談所に入るときの最初の面談で、亘は母と一緒に暮らしたいと訴えていた。詳しい住所は知らないが、母が駆け落ちする直前、相手の男と自宅で密談しているのを聞いたことがある。「名古屋」「熱田《あつた》神宮の近く」「パチンコ店」。当時はなんのことかわからなかったが、後になって考えてみると、あれは駆け落ち先のことではなかったか。名古屋の熱田神宮の近くに、働き手を募集するパチンコ店でもあったのではないか。最初はたんなる憶測だったが、時間が経つうちに、亘の中でそれは既成事実化していた。だから、詳細な住所まではわからないが、母は名古屋の熱田神宮の近くに住んでいる、おそらくパチンコ店で働いていると思うから、母に連絡を取って欲しいと、はっきり伝えていたのだった。

「連絡は取れたよ。でも、いまはお母さんのほうも大変な時期やけん、亘くんば引き取って一緒に暮らすことはできないんだって」

「どうしてですか」

納得いかない。貧しさには慣れている。わがままだって言わない。たいていの家事は自分でできる。なんなら、内職の仕事を請け負って稼ぎ手になってもかまわない。なのになぜ、自分と一緒に暮らせないのか。

「お母さんも自分たちだけで精一杯なんだって」

自分「たち」。カチンときた。まだあの若い男と一緒なのか。赤の他人とは暮らせるのに、血を分けた息子とどうして暮らせないのか。

あの父でさえ、息子と暮らせていたのに。

「迷惑はかけません」

「そういう問題じゃなくてね」

困ったなという感じで、所長先生が髪をかく。

「私たちは、亘くんとお母さん、どっちも幸せになれるように、いちばん良い方法を見つけようとしていると」

「おいの幸せはおい自身がようわかっとる。おいはお母さんと暮らすとが幸せです」

所長先生が目を閉じ、思考に沈むように黙り込んだ。

しばらくして意を決したような顔になる。

「亘くん。嘘ついてたやろ。お母さんが家を出ていくときに、いつか必ず迎えに来るて言うたとか。なにかあったら、お母さんを訪ねておいでって言い残したとか。名古屋とか熱田神宮の近くとかの情報も、亘くんに話したことはないのにどうして知っとったとやろうて、お母さん、驚いとったて聞いたよ」

「嘘はついとらん」

脳裏《のうり》にはっきりと思い浮かべることができた。目に涙を浮かべ、いつか必ず迎えに来ると語りかける母の顔が。そのときの声だって、記憶の中で明瞭に再生することができる。

あれが偽りの記憶だなんて、そんなことあるわけがない。

「私たちは亘くんの言葉を信じたけん、必死でお母さんを探したとよ」

所長先生の言葉は、母が息子の受け入れを拒否したと伝えているのも同然だった。

嘘だ。もしもあの記憶が偽りだったとしたら、聞いてもいない母の言葉を聞いたつもりになっていたのだとしたら、自分はいったい、なんのために父を殺したというのだ。

居ても立ってもいられない。

「どうしたと？」

所長先生が見上げてくる。亘はいつの間にか立ち上がっていた。

「待ちなさい。亘くん」

無視して所長室を飛び出した。

なにかの間違いだ。どういう掛け違いが起こったのか想像もつかないが、母に正確な情報が伝わっていない。

母に会わなければ。

会って直接、問いたださなければ。

「門田《かどた》先生！　亘くんば止めて！」

所長先生の指示で、前方の廊下を歩いていた門田先生が身構える。レスリングで国体出場経験のある門田先生は身体が大きいだけでなく、動きも素早い。脇をすり抜けようとする亘の身体をいとも簡単に捕まえ、抱き上げる。

「離せ！　離せ！」

「亘くん。どうしたとな」

これまで感情を顕にしなかった児童の突然の爆発に、門田先生は困惑した様子だった。

太い腕の中で暴れているうちに、次第に実感が湧いてくる。

母に拒絶された。いらないと言われた。

母に捨てられた。

――いつか必ず迎えに来るけんね。

聞いたはずの母の言葉が、聞いたつもりになっていた言葉が、頭の中でこだまする。

騙された。

いったい誰に？

母親にか。

——それとも自分にか。

約束なんてなかった。

みるみる視界が滲み、喉の奥に声が詰まるような感覚に陥る。

「助けて！　おかあ——」

お母さん。その言葉を続けることはできなかった。

第五章

1　一九九二年　八月

壁に背をもたせかけ、目を閉じていた松崎先生のまぶたが、ゆっくりと開く。

弥生は鍵盤から離した手を膝の上に置いて、講評を待った。

「問題なかね。このまま行けば、吉祥寺音大の実技試験は大丈夫やろ」

「ありがとうございます」

お互いに笑顔だが、どこか空気が冷えていると感じるのは、弥生のうがち過ぎだろうか。

問題ない。松崎先生はそう言った。「素晴らしい」でも「感動した」でもなく「問題ない」。技術的には問題なくても、心を揺り動かされる演奏ではなかった。

広げた楽譜をしまいながら、弥生は松崎先生を見上げる。

「先生。私、ピアニストになれますか」

答えるまでの一瞬の間が、すでに答えになっていた。

だが松崎先生は笑顔を繕《つくろ》う。教え子を落胆させないために。でもそれってやさしさだろうかと、弥生は思う。

「どうしたと、急に」

「このままピアノを続けて、意味あるとかなと思って」

両親は弥生のピアノを褒めてくれる。だがコンクールで落選したときに「もっと頑張って練習すればきっと次は受かるよ」と無責任に励ませるのは、自分たちが演奏しないからだ。演奏者ならばわかる。すぐれた演奏とそうでないものの差が。練習では埋めようのない、才能という現実が。

「意味がないなんてことはないよ。プロになることだけが、すべてじゃないしね」

それは幼いころからプロを目指してきた弥生にとって、とても残酷な宣告だった。

「伸び悩む時期というのもあるから」

慰めの言葉とともに見送られ、教室を出る。入れ替わりに個人レッスンを受ける中学生ぐらいの女の子が、階段をのぼっていった。

楽器店を抜け、商店街に出る。自転車は少し歩いたところの、大型スーパーの駐車場に止めていた。小学生のときには母か、父の部下である城田が送迎してくれたが、中学に入ったころから、ピアノ教室に自転車で通うのを許可された。このほうが断然気楽だ。書店で立ち読みしたり、ＣＤショップで棚を眺めたりと寄り道ができる。

気持ちがくさくさしていた。こんな日は真っ直ぐに帰宅せずに、書店にでも行こう。

いったん大型スーパーのほうに向かっていたが、くるりと踵《きびす》を返して方向転換する。

すると、目の前に誰かがいてぶつかりそうになった。自分と同世代ぐらいの背の高い男で、髪の毛をジェルで固め、最近流行《はや》りのアニエスベーのＴシャツを着ている。細く鋭く整えた眉と左目の前に垂らされた前髪が、軽薄な印象だ。

「ごめんなさい」

頭を下げて横を通り過ぎようとしたとき、「待って」と腕をつかまれた。

ひっ、と小さな悲鳴を上げてしまう。小学生のとき、精霊流し見物に出かけて不審者にどこかに連れて行かれそうになった経験をして以来、少し男性恐怖症気味だった。同級生は付き合った別れたと楽しそうだが、弥生はいまいち恋愛に興味が持てない。同級生や先輩後輩から告白されることもあったが、すべて断っていた。彼らは私のなにを見て「好き」だなんて言うのだろう。

「やめて！」反射的に腕を振り払う。

「北田。おれだよ、おれ」

男は弥生のことを知っているようだった。

男の顔を観察し、目に映る映像と、記憶の抽斗から引っ張り出した面影を照合する。

そして思わず声を上げそうになり、自分の口を手で覆った。

「中村……くん？」

小学校の同級生だった、中村亘だ。

「久しぶり。元気にしてた？」

言葉のイントネーションが、テレビで見る芸能人のようだ。

「嘘やろ。どうしてここにおると？」

「ちょっと遊びに来たんだ。で、もしかしたら今日あたり、北田、ピアノ教室じゃないかと思って」

「会いに来てくれたと？」

感激の表情を繕いながら、ちくりと胸の奥に痛みが走る。再会してよかったのだろうか。二度と会うべきではなかったんじゃないか。

国道沿いのスーパーの近くにある喫茶店に移動した。

「なんか、雰囲気変わったよね」

「そうかな」と中村が肩をすくめる。

「うん。垢抜《あかぬ》けた感じする」

注文の品が運ばれてくる。弥生はメロンソーダ、中村はコーヒーだった。

当然のようにブラックでコーヒーを飲む中村を見ながら、あのときはコーヒーなんて飲んだこともなかったんじゃないかと、しみじみ思う。メロンソーダを頼んだ自分が、まったく成長していないような気がして恥ずかしくなった。

「髪がガビガビだ」

中村が前髪を触りながら顔を歪める。

「今日は火山灰、そうでもないけどね」

それとも長引く噴火活動のせいで、感覚が麻痺したのだろうか。

雲仙普賢岳が突如として噴火し、稜線を赤く燃え上がらせたこの世の終わりのような夜から、もうすぐ二年が経とうとしている。昨年発生した大火砕流では、四十三人もの生命が呑み込まれた。

「まさか普賢が噴火するとはね。良いときに出て行ったのかな」

中村はそう言って笑ったが、弥生には笑えない。多くの人が住む家を奪われて仮設住宅で暮らし、引っ越していった同級生もいる。

「名古屋はどう?」

「良いところだよ。ここに比べたら、だいたいは良いところだけどね」

田舎を馬鹿にしているのか、それとも育った環境のことを言っているのか微妙なところだ。弥生は曖昧な笑みを返した。

「私も名古屋、行ってみたいとよね」

「行ったことないの？　意外だね。いろんなところに旅行してるイメージがあった」

そうかもしれない。だが家族旅行にしてもテーマパークや海外がおもで、意外と国内の地方都市には行っていない。

「もし来る機会があったら、案内するよ。連絡ちょうだい」

そう言って中村は、手の平サイズの端末を取り出した。

「ポケベル持っとると？」

新しもの好きの父が仕事で使っているし、都会の若者たちの間では急速に普及しているらしいが、弥生にとってはテレビの中の話だった。高校の同級生にも、ポケットベルを使っている者はいない。

中村がテーブルの隅にあったホルダーから紙ナプキンを一枚抜き取り、「ペンある？」と手を差し出してきたので、レッスンバッグからボールペンを渡した。

中村が紙ナプキンに十桁の番号を書き、ボールペンと一緒にテーブルを滑らせる。

「これがおれのポケベルの番号。なにかあったら連絡して」

紙ナプキンの数字を見て、弥生は眉をひそめた。

「095から始まっとるけど……」

それは長崎県の市外局番だった。ポケットベルの場合も、一般の電話回線と同じなのかはわからないが。

「それは契約した住所だからね」

よくわからない説明だが疑う理由もないので「ふうん。そうか」と流しておく。

奇妙な沈黙がおりた。

もしかして、と弥生は直感する。

もしかして、この人とは、合わないのかもしれない。幼いころはただクラシックが好き、ピアノが好きというだけで通じ合えた。だが成長するにつれて、人生には多くの面倒な事情が絡み始める。小学五年生の夏を境に、弥生と中村の人生の轍《わだち》は大きく離れていった。

あのとき、あの夏はたしかに交わっていた。けれどいまは違う。

あのとき、出会ったのは必然だった。

だがその後、離ればなれになったのも必然だったのではないか。

「ピアノは、まだ弾いてる？」

沈黙を嫌うように、中村が口を開く。

「うん」一言だけではよくないと思い、思いつきの言葉を続ける。「相変わらず」

相変わらず、なんとなく、惰性で。受験を控えたせいか、このところどんどん自分が卑屈になっている。

「そうか。上手だったもんね、北田のピアノ」

「そがんことなかよ」

自嘲の笑みがこぼれた。

「いいや。すごく上手だった。最初にピアノソナタ二十番を聴いたとき、衝撃を受けたんだ。あれがおれの、ベートーベンとの出会いだった」

中村が感慨深げな顔になる。

「やっぱりピアニストを目指してるんでしょう」

「どうかな」

いまの弥生には即答できない質問だ。

「受験は？　大学には行くの」

「うん」

「どこを受けるの。東京だよね」

「吉祥寺音大……」

「だよね」

想像していた通りだという、中村の声の弾み方だった。

「中村くんは？」

「おれは大学には行かない。勉強が嫌いだから。成績も悪かったし」

おどけたように肩をすくめる。

「高校を出たら東京に行こうと思っている。おれみたいな人間が成り上がるには、田舎でくすぶってちゃ駄目だからさ」

「そうなんだ」

「お互い上京したら、東京でも会おうよ」

うん、という返事が喉につっかえる。

「中村くんは、ピアノ弾いてる？」

中村はかつて弥生の拙い演奏に、瞳を輝かせてくれた大事な聴き手だった。両親も演奏を褒めてくれるが、それは愛娘の演奏だからだ。中村は違う。ピアノの音色に、ベートーベンの遺した旋律に、弥生の紡ぎ出す音に魅了されていた。そんなに好きならばピアノを弾くべきだと思った。ピアノとベートーベンを愛してやまない息子から、機会と希望を奪おうとする中村の父親を、激しく憎悪した。死んで当然だと思った。

だが十八歳になって考えるのは、あの方法が正解だったのか、ということだ。

中村は考えないのだろうか。

自らの手で父を殺めてしまったことを、後悔する瞬間はないのだろうか。

弥生には、ある。人殺しをそそのかし、遺体の処分を手伝ってしまった後ろ暗さが、胸の奥底に澱《おり》のようによどんでいる。

中村がにやりと唇の端を吊り上げた。

「この後、もう少しだけ時間ある？　付き合って欲しい場所があるんだ」

そういって連れて行かれたのは、バンドの練習スタジオだった。ガラスの扉を入ってすぐカウンターがあり、その奥には狭いロビーがある。ロビーに並べられた小さなテーブルや椅子はすべて埋まっており、金や赤の髪色の男女が談笑していた。弥生にとって、それまでの人生で接点のない人種だった。

「予約していた中村です」

中村がカウンターの店員に話しかける。予約していたらしい。最初から弥生を連れてくるつもりだったのか。

中村の後を追って、ロビーを通過する。ロビーにたむろしている人種に物珍しそうな視線を投げかけていると、同じような視線を返された。

中村が予約していた部屋の防音扉を開く。

十畳ほどの空間は壁の一面が鏡張りになっていた。マイクスタンド、譜面台、ドラムセット、ギターやベースのアンプ類、そしてキーボードが設置されている。

中村は壁際に置かれたキーボードを部屋の中央まで移動させ、手際よくセッティングを済ませた。

キーボードの前に座り、電源を入れて鍵盤を適当に叩く。部屋の隅の天井に吊るされたスピーカーから、ピアノの音が鳴った。

「よし」顔を上げた中村と、鏡越しに目が合う。

「連弾しよう」

「連弾？」

「昔、一緒にやってくれたじゃない。ベートーベンのピアノソナタ第二十番第一楽章」

中村は自分の隣にもう一つ椅子を置き、ここにおいでという感じで、その座面を叩く。

弥生は乞われるままに、中村の左隣に腰かけた。

「楽譜はないけど、大丈夫？」

試すような中村の口調に、弥生は頷く。

「暗譜してる」

「よかった。じゃあ、始めよう」

いち、にい、いち、はいっ。

かつて弥生が言ったのと同じ台詞を中村が口にして、演奏が始まった。

その瞬間、弥生は息を吞んだ。

最初の一音で、中村がピアノの訓練を積んできたのがわかる。かつてのたどたどしい演奏は、もはや面影すらない。明らかに「弾ける」人の出す音だ。

中村は軽やかな指使いで最初の四小節を弾ききった。かつてはここまでしか演奏できなかったはずだが、七年会わない間に、続きのパートも練習したようだ。止まらずに弾き続ける。弥生も止めるわけにはいかず、ついていく。

そしてとうとう、第一楽章をまるまる弾き終えた。ときどきつっかえたり、ミスタッチすることはあったものの、大きな破綻のない演奏だった。

「すごい……」

なかば呆然と呟く弥生に、中村が得意げな顔を向ける。

「一緒に弾きたかったんだ。ずっと練習してたんだよ」

「教室に通わせてもらっとるとね」

その点はよかったと、素直に思えた。

だが、「いいや」と中村はかぶりを振った。

「教室には通っていない。前に北田と同じ教室に通ったとき、あったじゃないか。あのときおれ、向いてないなと思ったんだ。いくら頑張っても楽譜が読めないし」

「え。でも、じゃあ、どうやって」

「耳で聴いて覚えた」

視界がぐらりと揺れるような衝撃だった。

「これだけの演奏を、独学で？」

「おれには譜面は向いていないみたいなんだ。教室でも、北田がよくお手本を弾いてくれてたよな。譜面がぜんぜん駄目だから、おれにはピアノが弾けないと落ち込んだけど、耳で覚えたら大丈夫なんだ」

ちょっとこれ、聴いてくれる？　と中村が鍵盤に両手を置く。

弥生は演奏の邪魔にならないよう、立ち上がった。

中村が息を吸い、吐き出すと同時に鍵盤を押し込む。

緊張感のある和音の連打に続いて、テンポの速い分散和音。

ベートーベンのピアノソナタ第二十三番『熱情』第一楽章。

まさかこの難曲に挑戦するとは。

しかも完璧ではないものの、それなりに弾きこなしている。少なくとも、楽譜の音を追うだけの空疎な音の連なりには堕していない。

それもそのはずだ。なにしろ楽譜の読めない中村は、耳だけでこの曲をマスターしているはずなのだから。楽譜の音を追うだけというのは、ありえないのだ。

十四小節目のカデンツァ。はっとするような脆《もろ》さと鋭さが同居する音だ。

二十八から二十九小節目。左手で同音を連打しつつ、右手で和音を転回させていく部分も感情的でありつつ滑らかだ。

ミスはある。テンポもずれる。とくに百三十小節目以降のフォルテシモでは、感情移入しすぎてテンポが速くなり、制御できていない。

だが、紛れもなく心を打たれる演奏だった。

最後のコーダに差しかかったとき、ふいに視界がぼやけ、弥生は自分が泣いているのに気づいた。

感動した。心を鷲《わし》づかみにされた。だが同時に、大きな屈辱を感じた。

中村は演奏者として、弥生の持っていないものを持っている。それは長年の訓練でも獲得しえない、天性。

弥生は感動と嫉妬の入り混じった、なんともいえない感情を抱きながら、最後の和音を聴いた。そして思った。もうこの人とかかわってはいけない。この人とかかわったら、過去の過ちも、才能のなさもえぐり出されてしまう。一緒にいるだけで苦しくなる。自分が傷つく。そして、やがて壊される。

ポケットベルの連絡先が書かれた紙ナプキンは、捨てようと思った。

2　二〇一九年　十一月

「うわー綺麗！」

鳴海が背後を振り返りながら、肩を叩いてきた。

「だから観光じゃ」

ないんだぞ、と続けようとして、音喜多は言葉を失う。

夕陽が、海の向こうの稲佐山《いなさやま》のシルエットを浮かび上がらせている。きらきらと輝く水面を、長崎港から出発したフェリーがゆっくりと横切っていく。

たしかに美しい。

まあ、景色に感動するぐらい、かまわないか。

音喜多たちは島原市から長崎市へと移動していた。島原駅から島原鉄道で諫早まで出て、そこでJRに乗り換える。電車だけでおよそ二時間。思いのほか時間がかかったせいで、JR長崎駅に着いたときには日がかたむき始めていた。

しかし坂の多い街だ。長崎駅前でタクシーを拾い、目的地を告げると、道が細くなって車両が進入できないので、途中までしか行けないという。しかたなく途中でおろしてもらい、そこからは徒歩で目的地に向かうことにしたのだった。

道が細いだけでなく、急坂になっているのが厄介だ。このあたりの住人は日常的にこの坂道をのぼりおりしているのなら、さぞ足腰が鍛えられていることだろう。

「ここですよ」

背後から鳴海の声がして、振り向く。

坂をのぼることに集中していたせいで、目的地を通り過ぎていたらしい。音喜多は肩で息をしながら、鳴海のいる場所まで坂をくだる。踏ん張らないと勢いがついて駆けくだってしまいそうな急勾配沿いに、住宅が建っていた。一階部分はガレージになっていて二枚のシャッターがおりているが、坂の勾配に合わせて左右のシャッターの高さが違う。シャッターの隣にあるコンクリートの階段が、玄関につながっていた。

階段をのぼり、インターフォンを鳴らした。

「はい」と男の声が応じる。

音喜多がスピーカーに語りかけようとしたら、扉が開いた。

出てきたのは、ロマンスグレーの髪をきっちり七三に分けた几帳面そうな男性だった。

「遠いところようこそいらっしゃいました」と歓迎してくれる。

居間のほうでは家族が食事中なので、書斎にどうぞと案内された。

書斎は四畳半ほどの広さだが、デスクを囲む背の高い書棚のせいでもっと狭く見える。

男はほかの部屋から持ってきた座布団を二つ並べ、音喜多たちに着座を勧めると、自らも床の上に胡座をかいた。デスクの椅子を使ってかまいませんよと言っても、「それじゃあ、文字通り上から目線になってしまいますけん」と笑う。

「それじゃ私が」と椅子に座ろうとする鳴海の肩を、音喜多は思いきり押さえつけた。

「あらためまして、ようこそおいでくださいました。清川誠司《きよかわせいじ》です。こんな狭苦しいところで申し訳ない」

「こちらこそ、突然押しかけて申し訳ありません」

「いいえ。どうせ毎日暇しとるもんですけん」

清川は恐縮した様子で手をひらひらとさせた。

「それに、中村亘くんなんて懐かしい名前聞いたら、断れんでしょう。元気にしているか、気になりますし」

「中村さんがどうなさっているかは、詳しくお教えできないのですが」

　音喜多が眉を歪めると、そうか、と自分の頭に手をあてる。

「そうですね。警察の方がいらっしゃるということは、なにかの事件にかかわっている可能性がある、っちゅうことですもんね。誰かに迷惑かけとるかもしれんし、逆ってこともあるわけか。失敬」

　警察を目の前にしてもあまり緊張する様子がない。警察を相手にするのに慣れているという印象を受けた。

　清川誠司はセント・メリー・ホームという児童養護施設の職員だった男だ。父親の死後、中村亘がどうなったかを調べたところ、長崎市にある児童相談所に一時保護された後、セント・メリー・ホームで高校卒業まで過ごしていたことがわかった。セント・メリー・ホームに連絡して、三十年以上前に住んでいた中村亘少年について話せる関係者を紹介して欲しいと頼んだところ、この清川を紹介されたのだった。清川は二年前に定年退職し、現在は保護司として道を踏み外した者の更生や社会復帰に尽力しているという。

「中村さんは、どういう子供でしたか」

「どんな子もそうですけど、最初は塞ぎ込んどりましたよ。急に父親が亡くなって、天涯孤独になったわけですからね。無理もありません。ただ、立ち直りも比較的早かったというか、一か月もすれば楽しそうに過ごすようになりました」

「問題行動などは？」

音喜多の質問に、清川は唇を曲げ、言葉を選ぶような間を置いた。

「複雑な生い立ちの子供たちですけんね。そりゃどの子にもあります」

中村だけが例外ではないと強調しているが、ようするに問題行動はあった。

「たとえば、どのような？」

「プライバシーの観点から、本当はあまり話すべきではないとかもしれんけど、なにか犯罪に関係しとる可能性があるとですよね」

音喜多と鳴海が頷くのを確認し、観念したように話し始める。

「暴力的なところはなかったけん、喧嘩とかそういう心配はなかったとですけど、万引き癖がね。なかなか直らなかったのは、頭の痛かったです。ホームでも毎月お小遣いをあげるとですけど、とてもじゃないけど一般の家庭の子みたいな額はあげられんとですよ。だけん贅沢《ぜいたく》はさせられん。かわいそうな話ではありますけどね。でも、亘くんはとてもホームからのお小遣いで買えないようなものを、よう持っとってですね。職員が気づいたらどこで手に入れたか問い詰めて、一緒にお店に謝りに行くとですけど、たぶん、気づけとらんものも、たくさんあったとやないかと思います」

「手口が巧妙だったということでしょうか」

「そういうことになります」と認める清川は、いかにも無念そうだった。

「万引きする子の中には、その物が欲しいわけではないという子も少なくないとです。愛情に飢えとるもんやけん、満たされない感覚をつねに抱えとる。その満たされなさを埋めようと、つい万引きしてしまう……やけん、心のどこかで大人に見つけて欲しかったり、叱られたいという願望があるとです。いわゆるためし行動ですね。ですが亘くんについては、そういうことはいっさいなかったというか」

いま問題に直面しているかのように、清川がふうと息を吐く。

「頻繁に万引きしとるわりに、店側から連絡があったことは一度もありませんでした。ホームが行う定期的な持ち物検査でようやく発見できるとです。しかも万引きしてきたものをホームのほかの子たちにも配って隠蔽《いんぺい》工作に協力させたりするものですけん、発見が非常に難しい。あの調子だと、ホームだけでなく、通っとった学校の同級生やら友達なんかにも配ったりしとったとやないかな。まあ、そのへんは私の憶測ですけどね」

あ、でも、と少年を擁護する口調になる。

「子供が悪いわけではないとですよ。ああいう子供たちはどうにか周囲の関心を獲得しようと、自分を大きく見せようとしたりするものなんです。物で釣ったところで、本物の愛情や友情にはほど遠いですけど、そもそも本物の愛情を知らないわけですからね。それが本物か偽りかなんて判断できませんよ」

「虚言症、ということでしょうか」

不承ぶしょうといった様子ながらも、清川は頷いた。

「無理やり病名をつけるなら、そうなるとでしょう。亘くんにとっての処世術だったのかもしれません。嘘をついて自分を大きく見せることで、他人の関心を獲得するという狙いもあったろうし、自分にまで嘘をつくことで、自分を守ろうとする意図もあったとかもしれません」

たとえば、と清川が視線を上げる。

「彼のお母さんについては、ご存じですか」

「若い男と駆け落ちしたと聞いています」

「そうです。父親が亡くなって、亘くんが児相で一時保護されとるときに、児相の職員が彼のお母さんを見つけて、連絡ば取ったとです。できるなら、血のつながった肉親と生活させてあげたいですけんね。母親のはっきりした所在はわからなかったけど、亘くんが持っとったヒントばもとに、血眼《ちまなこ》で捜し当てたそうです。そいで父親を亡くした亘くんが一緒に暮らしたがってますよって伝えたけど、お母さんから同居を断られたらしいとです。なのにホームに来てからの亘くんは、周囲に、近々お母さんが迎えに来るから、ここには少しの間しかいられないて、しばらくの間、言い続けとった。それはもはや、たんなる嘘やなくて自己防衛でしょう。まわりじゃなくて自分を騙しよったとです」

そう聞くと、たしかに同情の余地はおおいにある。嘘で塗り固めた『篁奏《たかむらかなで》』という虚像も、自分を大きく見せようというためし行動がエスカレートした結果か。

「中村さんは、ピアノの演奏が得意ではありませんでしたか」

鳴海の投げかけた質問で、「そうだそうだ」と清川の表情に明るさが戻った。

「クラシックが好きで、演奏も得意でした。とくにベートーベンが好きで、お小遣いでCDを買ってきて、ホームのCDラジカセで流したり、暇さえあれば、礼拝堂のオルガンば触っとりました。あれはすごかった。だって、器用にいろいろな曲ば弾くけんか、ちゃんと教室に通って先生に習ったりしたとかと思うとったら、耳で音ば拾って独学で練習したとですもんね。そいがわかったとは、一度、誕生日プレゼントにベートーベンの曲の楽譜をプレゼントしたことがあったとですよ。でもその楽譜を広げとるところをさっぱり見ないけん、プレゼントが気に入らなかったのかって訊いたら、そういうふうに答えたとです。楽譜は読み書きできんけんって。いや驚きました。楽譜の読み書きできんていうのはハンデかもしれんけど、楽譜の読み書きもできんのにあんなに上手にオルガンを弾けるのは、それはそれで才能じゃないかと思ったとですよ。だけん、プロを目指せば？　って言うたことのあるとですけど、あの子は自分には無理て言うてました。どこかでプロの生の演奏でも聴いたことあるのか、自分よりすごいピアニストがいるからって。ならロックバンドでもやればって、私は軽口叩いたとですけどね。ロックなら譜面を読めない人もたくさんいるし。実は私も少しギターを弾くとですけど、譜面は読めないですけんね」

中村がロックバンドに加入した背景には、児童養護施設の職員からの助言があったらしい。もっとも、助言をした当人は、自分の与えた影響に無自覚なようだが。

「高校を卒業した中村さんの、進路は覚えていらっしゃいますか」

「中村くんは東京行きを望んどりました。仕事内容は関係なく、東京にさえ行ければいいという感じでした。気持ちはわからんでもないですよ。大変な思いをしてきとるから、東京でひと旗上げたいという思いも強かったとでしょうね。ちょうど東京の大田区に本社のあるスーパーから求人が来とったもんですけん、紹介しました。本人も長々と就職活動したくなかったみたいで、すぐに決まりました」

清川から聞いたスーパーの会社名は、音喜多も聞いたことのある名前だった。

「東京に出ていってから、中村さんとは」

「いっさい音信はなかですね。盆正月も帰ってくることはなかったです。彼にしてみたら、ホームは実家ではなく、大人になるまでの仮住まいみたいなもんやったとでしょうね」

清川はそう言って寂しげに笑った。

3　一九九五年　六月
「——先生？　弥生先生？」

目の前で手が振られ、弥生は我に返った。

目鼻立ちの整った男が、心配そうに弥生を見つめている。ピアノ教室の生徒である、森下高雄だった。

「大丈夫ですか」

「ごめんなさい。大丈夫です」

弥生は笑顔を取り繕い、膝を揃えて椅子に座り直した。

六畳ほどの狭いレッスンルームには、弥生と森下の二人きりだった。この日は三十分の個人レッスンの予約が、あと三コマ入っている。

「その様子では僕の演奏へのアドバイスも、期待できなそうですね。先週から一生懸命練習してきたんですけど、バッハのメヌエット」

正確にはバッハのメヌエット、ト長調だ。バッハのメヌエットにはト長調とト短調がある。さらに言うと、作曲者はバッハではない。バッハが二人目の妻に贈った『アンナ・マクダレーナ・バッハの音楽帳』に作曲者を伏せて収録したために誤解されたが、近年ではクリスティアン・ペツォールト作曲とあらためられている。

だがそんな指摘ができるはずもない。弥生は生徒の演奏の間、ずっと上の空だった。

それでも聴いていたふりならば、いくらでもできる。森下は大人になってからピアノを始めた初心者で、演奏も拙い。音符が詰まってくると失敗を恐れて焦るのか、駆け足になってリズムが乱れる。タッチも平板で、鍵盤をリモコンのスイッチのように捉えているふしがある。もっと音符一つひとつの意味を考え、曲への理解を深めなければ。

だが、聴いていなかったのに聴いていたふりはあまりに不誠実だ。

「ごめんなさい」

「かまいません。なにかあったんですか」

「いえ」

否定したのに、森下は身体ごとこちらを向いて、鍵盤に背を向けた。

「よかったら僕に話してくれませんか」

「いまはレッスン中ですから」

「それならレッスンが終わったら、話してください」

「この後もほかの生徒さんのレッスンがあります」

「それらがすべて終わった後でかまわないし、今日でなくてもかまいません」

いつもこの調子だった。大学の同級生に相談したら「いいんじゃないの。その人は歯医者さんで、いまは勤務医だけど、親は関西のほうで開業してるんでしょう。いずれは自分も地元に帰って開業するって話しているのなら、玉《たま》の輿《こし》じゃない。良いなあ。私もお金持ちに言い寄られないかなあ」とうらやましがられた。

大学三年生になり、そろそろ卒業後の進路も考えなければならないタイミングだった。一年生のときには有名なオーケストラへの入団を夢見ていた学生たちも、それは一部の選ばれし者だけに開かれた道だったのだという、残酷な現実に気づき始めている。音大でなく一般の四大に進学すればよかったと、嘆く同級生も少なくない。

弥生とてそれは同じだった。もともと自信にあふれていたわけではない。ぜったいにプロのピアニストになれると、自分を信じられるほどの結果も残せていなかった。高校までに有名なコンクールでの入賞実績はゼロだ。

やめる勇気もなかったというのが、本音だった。幼いころからピアノが好きで、上手だね、将来はプロのピアニストだねと褒められ、教室に通わせてもらって、東京や福岡で行われる一流のピアニストのコンサートにも連れていってもらった。これまでの人生の大半を費やしてきたものを諦めて、はたして自分になにが残るだろう。続けたところでどうにもならないとは思っていても、やめてなにもなくなった後の恐怖が大きかった。

それでも、東京に来れば、レベルの高い大学で一流の教育を受ければ、なにかが変わるかもしれないという一縷《いちる》の望みを抱いていた。きっかけさえつかめば、大きくのびて成長できるかもしれない。

だが音楽大学に入ってみて突きつけられたのは、自分の凡庸《ぼんよう》さだった。宝石は最初から宝石で、粗削《あらけず》りであっても技術が未熟であっても、最初から輝きを放つものなのだ。

あの中村亘のように——。

東京で挫折を味わうほど、弥生は彼のことを思い出すのだった。派手な髪色の人間が出入りする煙草の臭いが染みついた練習スタジオの、生ピアノではなくキーボードの電子音源で、中村は鮮烈な演奏を披露した。

ベートーベンのピアノソナタ第二十三番『熱情』第一楽章。

一つひとつの音が生き生きと輝いていた。技術的に未熟であっても、たとえミスがあったとしても、人の心を揺り動かすことが才能であり、それこそが音楽だと証明していた。

弥生はあのとき、はっきりと嫉妬を自覚した。きちんとした教育を受け、長い時間をピアノの訓練に捧げてきた自分の演奏が、楽譜すら読めない少年のたどたどしい演奏に劣るなんて、理不尽だと思った。中村少年の殺人に手を貸さなければ、あのまま暗闇のような人生に閉じ込めておけば、こんな屈辱を味わうこともなかったのかと、卑劣な想像をした。

そして、そんな自分に驚いた。

中村にはあれ以来、連絡していない。ポケットベルの番号の書かれた紙ナプキンも、すぐに捨てた。かかわるべきではないと思った。

それでも最近、よく思い出す。いまどこでなにをしているのだろう。高校卒業後は上京すると言っていたので、案外近くにいるのかもしれない。だからといって会おうとは思わないが、あの才能が、努力では手に入らない天性に恵まれた人間が、どういう人生を辿るのかという興味は抑えられなかった。ピアノを続けているのだろうか。続けていたとしたら、どんなピアニストになっているのだろうか。

弥生はかぶりを振って、意識を現実に引き戻した。

「身体が空くのは夕方六時過ぎになりますけど、それでもかまいませんか」

「本当ですか」

自分で誘っておきながら、森下は信じられないといった表情だった。

その日のレッスンを終え、ピアノ教室の入ったビルを出る。弥生がアルバイトしているピアノ教室は、ほかにもボーカルやエレキギター、エレキベース、ドラムス、バイオリンなどの教室を運営しており、ビル一棟がまるまる会社の所有になっている。初心者からプロ志向までと謳《うた》ってはいるが、ピアノ教室のレッスン生のレベルは総じて高くない。ほかの楽器の教室についても、似たような評判のようだ。そのせいか、講師には技術レベルよりも容姿や人あたりのよさを求めるらしく、面接のときにも吉祥寺音大の現役生だと申告したら、演奏すら聴かずに採用された。指導の際にも生徒がやめないよう、欠点を指摘する際には同じだけ褒めろと言われている。

最寄りのJR三鷹《みたか》駅に向かっていると、追いついてきた車にクラクションを鳴らされた。森下だった。

赤いスポーツカーの窓に肘を載せ、爽やかな笑みを浮かべている。

「車なんですか」

弥生は警戒に身を固くした。一年近く教室に通っている生徒とはいえ、友人と呼べるほどの間柄ではない。てっきり駅の近くのカフェでお茶する程度だと思っていたのに。

「代官山《だいかんやま》のレストランを予約しました。どうぞ、乗ってください」

どうしようか迷ったが、後続車のドライバーが迷惑そうな顔をしている。

弥生は助手席側の扉を引いた。

「シートベルト、締めてください」

言いながら、森下がアクセルを踏み込む。

「いつも車で通っていらしてたんですか」

「そうです。それがなにか？」

「いえ……」

ピアノ教室に専用の駐車場はないから、近隣の有料パーキングを利用しているはずだ。東京は駐車料金が高い。どこから通っているのか知らないが、一回レッスンを受けるだけでかなりお金を遣っているのではないか。

もっとも、少し前までそんなことを気にしたこともなかったが。

「ようやくデートの誘いを受け入れてくれましたね」

「デートというわけでは……」

ハンドルを操作しながら、森下が屈託なく笑う。

「わかっています。冗談ですよ。代官山のレストランも、弥生先生に少しでも元気になってもらおうと思って予約したんです。美味しいものを食べると元気になりますからね」

そこで、森下は「あ」となにかを思いついたようだった。

「弥生先生ではなくて、弥生さんと呼んでいいですか」

「えっ……」

どう反応していいのかわからない。

だが森下はどこまでも強引だ。

「教室の外でも先生と呼んでいたら、どういう関係だと勘ぐられてしまいます。なにしろ僕のほうが十歳も年上のおじさんなんだから」

「おじさんだなんて……森下さんは若いです」

「嬉しいな。僕のことを男性として意識してくれていると、解釈していいんですか」

「そういうわけでは」

森下が愉快そうに肩を揺すった。

「本当におもしろいな、弥生さんは」

いまさらながら、誘いに応じてしまったのを後悔する。

四十分ほど走って、代官山に到着した。弥生も大学の友人たちと何度か訪れたことのある街だった。初めて来たとき、通行人同士が互いのお洒落《しゃれ》さを値踏みし合っているように感じて、駅を出た瞬間から気後れした記憶がある。

「大丈夫。別に浮き上がってないから」

車をおりてレストランに向かう途中で、森下から笑われた。気づかないうちにきょろきょろと周囲を見回していたらしい。やっぱり、この街には慣れない。そして、予告もなしにこんなところに連れてくる森下はデリカシーがない。代官山に行くなら、せめてきちんと準備する時間が欲しい。

レストランはセレクトショップの建ち並ぶ石畳の通りから一本入った住宅街にあった。一見しても飲食店とはわからない店構えで、知る人ぞ知る隠れ家といった雰囲気だ。

店に入り、ウエイターの案内で一番奥の席に座る。

常連の森下は店員とも顔見知りのようで、今日は誰が出勤していないのかなど、親しげに話していた。

「おまかせのコースでいい？」

弥生が頷く前に、コースで、とメニューを返してしまう。

だが森下が白ワインを注文しようとしたときには、さすがに止めた。飲酒運転をさせるわけにはいかない。「真面目だな」とからかうように肩をすくめられたが、森下は注文をスパークリングウォーターに変更してくれた。

「で、なにを悩んでいるんですか」

「もう大丈夫」

弥生はかぶりを振った。押しの強さに負けてここまで来てしまったが、自分の悩みに共感してくれる人ではなさそうだ。

「大丈夫なわけないでしょう。話してください」

「本当に、もう平気なんです」

「平気になったのなら、その話を」

「ごめんなさい」

頭を下げて話を終わらせた。森下は不服そうだが、それ以上は追及してこなかった。そもそも他人への興味が薄い印象だ。

料理はどれも美味で、サービスも行き届いていた。店主はフランスの三つ星レストランで修業した後、帰国してこの店を開いたのだという。多くの著名人が贔屓《ひいき》にしているというのも納得だ。それだけの人気店を急遽予約できたのは、自分が店主と顔見知りだったおかげだという自慢話には辟易《へきえき》したが、弥生は笑顔で相槌《あいづち》を打った。

そうしながらも頭の中には、つねに靄《もや》がかかっている。いくら美味しいものを食べたところで、気分は晴れそうもない。

原因は、父が営む会社の倒産だった。

二週間前に連絡をもらったときには、なんの冗談だと自分の耳を疑った。経営がかたむいているなんて、まったく聞いていなかった。つい先月も、母が東京に遊びに来たばかりだった。弥生のマンションに何泊かし、銀座に買い物に行ったり、友人とホテルの高級ランチを楽しみ、田舎の愚痴を散々こぼして帰っていった。

だが考えてみれば、あの母に相談しても意味がないという、父の考えも理解できる。ギリギリまで誰にも相談せずに金策に奔走した挙げ句、どうにもならなくなったのだろう。

ともあれ今後は仕送りどころか、学費も自力でなんとかしなければならない。奨学金を申請し、アルバイトを増やせばどうにかなるだろうか。あるいは、一年間休学して学費を貯金するか。

なんとかしようと思えば、なんとかなる。だがそこまでして卒業する価値があるのかと、弥生は悩んでいた。プロの演奏家になれる才能がないのは自覚しているし、一般企業に就職しようにも、苦学して卒業したところで、音大卒の学歴はたいした武器にならない。いっそ退学したほうがいいのかもしれない。これまでは大学生という身分があったし、実家にも娘を東京の音大に通わせられる経済力があると思っていたからこそ、なかば諦めつつある夢にしがみつくことも許された。しかし、もはやそんな余裕はない。

この人には、明日どうしようなんていう悩みはないのだろう。当然に感じていた恵まれた境遇が当然ではなかったと、気づくことなんてないのだろう。

やっぱり、相談できる相手ではない。

高らかに笑う森下に相槌を打ちながら、弥生はこみ上げそうな黒い感情に蓋をしていた。

そして食事が終わり、テーブルに食後のコーヒーが並べられたときだった。

ハンドバッグの中で、ポケットベルが鳴った。

いちおう契約はしたものの、ほとんど使用していなかった。アルバイト先からたまに連絡が来る程度だ。今回もそうだと思った。

が、ディスプレイには実家の固定電話の番号が表示されていた。

「誰から？」

森下が小首をかしげる。

「実家です。たぶん母だと」

電話をかけてくるのは、ほとんどが母だった。父も弟も、母から押しつけられてたまに電話に出るぐらいだ。それにしたってアパートの固定電話にかけてくるので、ポケットベルへの連絡は珍しい。

「電話したほうがいい」

森下が店員に声をかけ、店の電話を使わせてもらうことになった。

会計カウンターの上に置かれたプッシュホンの受話器を手に取り、実家の電話番号を入力する。

数度の呼び出し音に続き、電話がつながった。

「もしもし。もしもし」

何度か呼びかけてみたが、応答がない。

「弥生ちゃん」

ようやく返事があった。母だ。だが別人のように声が沈んでいる。なにかよくないことが起こったに違いない。予感が確信に変わる。

「お母さん、どうしたと？」

震えるような母の息の気配が、しばらく続いた。

「お父さんが、自殺した」

ぐらりと視界が揺れた。

倉庫で首を吊っているのを、会社の部下によって発見されたのだという。遺書らしいものは残っていなかったというが、自殺の原因はあまりにもはっきりしている。

すぐに帰ると約束し、通話を終えた。

ふらふらと覚束《おぼつか》ない足取りで、席に戻る。

「どうした？」

さすがに異変を察したらしく、森下が深刻な顔つきになった。

「お父さんが……死んだ」

「えっ？」

一瞬理解できないという感じに歪んだ森下の顔色が、さっと変わった。

「送っていくよ」

森下が立ち上がり、店員に支払いしたい旨を告げる。事情を察した店員の動きは迅速だった。すぐに計算を終え、精算を済ませてくれる。

弥生は水中にいるようだった。周囲の足音や話し声が遠く、ぼんやりとしている。

「行こう。弥生さん」

森下に肩に手を置かれた瞬間、気が遠くなった。

とっさに森下が背中を抱いて支えてくれたために転倒は免れたが、「大丈夫？　弥生さん？　弥生さん？」という呼びかけは、意識の隅っこでかすかに聞こえるだけだった。

4　二〇十九年　十一月

長崎を発った二人の刑事は、博多から新幹線で名古屋に向かった。篁奏の母親に話を聞くためだった。

母親の名前は、石岡茜《いしおかあかね》といった。再婚したため苗字が変わっているようだ。

児童相談所の職員が捜し当てたというパチンコ店は残っていたが、さすがに石岡茜とその夫はとっくに辞めていた。ところがそのパチンコ店の社長が、いまだに石岡茜と交流があり、連絡先を知っていたのだった。

石岡茜は名古屋市千種区《ちくさく》の集合住宅に住んでいた。

地下鉄とタクシーを乗り継いで訪ねてみると、そこは単身者用のアパートだった。かなり古い建物で、全体がライムグリーンに塗られている。

インターフォンはなく、各部屋のドアスコープの下に呼び出し用のチャイムがついていた。一階にある石岡茜の部屋のチャイムを鳴らすと、髪を明るい茶色に染めた六十代ぐらいの細身の女性が顔を出した。

似ている。篁奏ではなく、中村亘に。

石岡は音喜多たちが提示した警察手帳を凝視し、「どうぞ」と小声で言った。高齢というのを差し引いても、やや低いかすれた声だった。

間取りは八畳ほどのワンルームだった。雑然と散らかった部屋の片隅に小さな仏壇が置かれ、その前に男性の遺影が飾ってある。

「どうぞ。適当に座ってください」

石岡の言葉には九州の訛りとは異なる、東海地方特有の抑揚があった。

「煙草を吸っても？」

人差し指と中指を立て、煙草を吹かすしぐさで了解を求めてくる。

「もちろんです」

刑事たちの了解を得ると、石岡は窓を全開にした。仏壇の横にあった抽斗からハイライトを取り出し、一本咥えて百円ライターで火を点ける。

立ったまま煙草をひと吸いし、窓の外に煙を吐き出した。

「いまさらあの子のことを訊かれても、たいしたことは話せんよ」

「あの子」とは、もちろん中村亘のことだ。

「こちらにいらっしゃってから、どれぐらいになるのですか」

音喜多の質問に、石岡は遠くを見るように目を細めた。

「あの子が小学校三年生のころだったから、何年前になるんだっけ。もう正確には思い出せないぐらい昔のことやね」

煙と一緒に、自嘲の笑みを吐き出す。

「そちらの男性と……ですか」

音喜多は仏壇の遺影を目で示した。

すると意外にも否定された。

「違う。カワノとはいっつか別れたわ」

「カワノさんというのが？」

石岡が肩をすくめる。

「そう。私と一緒に名古屋にやってきた男」

漢字で書くと川野になるらしい。

当時中村茜だった石岡は、夫の酒癖の悪さと暴力について、夫と親しい川野に相談していた。夫は川野が遊びに来ているときでも、酔って妻や息子に手を上げることもあり、悩みの深さについてはよくわかっていた。相談を夫に聞かれるわけにはいかないので、夫の目を盗んで会いに行ったり、夫の不在時に訪ねてきてもらうこともあった。そのうち川野と深い仲になった。そして相談の内容は、夫の酒癖の悪さを直すよりも、いつどうやって夫から逃げるかというものに変わっていく。

息子も一緒に、とは考えなかったのか。音喜多のぶつけた素朴な疑問に、石岡は皮肉っぽく顔を歪めた。

「はっきり言って私にとって、あの子は邪魔だった。結婚してすぐに結婚が間違いだったと気づいたけど、そのときにはお腹の中にあの子がおった。あの子は私にとって、重石みたいな存在だった。失敗だった結婚の記憶をすべて消して、まっさらな状態で再スタートしたかったんよ」

いっさいの自己弁護を排した直截《ちょくせつ》な口調が、いっそ清々《すがすが》しい。石岡のしたことは母親として間違っているし、許されるべきではない。だがそれを責める権利は、音喜多たちにはない。

石岡茜――当時まだ中村茜だった彼女は、川野とともに名古屋に逃げた。勤務先のパチンコ店は新聞の求人欄で見つけたものだった。寮完備、夫婦歓迎という条件に応募してくるのは、そもそも訳ありが多かったのだろう。真面目に働いてくれるならかまわないと、電話だけで採用が決まった。身元照会もなく、給料は安いが現金で週払いなので助かった。

新天地での暮らしは順調だった。川野は嗜《たしな》む程度しか飲酒しなかったし、暴力も振るわない。二人で真面目に働くうちに、新たな生命も授かった。

長崎から児童相談所の職員が訪ねてきたのは、そんな折りだった。父親が事故死し、亘の保護者がいなくなったので、ぜひ引き取って欲しいと頼まれた。

だが石岡は断った。

あなたが拒めば、亘くんは児童養護施設に入ることになります。児童相談所で、あなたが迎えに来るのを待っているんです。

そう熱心に説得されても、けっして首を縦に振らなかった。

「わがままやし自分勝手なのはわかっとるけど、夫の血が入ったあの子を、かわいがる自信はなかった。あの子になんの非もないのは重々承知やけど、私の中には、あの子のせいであの土地に縛りつけられてしまったという逆恨みみたいな感情があったの。だもんで、自分と暮らすよりも、施設のほうがよほど幸せになれるやろうと、そう考えた。その罰が当たったんだろうね」

数年後、川野が浮気し、二人の関係は破綻する。川野との間に生まれた娘を引き取り、女手一つで育て上げたものの、私生活への干渉が過ぎたのか、高校を出て上京した娘とは、現在では没交渉になっている。

その後出会った石岡という男と結婚したが、ほどなく石岡は肺がんを患って死去した。仏壇の遺影は石岡のものだった。

「島原を出た後、亘さんとは一度も会っていないのですか」

音喜多は訊いた。児童養護施設に入った当初は母親が迎えに来てくれる予定だと嘘をついていたようだし、中村亘が成人してから訪ねるというケースも、ありえるのではないか。

だが石岡はかぶりを振った。

「会いたくても会う資格なんかないよ。もちろん、向こうから会いに来ることもない」

そのとき、鳴海がおもむろに四つん這いになり、壁際のカラーボックスに近づいていく。

「お、おいっ」

音喜多がたしなめるのも無視して、カラーボックスの手前に手をのばした。そこに積まれているのは、ＣＤアルバムだろうか。

十枚ほど乱雑に積み重なったアルバムのタワーから、下のほうの一枚を引っこ抜く。勢いよく引っこ抜いてだるま落としが成功したため、タワーはぐらりとかたむいただけで済んだ。

「おまえ、なにやって……」

叱ろうとした音喜多はしかし、鳴海が手にしたアルバムジャケットを見て言葉を失った。

「篁、奏……」

アルバムジャケットで憂いを含んだ顔をして遠くを見ているのは、まぎれもなく篁奏だった。篁作曲の交響曲『再会』を東亜フィルハーモニーオーケストラが演奏したアルバムのようだ。

「篁奏、お好きなんですか?」

鳴海が呑気な声で訊ねる。

「ああ。それ。あんたは好きなの?」

「別に。私はそうでもないけど、最近人気があるみたいですね」

「そうみたいね。パート先のスーパーにはきゃあきゃあ言っとる人もおるけど、私にはクラシックはようわからん」

石岡が肩を揺すり、煙草の灰を窓の外に落とす。

どういうことだ……?

たしかにタワーになったアルバムのタイトルを見ると、昭和の時代に人気だった歌手のベストアルバムばかりで、クラシックのクの字もない。

だからこそ、篁が母親と連絡を取り合っていた証拠にほかならないのではないか。

そう思ったのだが、どうも様子が違う。

「開けてみてもいいですか」

「かまわんよ。どうせ聴かんから、持って帰ってもええけど」

煙草の煙がおかしなところに入ったのか、石岡が咳き込みながら胸をこぶしで叩く。

鳴海はアルバムケースを開いた。その拍子に、中からカードのようなものが滑り落ちる。

音喜多は声を上げそうになった。

それは篁と石岡のツーショット写真だった。ポラロイドカメラで撮影されたもののようだ。ピースサインをした石岡の肩を、篁が抱いている。

「ああ、そうか。写真も撮ってもらったんだった」

石岡はとくに気まずそうな素振りも見せない。

「パート先にきゃあきゃあ言ってる人がおるって、言ったやろ。その人から誘われて、一度コンサートに行ったんよ。芸術文化センターになんとかっていうイケメンの作曲家が来るから、一緒に観に行こうって。その人にはシフト替わってもらったりして恩があるから、断りきれんで行ってきたときの。物販でＣＤを買ったらツーショット写真を撮ってくれるっていうのをやってて、私もちょっと雰囲気に吞まれてしまってねえ、せっかくだしということで、撮ってもらったの」

言葉も出ない音喜多をよそに、鳴海は会話を続ける。

「そうなんですか。てっきりお好きなのかと思いました」

いやいや、と顔を横に振る石岡は、鼻に皺を寄せて本当に嫌そうだった。

「クラシックなんか私にはさっぱりわからんし、そのなんとかっていう作曲家も、よう見たら別にイケメンってわけでもないよねえ」

石岡は流しに移動し、蛇口をひねって火の点いた煙草の先端に水を浴びせた。

5　二〇〇二年　九月

亘は軽く手を上げた。

「すみません。キーボードにリズム隊とボーカルを気持ち返してもらえますか」

「オッケーです」

暗闇から返事が返ってくる。

「そいじゃ、もう一回最初から？」

ドラム担当の武満《たけみつ》が、両手に持ったスティックで自分の肩を叩きながら、ほかのメンバーを見回す。

「そうだな。もう一回通しておいたほうがいいだろう」

ステージ上手《かみて》の亘からもっとも遠い場所に陣取った本村《もとむら》が、ギターのチューニングを直しながら頷いた。いちいちチューニングメーターを使わないとチューニングできないのにもあきれるが、そうやって調整したはずのチューニングがずれていることが少なくないというのも、亘にとってはある意味衝撃ですらあった。

「リハ、あと何分残ってます？」

ステージ中央のマイクを使ってＰＡブースに確認するのは、ボーカルの山野《やまの》だ。手足が細くて髪が長く、遠目で見れば女性と見まがうような容姿で人気になるのはわかるが、もう少し歌のピッチをなんとかして欲しい。

「あと三分ぐらいです」

暗闇から飛んできた声に反応してボーカルのほうに声をかけたのは、亘の横に立つベースの実松《さねまつ》だった。

「三分ならフルコーラスはきついね」

このバンドの中ではもっとも堅実なプレイヤーなのに、おとなしい性格のせいで損をしている。ミーティングではやれリズムがズレただのピッチがおかしいだの槍玉《やりだま》に挙がることも多いが、ほとんどの場合、それは指摘した側のほうがミスしている。

「じゃ、さっきの曲、ワンコーラスだけやります」

山野がボーカルマイクで宣言する。

スティックのカウントを合図に、曲がスタートした。

酷いもんだな、と亘は顔をしかめる。互いの音をしっかり聞いておらず、それぞれのタイム感で演奏するものだから、アンサンブルなんてあったものじゃない。

だがしかたがない。これも仕事――。

リハーサルを終え、いったん楽屋に機材を運び出す。今日のライブは対バン形式なので、リハーサル後セッティングをそのままにしておくわけにはいかない。

「どうする、亘。せっかくの大阪だし、お好み焼きとか食べに行く？」

ドラムの武満が自分のスネアドラムをケースにしまいながら訊ねてくる。

「大阪何度目だよ。いまさらお好み焼きでもないだろう」

おれはパス、と手を振り、楽屋を後にした。

ステージでは次のバンドがリハーサルを始めていた。今日の出演バンドは四組で、亘が所属するバンドはインディーズながらアルバムがヒットチャート百位内に食い込む活躍を見せる人気のため、大トリの出順となる。リハーサルは出順を遡るかたちで行う『逆リハ』形式なので、入り時間がもっとも早いのに出番はもっとも遅い。リハーサル終了後、本番までにかなりの空白ができる。

トリ前もたいしたことないな。

ステージにひややかな視線を送り、ホールを出た。ロビーを抜けて階段をのぼると、そこはアーケード街だ。開演までまだ何時間もあるというのに、ライブハウス付近にはバンドの入り待ちをする若い女性ファンの姿がちらほらと見える。会場入りするバンドメンバーを狙って言葉を交わしたり、プレゼントを渡すのが、彼女たちの目的だ。

だが亘に声をかけてくるファンはいない。亘はバンドの正式メンバーではなくサポートメンバーなのでアルバムジャケットのメンバー写真にも写っていないし、そもそもステージに上がるときには、カツラをかぶってメイクを施し、別人になる。亘が参加しているのは、ヴィジュアル系と呼ばれるジャンルのバンドだった。

それでも熱心なファンには素顔が知られているらしく、あっ、という反応をする者もいた。だが亘に気づくほど熱心なファンなら、亘がファンサービスをいっさいしないのも知っている。声をかけてはこない。

亘はアーケードを歩きながら携帯電話を取り出し、電話帳から女の名前を呼び出した。発信ボタンを押し、携帯電話を耳にあてる。

電話はすぐにつながった。

「もしもし、亘？」

「よう。宏美《ひろみ》」

「リハーサル終わったん？」

「終わった」

「お疲れ」

宏美は大阪市内の総合病院に看護師として勤務している。何年か前、別のバンドのサポートとして来阪した際に、打ち上げをした居酒屋で知り合った。当時の宏美は看護学校で学びながら週に二度、居酒屋でアルバイトをしていた。

「すぐに来るでしょ？」

「いや。楽器屋に寄りたいから」

えーっ、と宏美は不満げな声を上げる。

そろそろ潮時かもしれないと、亘は思った。ひと晩泊めてくれて、食事も提供してくれる女性ならば全国に何人もいる。彼女もそのうちの一人だ。

好きだとも、付き合おうとも、口にしていない。宏美もそこは理解し、割り切ってくれていると思っていたのだが、最近は少し風向きが変わってきた。面倒なことになる前に関係を断ったほうがいい。

宏美は本番前の少しの時間でも会いたそうだが、要望に応えるつもりはない。

「電波悪いみたいだし、切るわ。ライブ終わったら家行くから」

一方的に通話を切った。

すぐさま別の番号に発信する。

「もしもし。レッスンルームを予約したいのですが――」

ライブハウスから徒歩わずか五分ほどの場所に、その店はあった。

楽器店といってもエレキギターやエレキベースなどはいっさい置いていない。鍵盤楽器の専門店だ。アップライトピアノやグランドピアノ、電子ピアノはもちろん、オルガンやピアノによく似た形状のチェンバロといった珍しい楽器まで展示されている。大阪を訪れた際には、できる限り足を運ぶようにしている場所だった。

レジカウンターの店員に声をかけ、先ほど電話でレッスンルームを予約した旨を告げる。

利用手続きを済ませてレジカウンターの横を通過し、レッスンルームに入った。

ひゅうっ、と思わず口笛を吹いてしまう。

スタインウェイ&サンズのB‐211。

多くのピアニストから『完璧なピアノ』と呼ばれる、奥行き二一一センチのこのグランドピアノに触れるのが、大阪を訪れる際の亘のひそかな楽しみになっていた。

白鍵に指を置き、鳴らしてみる。

澄んだ音が静寂に溶け込んでいく。

「良い音だ」

しみじみとした呟きが漏れた。

音の余韻が完全に消えるのを待って、あらためて両手を鍵盤に置き、曲を弾き始めた。

ベートーベンのピアノソナタ第三十番ホ長調。

ベートーベン五十歳のときに作られた曲だった。完全に聴力を失った後の曲とはとても思えない美しい旋律だが、幻想的な音の飛躍はどこか図形的でもあり、絵画的でもあり、記憶に残る音だけで紡がれたと説明されれば、妙な説得力を伴ってくる。

コンパクトながらも美しいフレーズをタペストリーのように編み上げ、ベートーベンらしい、技巧的フレーズの詰まった第一楽章。冒頭からスピーディーなフレーズでクライマックスを迎えいっきに駆け抜ける第二楽章。激しい第二楽章から一転し、夜の湖を思わせる静かな始まり、弾けたり、凪《な》いだりといったさまざまな表情を見せる第三楽章。

ベートーベンの残した楽曲は聴けるだけ聴き、ピアノで演奏できるものについては演奏してきた。三十二のピアノソナタは当然、暗譜している。とくに後期の三十番以降については、完全に血肉となって亘を構成していた。

なぜここまでベートーベンに惹《ひ》かれるのだろうと、亘はよく考える。思えば小学校四年生のときに音楽室で出会って以来、ベートーベンとともに歩んだ人生だった。いや、支配されていたといっても過言ではない。

欠落——。

それが亘の辿り着いた、一つの結論だった。ベートーベンは音楽家にとってもっとも重要なはずの、聴覚を失っていた。亘も音楽家なのに、譜面を読むことができない。ピアノ教室で読み方を習ったし、自分でも努力してみたが、読めるようにはならなかった。二人とも、音楽家として重視されるはずの能力が欠落している。欠落した者が苦しみながら音楽にしがみつこうとする生き様。その生き様が反映された楽曲。そういうところに共鳴しているのかもしれない。

ベートーベンは、もとはすぐれたピアノ奏者だった。しかし難聴を患ったため、作曲に活動の比重を移していった。そうやってハンデを克服した逸話にも、亘は自らを重ねていた。譜面を読むことができないため、クラシックからポップスやロックに活路を見出した自分と同じではないか。

二時間たっぷりスタインウェイの音色を身体に浴びて、すっきりとした心もちでレッスンルームを出ようとしたそのとき、レッスンルームの扉に嵌められた小さなガラス窓から、女が覗いているのに気づいた。亘と目が合い、嬉しそうに手を振る。

宏美だった。夜を待ちきれずに楽器店までやってきたらしい。

ちっ、と大きな舌打ちをしてしまったが、どのみち防音室なので相手には届かない。

亘は扉を開けてレッスンルームの外に出た。

「お疲れさま」と、宏美が膝を曲げてしなを作る。パーカーにジャージという服装は部屋着そのままで、急いでアパートを飛び出してきたのがわかる。

「どうして来たの。家に行くっていったのに」

いったいどれぐらい前から、扉の前に立っていたのだろう。考えるだけで寒気がする。

「ええやん。こっち来とるのわかっとるのに、じっと待っとくのも大変なんよ」

横に並んで腕を組もうとしてきたので、やんわりと腕を払って拒絶した。おそらく頰を膨らませるいつもの不満顔をしているのだろうが、視線を合わせない。

レジカウンターで利用料金の支払いを済ませ、展示されたピアノを眺めながら店の出入り口に向かう。

宏美は亘の横に並び、亘が目を留めたピアノの鍵盤を出鱈目《でたらめ》に鳴らしたり、「うわ。高い。こんなんよう買えん」などと言いながらついてくる。

そして亘がいまにも店を出ようとした、そのときだった。

「痛っ。急に止まらんでよ」

背中にぶつかってきた宏美が、文句を言っている。

だがその声は、亘の耳を素通りしていた。宏美の声だけでなく、亘には周囲のすべての音が消え、周囲のすべての景色がぼやけていた。

店先で足を止め、ショーウィンドウを見つめる、弥生以外は。

そう。そこには間違いなく、あの北田弥生がいた。

最後に会ったのは高校生のときだった。児童養護施設にいるのを隠して接触した。名古屋で母と暮らしていることにして、懸命に背伸びして幸福を装った。彼女に相応《ふさわ》しい人間を演じたかった。ピアノが上達したところも見せられたし、演出は成功したと思う。

だが、亘のポケットベルが鳴ることはなかった。ふたたび会いに行こうかとも考えたが、拒絶されるのが怖かった。二の足を踏むうちに、時代はポケットベルから携帯電話に移り、亘もポケットベルを解約した。

もう二度と会うことはないのだろうと、諦めていた。

その女性が、十年の時を経て目の前に現れた。

運命だ。この偶然を、運命と呼ばずになんと呼ぶ。

声をかけなければ、と思うが、身体が動かない。

「どうしたん。亘」

宏美の声に反応して、弥生がこちらに顔を向けた。

そして大きく目を見開き、口に手をあてる。

「中村……くん?」

「北田、だよな」

「嘘? 本当に中村くんなの?」

弥生の顔に浮かんだ驚愕が喜びに変わり、亘は安堵した。

「なに? 知ってる人?」

宏美の問いかけを無視して、弥生に歩み寄る。

「まさか中村くん、このへんに住んどると？」

弥生は自然に島原弁を話した。

亘に腕を絡めてくる宏美に、笑顔で目礼する。

「いいや。おれは東京。いまツアーでこっちに来てるんだ」

「ツアー？」

弥生が軽く首をかしげる。十年前から美しかったが、いまでは美しさに大人の色香が加わっていた。

「いまはロックバンドでキーボードを弾いてる」

「本当に？　バンドでツアーだなんてすごいね。音楽、続けてたんだ」

嬉しそうに言われ、こちらまで嬉しくなる。そうだった。かつてはこの人に褒められたくて、懸命に練習した。

「北田は？」

楽器店の店頭に展示されたピアノを眺めている時点で、きっとまだピアノを続けているだろうことは想像がつく。プロにはなれたのだろうか。

やや頬を硬くした弥生が口を開こうとしたそのとき、「弥生」と男が声をかけてきた。

目鼻立ちの整った男だった。おそらく亘よりひと回り近く年上だが、日ごろからトレーニングしているのか、逞《たくま》しい身体つきをしていて「おじさん」という感じではない。

男は二、三歳ぐらいの幼児を抱っこしていた。男の子だ。

亘はひそかに衝撃を受けた。

幼児は男にも顔が似ているが、同じくらい弥生にも似ていた。

「なにやってるんだ」

男は弥生に訊ねながら、怪訝そうに亘たちを見た。

「高校の同級生に偶然再会したの」

弥生は「エイイチ。おいで」と男から赤ん坊を受け取る。

「高校の？　すごいな。だっておまえ、九州だろう」

「長崎よ。長崎県島原市。こっちの人は九州を一緒くたにするから」

ねえ、と亘に笑いかける。

「結婚してたのか」

懸命に平静を装おうとしたが、声が震えた。

「そうなの。三年前に。だからいまは、北田じゃないの。森下」

「森下です。神戸で歯科医院を営んでいるので、もし口腔《こうこう》まわりでお困りのことがあったらご相談ください」

森下は綺麗な歯並びを見せつけるように笑う。

「営業しても無駄よ。中村くんは東京に住んでいるの」

「そうなのか。それは残念だ。でも、だとしたら本当にすごい偶然だな」

「ええ。本当に驚いた」

夫の言葉に頷き、弥生がこちらを見る。

「いまは自宅で小さい子にピアノを教えてるの」

「そうか」

「どうする。せっかくの運命的な再会だし、一緒に食事でも行くか」

「なに言ってるの」と弥生が夫をたしなめる。「中村くんだって忙しいんだから」

「それもそうだな」

夫婦の醸《かも》し出《だ》す親密な空気感に、胸が締めつけられる。

「それじゃ、中村くん。また」

弥生の言う「また」の語尾が持ち上がり、疑問形になった。

連絡先も交換していないのに、「また」なんてない。おそらくもうこれっきりになる。

だが亘はあえてこう応えた。

「またな」

森下が弥生の腰に手を添え、軽く会釈をして去っていく。

遠ざかる幸福そうな家族を見送っていると、宏美が顔を寄せてきた。

「こんなところで高校の同級生にばったり会うなんて、すごいね」

「消えろ」

宏美が弾かれたように、亘の顔を見る。なにを言われたのか理解できないようなので、もう一度言った。

「消えろ。おまえとはもう終わりだ。二度とその汚い顔を見せるな」

呆然とする宏美を残し、亘は足早にその場を立ち去った。

6 二〇一九年 十一月

ガラスの壁越しに篁奏の姿が見えて、音喜多は椅子から立ち上がった。

隣でマイペースにクラブハウスサンドを食べる鳴海の腕を取り、立ち上がらせる。

篁もテラス席の刑事二人に気づいたようだ。ステンカラーの襟を直し、コートのポケットに両手を突っ込み、寒そうに肩をすくめながら歩み寄ってきた。

近くまで来て、篁が音喜多の頭上に視線を向ける。

「いつもと印象が違いますね」

指摘されて、中折れ帽をかぶりっぱなしだったことに気づいた。これまで帽子をかぶる習慣がなかったので忘れていた。

「失礼しました」

慌てて脱帽し、胸にあてる。

「かまいません。とても似合っています。素敵です」

「ですよね。私もそう思います」

嬉しそうな鳴海を横目で睨みながら頭を下げた。

「たびたびすみません」

「お仕事でしょうからしかたがありません。それは理解しています。ただ、時期的にいまはあまり歓迎できないのです。申し訳ない」

そう言いながら、篁が椅子を引く。

音喜多たちも腰をおろした。

注文を取りに来たウェイターに、篁が「エスプレッソ」と告げる。

「このところお忙しいんですか」

「大事なコンサートまであと八日ですから。今日はその打ち合わせに来ています」

音喜多たちがいるのは、六本木だった。東京に戻ってすぐに篁に面会を申し込んだものの、指定されたのは三日後、場所はこれまでの自宅近くのカフェではなく、六本木プレミアムホール前のカフェテラスだった。

「たしか、世界的なバイオリニストと共演なさるんでしたっけ」

うろ覚えの音喜多の情報を、鳴海が補足する。

「若杉了一、ですよね。十八歳でパガニーニ国際バイオリンコンクールを制して以来、世界を股にかける活躍を見せている天才バイオリニスト」

「その通りです。私はかねてから彼のバイオリンのファンで、同じステージに立ってみたいと、公言し続けてきました。その積年の夢が、ようやく叶うのです。私のラブコールに応え、彼は今回の公演のために来日してくれました。ぜったいに成功させたい。いや、成功させなければならないコンサートなのです」

「若杉さんがよく客演をOKしてくれましたね」

鳴海の口ぶりからすると、若杉了一というのは、よほどすごい存在らしい。

「さすがですね。若杉さんをご存じですか」

「当然です。世界的に有名なオーケストラと何度も共演しています」

篁がぴくりと片眉を持ち上げる。

「彼のような毛並みの良いサラブレッドが、動画投稿サイト上がりの、いわば駄馬《だば》である私の指揮で演奏するのは信じられませんか」

音喜多ははっとした。鳴海の発言にはそういう皮肉がこめられていたのか。

鳴海がかぶりを振る。

「いいえ。クラシックコンサートだって興行ですから。プロモーターは聴衆が望む顔合わせを実現させようと奔走するでしょう」

「はっきりおっしゃいますね」篁は苦笑した。「そもそもクラシック音楽は高尚なものではないんですよ。現代では変に敷居が高くなっていますが、本来は大衆に届けられるべきものです」

「まさしく現代のベートーベンですね」

二人の間で交わされる笑みの意味がわからない音喜多のために、鳴海が説明してくれる。

「それまでの音楽家は宮廷や貴族などのパトロンに仕え、パトロンのために作曲するのが普通でしたが、ベートーベンはそういった主従関係を拒否して大衆のための曲作りを行ったんです。いわばフリーランス作曲家としての先鞭《せんべん》をつけた存在です」

「そうなのか」知らなかった。

鳴海が篁に視線を戻す。

「篁さんは本当にベートーベンがお好きなんですね。ベートーベンマニアと言ってもいいぐらいに」

「私はけっして毛並みの良い音楽家ではありません。ですがベートーベン生誕二百五十年を記念するステージに立つのに、相応しい音楽家だと自負しています」

やや感情的になったかに見えた篁だったが、ウェイターがエスプレッソを持ってきたのに気づいて冷静さを取り戻す。

それでも鳴海は矛を収めない。

「ベートーベンは少年時代に母親を亡くし、アルコール依存症の父に代わって早くから家計を支えていました」

「その通りです。大変な幼少期を送っています」

「あなたとは違うんじゃありませんか。あなたはロサンゼルスに生まれて、フィンランドのシベリウス音楽院を卒業している。経歴からは裕福な印象を受けます」

篁が薄笑いのような表情のまま、固まる。

やがてエスプレッソのカップを手にとった。

「なにもかもベートーベンと同じだと、申し上げた覚えはありませんが」

小さなカップをくいっとかたむけて中身を空にする。

「でもベートーベンの遺したスケッチをもとに幻の第十番を再現するなんて、自分をベートーベンと同一視するような、正気を失った人間の暴挙としか思えません。ベートベンに対する冒瀆です」

「おい、鳴海。失礼だぞ」

いちおうたしなめはしたものの、音喜多は横目で篁の反応をうかがっていた。

しばらく無表情で鳴海を見つめていた篁が、ふいに吹き出した。口もとを手で覆い、肩を小さく揺すって忍び笑いする。

「私の過去を調べたんですか」

認めた。全身の産毛が逆立つ感覚があった。

「あなたはロサンゼルス出身でもなければ、シベリウス音楽院も出ていない。以前にはバークリー卒だと言っていたこともあったようですが、世に出るにあたり、日本でも馴染みの深いバークリーだと経歴詐称がバレると思ったから、シベリウス卒に変更したんですか」

値踏みするような間を置いて、篁が口を開く。

「かりにそうだとしても、警察はこのことを公にはしませんよね」

「あなたの経歴詐称を暴くのが目的ではありません」

鳴海から同意を求めるような視線を向けられ、音喜多は頷いた。

「捜査上知りえた秘密を漏らすことはありません」

平静を装う篁が、唇から薄く息を漏らす。

「私のような人間がこの業界でのし上がるには、少しでも毛並みの良さを演出する必要がありました。クラシック音楽の世界は競馬のサラブレッドと似ています。幼少期から専門的な教育を受けてきたエリートでないと、なかなか認めてもらえない。結局は生まれがすべてになる」

「あなたの努力は尊敬に値します。楽譜が読めないのを隠して東亜フィルハーモニーオーケストラを指揮し、ついには世界的バイオリニストを招聘《しょうへい》し、共演するところまでのし上がった」

「私が楽譜を読めないということまで」

さすがに篁は驚いたようだった。

「一つ、訊きたいのですが」と鳴海が椅子に座り直す。

「なんでしょう」

「あそこまでカラヤンを完コピしておいて、どうして安物の指揮棒だったんですか。前回のコンサートであなたが使用したのは、一本千円もしないであろう、プラスチックの安物でした」

「映像だけでわかったんですか」

「しなり方でわかります。せっかく努力したのに、あんな安物を使うのはもったいないと思いました。あの指揮棒では細かい腕の動きが伝わらない」

「いや、参りました」

篁が興味深そうに顎をかく。

「正直に申し上げますと、私にとって、この前のコンサートは予行演習みたいなものです。あくまで本番は次回の、ベートーベン生誕二五〇周年記念コンサートです。指揮棒も次回のために特別にオーダーしています」

ふう、と自らを落ち着けようとするかのように長い息を吐く。

「質問には答えました。ですが私の出自をマスコミにリークするなどして、コンサートの邪魔だけはしないでください。もしそんなことをすれば、私はあなた方を許さない」

「あなたの出自をどうこう言うつもりはありません」

音喜多が言い、鳴海が畳みかける。

「私たちが知りたいのは、誰が人殺しか、だけです。亡くなった庄野和芳さんとは、どういったご関係だったか、話していただけますか」

答えが返ってくるまでに、たっぷりと間があった。

「もう少しだけ待ってください。先ほどもお話ししたように、私にとって宿願だったコンサートを控えている。心を乱されたくない」

そろそろいいですか、と篁が立ち上がり、六本木プレミアムホールのガラス張りのホワイエに消えていった。

7　二〇〇二年　十二月

リールに『7』が二つ揃い、派手な演出が始まった。

ついに来た。リーチ。

庄野和芳は小さくガッツポーズを作り、回転するリールを見つめる。

リールの上にある液晶画面では、アニメのキャラクターが激しく戦っている。このパチスロ台は、人気アニメとコラボしたものだ。アニメ自体は興味がないし、番組も見たこともないのだが、パチスロで遊んでいるうちにだいたいの物語やキャラクターは頭に入ってしまった。

主人公が最強の必殺技を繰り出す、この演出は激アツだ。高確率で大当たりし、確変に突入する。

昨日の閉店間際に見つけたこの台をキープするために、今朝は開店前から並んだ。ぜったいに当たるという確信があったのだが、いざ打ってみると、予想に反してなかなか当たらない。小当たりは何度かあったものの、コインはじわじわ減り続け、あっという間に三万円分が呑み込まれていた。

だがここで大当たりが出れば、これまでの投資を回収してお釣りがくる。

頼む。頼む。

庄野は祈るような気持ちで液晶ディスプレイを見つめた。

ドーンという効果音とともに、『5』。『5』を押しのけるようにして『6』が登場。さらにその『6』を押しのけようとするのが『7』だ。『6』と『7』が一進一退の攻防を繰り広げる。

勝利したのは『7』だった。

「よしっ！」

庄野が声を上げた瞬間、『7』が滑って『8』に入れ替わる。

外れた。

さっきまでの派手な演出が嘘のような静寂が訪れる。周辺の台のリーチ演出のＢＧＭが、やけに大きく聞こえた。

「ふざけんな！」

思わず台を手で突いた。

だが遠くで店員がこちらに注意を向けたのに気づき、怒りをぐっと飲みくだす。

その後もしばらく打ってみたが、結局五万円近い赤字になった。

敗北感を引きずりながら店を出る。

庄野の仕事は私立探偵だった。事務所は、三宮の繁華街から少し入った雑居ビルの五階。事務所の扉を開け、蛍光灯を点ける。朝からパチスロを打って、すでに暗くなっていた。

家賃五万五千円、三十五平米の事務所の壁沿いには背の高い保管庫が何台も並んでいて、過去の調査案件のファイルが詰め込まれている。

庄野はその中からいくつかのファイルを見繕《みつくろ》い、デスクの上に積み上げた。

テイクアウトの牛丼を片手で食べながら、もう片方の手で器用にファイルをめくる。

「こいつでええか」

半年前に行った浮気調査。東京から神戸に単身赴任中の商社マンの妻が、夫の浮気を疑って調査を依頼してきた。だいたいの場合、妻の勘は当たっている。疑われるにはそれなりの根拠があるのだ。そのときも妻の疑った通りだった。単身赴任中の夫のマンションには、夫より一回りも年下の女が足しげく通っていた。

だが庄野は、依頼人にたいして『浮気の形跡なし』の報告書を提出したのだった。

固定電話の受話器を取り、ファイルに記載された番号に電話をかける。

何度か呼び出し音が続いた後、警戒を顕にした男の声が応じた。

「青木《あおき》さんの携帯電話でよろしいでしょうか。こちら三宮探偵事務所の庄野と申します」

いちおう経営者として二十年やってきた。余所行きの話し方も堂に入ったものだ。

『あんたか。今度はなんなんだ』

青木は嫌悪感を隠そうともしない。庄野のことを、調査結果をもとに金品を集《たか》るゴキブリのように思っているのかもしれないが、他人を見下すならまず自分の行いを正すべきだ。浮気男に蔑まれる道理などない。

「実は先日、青木さまの奥さまから追加調査の依頼があったんですよ。どうも私どもの調査結果にご満足なさらなかったようです」

『本当か？』

青木は疑っているようだ。

「ええ。もしかしたら、青木さま、私どもが潔白を証明したことで、少し気が緩まれたのではございませんか。その結果、奥さまがふたたび青木さまを疑う結果になったのかと思いましたが、いかがでしょう。心当たりのほうは」

ないわけがない。青木が押し黙る。

やがて、不機嫌そうな声が聞こえた。

『いくら欲しい』

来た。緩む頬を押さえながら、慇懃《いんぎん》な口調を保った。

「今回の追加調査ですと、ざっと見積もって、奥さまのほうに五十万円近く請求することになると思います。その報告書をまるまる書き換えるとなると、だいたい同じ金額を――」

『そんなに？』

青木の声が裏返る。

ケチ臭いこと言うなよ。おまえが若い浮気相手に買ってやったネックレスの値段、いくらか知ってるぞ。

そう思ったが、あまり渋られても面倒なことになる。

「いただくところですが、前回の調査結果で奥さまを納得させられなかった、私どもの至らなさもあります。ですから今回は、二十万円でけっこうです」

『二十万か……』

現実的な金額提示に、頭の中で電卓を叩き始めているのがわかる。こうなればもう落ちたも同然だ。

『これで本当に終わりになるんだろうな』

「そうなるように私どもとしても、最善の努力をしたいと思います」

ちっ、と舌打ちを浴びせられた。

振り込み先の銀行口座番号を伝え、一週間以内の振り込みを約束させて電話を切る。

「ちょろいもんだ」

受話器を置いた瞬間、笑いがこみ上げる。これで今日の負けが取り戻せた。

『三宮探偵事務所』の調査料は、相場よりも低く設定している。同じ結果が得られるなら、できる限り安く済ませたいのが人情だろう。だが真実は一つでも、調査結果が同じになるとは限らない。信用を値切るべきではないのだ。

ほかの依頼人にも電話をかけようかと思ったが、やめた。スロットで五万の赤字、いまの電話で二十万の黒字。今日だけで十五万円の利益を上げたことになる。欲をかいてはいけない。警察に駆け込まれるし、下手を打てば夜道で刺される。

ともかく今日も稼いだ。妻と娘になにか土産でも買って帰るか。寿司折りはどうだろう。だがまだ小学生の娘は、回転寿司でも玉子ばかりだ。たこ焼きとかのほうがいいか。

鼻歌を口ずさみながらファイルを保管庫にしまっていると、扉が開いて男が入ってきた。ダウンジャケットを着た男は、二十代後半ぐらいだろうか。身長は一七〇センチぐらいで、庄野より少し背が高い。顔立ちはこれといった特徴もなくて記憶に残りにくそうだが、顔が小さく、手足が長いのでスタイルがよく見える。

「はい。なんでしょう」

帰りかけたところだったが、どんな儲《もう》け話が転がり込むかわからない。庄野は営業スマイルをこしらえた。

「お願いしたいことがあるのですが」

「どうぞこちらへ」

男をパーティションで仕切った簡易応接スペースへ誘導する。

ティーバッグタイプの緑茶を注いだ紙コップを持っていくと、男は所在なげに事務所内を見回していた。

「ありがとうございます」

男が両手で包み込むように、紙コップを持ち上げる。

庄野が差し出した名刺を受け取り、「僕は名刺を持っていないのですが」と言った。

「かまいません。まずはお名前だけうかがっても？」

「中村です」

「中村さん。中村……下の名前は」

「亘」

「中村亘さん」

手もとの調査票に書き込む。本名かわからないが、いまはひとまず名前を呼べればいい。

「それで中村さん、ご相談の内容というのは」

庄野は男の対面に座り、話を聞く態勢をとった。

「ある女性がいます。小学校のときに同級生だった、僕にとってとても大事な女性です」

人捜しかと、メモをとりながら思った。初恋の人に会いたい。かつての恋人を探して欲しい。そういった依頼は意外なほど多い。思い出は思い出のままに留めておいたほうが幸せだというのが、庄野の個人的な見解だが、仕事となれば断ることはない。

だが、話は意外な展開を見せた。

「この前、その女性と十年ぶりに再会しました。大阪でばったり」

「ほう。それはすごい偶然ですね」

「ええ。運命的です。十年前は勇気を出すことができなかったけど、今度こそ頑張れと、神さまがチャンスを与えてくれたんです。今回のチャンスは、ぜったいに逃したくない」

笑顔で調子を合わせようとした頬がひきつる。この男はヤバいかもしれない。ストーカーだろうか。とはいえ、こういった極端な思考に走りがちだったり、思い込みに囚《とら》われがちな人間が、依頼人には少なくない。目的のためには金に糸目をつけない者もおり、大きなビジネスチャンスにもなりえる。

　中村がふいにうつむき、悔しそうに唇を歪める。

「でも彼女は、結婚していました」

もしかして――庄野は思う。二十年も探偵稼業をやっていれば、さまざまな依頼を受けてきた。その過程で辿り着いた真理が、人間の欲望や悩みというのはパターン化しており、バリエーションはそれほど多くないというものだ。

「だから、彼女を離婚させて欲しいんです」

やはり。庄野の予想通りだった。

ごく稀《まれ》にある『別れさせ案件』。

これまでに何度か請け負ってきた。

一般的には非道とされるのかもしれない。だが人の道に外れた依頼こそ、足もとを見て金を要求しやすい。庄野は内心で舌なめずりした。

「なるほど。わかりました。結婚している二人を別れさせて欲しいという依頼は、これまで何度か受けたことがあります。成功率は百%です。ですが――」

　ここで前のめりになり、神妙な表情を作る。

「一つだけご理解いただきたいのは、離婚したからといって、彼女があなたのほうを振り向くとは限らない、ということです。信頼関係にヒビを入れるのは容易《たやす》いが、信頼を築き上げるのは、そう簡単なことではありません」

「わかっています」

わかっているわけがない。わかっていたら、探偵を使って好きな女を離婚させようなどという考えには至らない。

だがいちおう言質《げんち》はとった。次は金の話だ。

「あと、そういったご依頼ならけっこうな費用がかかることも、ご了承いただけますか。信頼関係を壊すのにもっとも有効なのが、配偶者の不貞行為です。そうなるとアルバイトを雇って演技させる必要なども出てきます。人件費がかさむため、ただの調査より高額な請求になってしまいます」

「かまいません」

しおらしく頷いた中村だったが「必要経費は払いますが、法外な額の要求には従えません」と付け加える。

怪訝そうに顔を歪める庄野に、中村がズボンのポケットから棒状の機材を取り出した。

庄野は大きく目を見開く。

仕事柄、中村の手の中にあるのがなにか、すぐにわかった。

ボイスレコーダーだ。

中村がボタンを押して、録音した音声を再生させる。

『実は先日、青木さまの奥さまから追加調査の依頼があったんですよ。どうも私どもの調査結果にご満足なさらなかったようです』

思わず顔をしかめた。ボイスレコーダーが出てきたときから、そんな予感はしていた。

音声のボリュームを下げながら、中村が言う。

「これって詐欺だし、脅迫ですよね」

「あんたのやってることも、脅迫じゃないか」

「承知しています。でもあなたは警察に駆け込めない。たぶん、余罪がザクザク出てくるだろうから」

ふんと鼻を鳴らした。完全な虚勢だった。

「お金はちゃんと払います。ただし、足もとを見て相場以上の金額を吹っかけないでください。お互いに良い関係を築きましょう」

「わかった」

とんでもないやつに引っかかってしまったかもしれないと、庄野は思った。

8　二〇一九年　十二月

音喜多と鳴海は京王線初台《はつだい》駅近くにあるカフェに入った。

コンクリート打ちっぱなしの空間は外から見るよりも広く、テーブルが余裕を持って並べられている。

そのうちの一つで、こっちこっちとアピールするように男が手を上げた。白髪の額は禿げ上がっているのに後ろは長くのばしていて、サングラスをしている。日焼けサロンにでも通っているのか、冬なのにこんがりと小麦色の肌をしており、見るからに浮世離れした雰囲気だ。

男の名前は元山《もとやま》龍虎《りゅうこ》。ヴィジュアル系やヘヴィロック界隈《かいわい》ではそこそこ名の知れたプロデューサーらしい。

音喜多たちは中村のかつてのバンド仲間である、山際聡史に連絡をとり、中村が一緒に仕事をしていた相手の名前を訊いた。そこで挙がったのが、元山の名前だった。中村は元山に気に入られたことで、レコーディングやセッションワークで重用《ちょうよう》されるようになったのだという。

簡単に自己紹介を済ませた後、席に着いた。

「ここはおれが出すから、なんでも好きなものを頼んでくれ」

元山が両手を広げる。プロデューサーらしく面倒見の良い性格のようだ。ただし若作りしていても実際にはかなりの高齢のようで、発声が不明瞭で聞き取りづらい。

「いえ。私たちは公務員ですので、利益供与を受けるわけには——」

音喜多が遠慮する横から、鳴海が弾んだ声で注文する。

「じゃあ私、ココナッツパンケーキ」

「おまえな」

「いいじゃないか。堅いこと言うなよ。たかだかパンケーキであんたらを買収しようとしてるわけじゃない」

元山にそう言われては、強く拒絶することもできない。

「音喜多さんは、なににする？」

「じゃあ、コーヒーで」

「普通のブレンドでいいの」

「はい」

「私はカフェラテ」

調子に乗りやがって。音喜多は鳴海を横目で睨んだ。

元山が店員を呼び、全員分の注文をする。音喜多たちのようなカフェメニューではなく、自分は生ビールを頼んでいた。

「中村亘について、だったよな」

元山が言い、音喜多は頷いた。

「ええ。昔一緒に仕事をしていたとうかがいました」

「それはその通りだが、かなり昔のことだぜ」

記憶がたしかかどうか自信はないが、という前置きをして、元山は語り出した。

元山が中村と出会ったのは、一九九九年ごろのことだった。目黒のライブハウスだったという。当時、元山が面倒を見ていたバンドと、中村がサポートメンバーとして参加していたバンドが対バンしたのがきっかけだった。

「演奏が上手いからというより、リハーサルのとき、あいつ、ベートーベンのピアノソナタを弾いていたんだ。それが気になって声をかけた」

元山が運ばれてきた生ビールのグラスに口をつける。

実は元山は大のクラシック好きで、プライベートで自分が手がけるような音楽を聴くことはほとんどないらしい。その点で、中村とは意気投合した。

「話してみたら、おもしろいやつでね。なにせベートーベンのピアノソナタや交響曲をほとんど暗譜している。いや、暗譜っていうのは、あいつには正しい表現じゃないな。なにせ楽譜が読めないいんだから。ぜんぶ耳で音をとってコピーしているって聞いたときには、度肝を抜かれたさ。変わってるよな。でもま、耳が良いし腕も良いから、鍵盤が必要なときには声をかけるようになったんだ」

元山は中村のピアノをよほど気に入っていたらしい。楽譜が読めない中村のために、あらかじめコンピューターに演奏させたデモ音源を作り、それを中村に渡すという二度手間すらいとわなかったようだ。

「そういうことをしてたら、あいつ、ＤＴＭに興味を持ったみたいで」

「ＤＴＭというのは？」

音喜多の疑問には、パンケーキを頬張りながら鳴海が答える。

「デスクトップミュージックの略です。パソコン上で音楽を作ることです」

「それは、楽譜が読めなくてもできるものですか」

「できるよ」と元山が即答した。

「楽譜に音符を置いていく紙での作曲と同じようなやり方もできるし、もっと感覚的なやり方もできる。鍵盤で演奏したものを楽譜に起こしたり」

ということは、楽譜を読めない篁が交響曲を作曲するのは、じゅうぶんに可能だった。

「でもあいつ、急にいなくなったんだよな。いや、急に、というと語弊があるか」

「どういうことでしょう」

「あれはいつだっけな……そうだ、日韓ワールドカップの年だ。当時面倒見てた連中を集めて一緒にトルコ戦を見たのを覚えてる。その中に、中村もいた」

「二〇〇二年だから、いまから十七年前ですね」

「十七年？　ベッカムの髪形が流行ったのつい最近の気がするけど、そんな昔なのか。おれも年取るわけだな」

元山はしかめっ面を左右に振る。

「とにかくその年だ。キーボードでサポートしてたバンドを、あいつが抜けたいって言い出したんだ。ちょうど東名阪ツアーから戻ってきたタイミングだったから、なにか揉めたのかと思って話を聞いたんだが、とくにそういうことでもないらしい。そんときに、あいつが妙なことを口走っていてな」

「妙なこと？」

元山は頷いて言った。

「エレオノールじゃなくてアントニーだった」

パンケーキを頬張っていた鳴海が、弾かれたように顔を上げる。

「アントニー・ブレンターノ？」

「お嬢ちゃん、よく知ってるな。クラシック好きなのか」

「ちょっとかじってたんです」

人差し指と親指で輪を作り、隙間を空けて「ちょっと」を表現する。「そうか」と元山は素直に感心したようだが、音喜多は別の意味で感心していた。

こいつでも謙遜することがあるんだな。

「とにかく、アントニー・ブレンターノだ」

元山は意図が伝わって満足そうだ。

こちらを向いた鳴海が説明する。

「ベートーベンの残した、いわゆる『不滅の恋人への手紙』の受取人とみられる人物です。『不滅の恋人への手紙』はベートーベンの死後、持ち物から発見されました。簡単に言えば、書いたものの投函されなかったラブレターです。ところがこの手紙には相手への愛情が熱烈な言葉で綴られているものの、相手の名前が記されていなかったため、誰がベートーベンにとって『不滅の恋人』なのか、長らく議論されてきました。最近では、その相手はベートーベンの友人であったフランツ・ブレンターノの妻であるアントニー・ブレンターノであるという説が有力です。アントニーが人妻だったため、相手の名前が伏せられていたんです」

興味深い情報だ。

「じゃあ、エレオノールは？」

「ベートーベンがピアノを教えたブロイニング家の長女で、ベートーベンの初恋の相手です。ベートーベンの求愛は受け入れられず、エレオノールは医師と結婚します。それでもベートーベンは彼女への想いが断ちきれず、後に彼女のために二曲を書いています」

鳴海の説明に、音喜多は声を上げそうになった。

エレオノールじゃなくてアントニーだった。

初恋の相手ではなく、不滅の恋人だった。

「でもおかしな話なんだよな」

元山が首をひねる。「アントニー……つまりやつにとって不滅の恋人に出会ったたってことと、バンドを辞めるのが結びつかないんだ。だってそうだろう。好きな女ができたからって、せっかくやってる仕事を辞める必要なんてない。もっとも、バンドを辞めたのと好きな女ができたっていうのは、たまたま時期が重なっただけで、実際には関係ないのかもしれないけどな。でもバンドやってると女が寄ってくるから、たまにいるんだよ、活動を制限しようとする女が。ともかく急にバンドを辞めて、あいつは消えちまった。その後どうしてんのかと思って電話かけてみたら、番号変えてやがった。冷たいもんだなと思ったけど、音楽やめちまったのなら、おれには利用価値ないもんな。そんなもんだろう」

利用価値といえば、と元山が話題を変える。

「最近、人気のあいつ、知ってるか。ベートーベンの交響曲第十番」

「篁奏ですか」

音喜多は意表を突かれた。まさか元山の口からその名前が出てくるとは。

「知ってるんだ。いますごい人気だもんな」

「篁がどうしたんですか」

「あいつ、いまみたいに話題になる前に、おれに連絡してきたことがあるんだぜ。ベートーベンの未完の交響曲を自分が完成させて、動画投稿サイトにアップしたんだけど、もし気に入ったらマスコミの人間に勧めてくれって、どこで調べたのか、いきなりメールを送りつけてきて」

「それはいつごろの話ですか」

「あの交響曲がどかんと話題になる直前のことだから、三、四年前ってところじゃないか。メールが来てから、半年ぐらいだもんな、テレビとかで取り上げられるようになったのは。あっという間だったな。いまじゃあの若杉了一と共演するようになったっていうんだから、出世したもんだよ」

　――出世したもんやな。

　殺された庄野和芳がコンサート会場で発したという呟きが、音喜多の頭によぎった。

「篁奏と会ったことがあるんですか」

「いいや。ない。あのメールだっておれだけに送ったわけじゃなくて、ほうぼうに送りまくってたんだろう。おれはメールに返事もしなかった。だからおれが売り出しに一役買ったとか、そういうのはまったくない。でもよかったんじゃないか。なりふりかまわない営業が実ったってわけだ」

本当によかったと、元山がしみじみとした口調で目を細める。

もしかして元山は、篁奏の正体に気づいているのかもしれないと、音喜多は思った。

9　二〇〇五年　八月

森下高雄は憤っていた。

過ちは認める。酒に酔っていたとはいえ、若い肉体の誘惑に負けてしまったのは事実だ。だがあることないこと吹聴するのは許せない。

アパートの扉が開き、田部優香が現れた。丸い顔にくりっとした大きな目、大きな胸。白いうなじを強調するかのように、茶色く染めた髪の毛をお団子にしている。

「いらっしゃい」

笑顔のあまりの屈託のなさが、癇《かん》に障ると同時に、この女、こんな顔だったたっけと、記憶とのズレを感じた。なにしろ、森下が田部と関係を持ったのは一度きりだ。その一度きりの過ちが、森下の夫婦関係を破綻に導いた。

「どういうつもりだ」

森下は低く押し殺した声で、田部を威圧した。

「なんのこと？」

「妻に電話しているらしいな、おれと別れてくれと」

そんなことをされたら、不倫関係が継続的なものだと誤解される。よりを戻したいとまでは望まないが、離婚に際してできる限り条件を有利にしておきたい。慰謝料は低く抑えたいし、なにより息子の親権だけは譲れない。

「別れて欲しいから別れて欲しいって、言ってるだけなんだけど」

「おまえ、なにが狙いだ」

「なにって、高雄さんと一緒になりたいだけなのに」

「ふざけるな」

関係を持ったのは、二年半も前のことだ。それ以来、いっさい会ってないし、連絡も取っていない。なのに妻に電話して離婚を要求するなんて、どういう了見だ。

妻からの抗議を受けて、森下はこのアパートを訪ねたのだった。

「そんな怖い顔しないでよ。ね」

艶っぽい声を出し、首に腕を絡めて抱きついてくる。

「離せ。気持ち悪い」

密着してくる身体を強引に剝がした。

たたらを踏んだ田部の視線が、にわかに鋭くなる。

「なにが気持ち悪いの。あたしだって四十過ぎのおじさんの相手するのは気持ち悪いよ」

「は？」

なにを言ってるんだ、この女。

「これでいい？」

田部が身体をひねり、室内に声をかける。

キッチンとリビングを仕切る磨りガラスの障子越しに、人影が見えてぞくりとした。田部一人かと思ったら、誰かいる。

障子が開いて、男が現れた。二十代後半ぐらいだろうか。目が小さく鼻が丸く、印象に残りにくそうな平凡な顔立ちをしている。

「いいよ。田部さん」

「じゃ私、漫喫行っとくから。ちゃんとお金払っといてくれるんでしょうね」

「約束は守る。きみのお気に入りのホストからの売掛け、帳消しにしておくから」

「やった」

玄関に用意していたバッグを肩にかけ、田部が部屋を出ようとする。

「おい、待て」

ホストってなんだ。売掛けってなんだ。

森下が腕をつかむと、「後はその人と話をして」と振り払われた。優香の足音が遠ざかり、外階段をおりていく。

「あんた、誰なんだ」

「中村です。覚えていませんか。一度、お会いしているんですが」

森下は目を細め、男の顔をじっくり観察する。

わからない。森下は顔を横に振った。

「どこで会った」

「三年ほど前。心斎橋《しんさいばし》の楽器店の前」

森下は目を見開いた。

「あのときの……弥生の同級生か」

「そうです。お久しぶりです」

頭を下げる中村に、森下は顔をしかめた。

あのとき、楽器店の前で偶然会ったと説明されたが、実際には違ったのだろうか。

「弥生と不倫してたのか」

そうであれば息子の親権争いは俄然、有利になる。

だが考えてみればあのとき、中村には連れの女がいた。少なくともあの時点で、弥生との後ろめたい関係はなかった。

「違います。ご自分と一緒にしないでください」

かちんと来たが言い返せない。妻を裏切ったのは事実だ。

「上がりませんか。落ち着いて話をしましょう」

なぜこの男が優香の部屋にいる。なぜ優香が部屋を出ていき、この男に自由に部屋を使わせている。さまざまな疑問が頭の中で渦を巻く。

中村はおもむろに両手を広げた。

「武器は持っていません。暴力的な手段に訴える気も、ありません。殴り合いになったら、森下さんには勝てなそうですし」

森下は後ろ手に扉を閉め、部屋に上がった。

六畳のリビングには、シングルベッド、テレビ、CDラジカセ、チェストなどが置かれていて、どれもやや少女趣味な印象だ。

中村はまるで自分の部屋のようにベッドに腰かけた。

部屋の戸口で居場所を探す森下に「座ってください」と毛足の長いラグの上に置かれた、ミニテーブルを手で示す。

「けっこうだ」

「そうですか」

中村は肩をすくめた。

「説明してもらおう。なんであんたが優香の部屋にいる。あの女とどういう関係だ」

「彼女の依頼人です」

「依頼人？」

「正確にいうと、彼女の依頼人の依頼人です。僕が直接依頼したわけではありません」

「依頼って、なんの依頼だ」

「あなたが弥生さんに相応しいか、テストして欲しいという依頼です」

理解するまで一瞬の間があった。

「なんだって？　あの女は……」

「あなたを試すために、仕事として、あなたに近づいてもらいました。彼女があなたを愛していた事実はありません。すべてはお気に入りのホストに貢《みつ》ぐための芝居でした」

視界がぐらりと揺れた。

ぜんぶ仕組まれていたということか。

「なんのためにそんなことを！」

弥生が別れたがっていた可能性も脳裏をかすめたが、それはない。内心までは知りようもないが、こんな手の込んだことを企む女ではない。

だとしたら、中村に弥生を奪う目的があったのだろう。

「ぜんぶ弥生に話す」

懐から携帯電話を取り出そうとする森下に、中村は首をかしげた。

「話したところで、あなたの不貞が正当化されるのでしょうか。田部さんはあなたを誘惑しましたが、強引に肉体関係を結んだわけではありません。彼女に誘われて鼻の下をのばしたあなたが、自分の意思でここに来たんです。そしてここで、ことに及んだ」

中村がぽんぽんと自分の座っている布団を叩く。

「いくらでも断ることはできたのに、断らなかった。ぜんぶ話したところで、はたして弥生さんは、あなたを許すでしょうか」

「おれのことは許さなくても、おまえの本性は伝わる」

「そうでしょうか。田部さんは弥生さんにたいし、執拗《しつよう》に離婚を迫る電話をかけています。弥生さんはあなたたちのことを、一度きりの関係だと思っていない。そこにあなたが電話をかけてきて、すべて中村が仕組んだことだったと伝えたところで、はたして信用してもらえるかな。あなたは若い女に走った浮気男。僕はいまのところ、悩みを抱える彼女にとってのよき相談役です。どっちの言葉を信じますかね」

ぐっ、と喉に言葉が詰まった。

この野郎。この場で殺してやろうか。

だが堪えた。森下には守るべき立場がある。

「なにが目的だ」

真相を告げるために、わざわざ姿を見せたわけではないだろう。田部に電話をして会いたいと言い出したのは森下だが、だからといって黒幕が登場する必要はない。

「親権を弥生さんに譲ってください」

「なんだと？」

「弥生さんは親権を失うことをなによりも恐れています。妻子ある身でありながら不貞を働いたあなたのような男は、いくら経済力があっても瑛一くんの父親には相応しくない。親権を放棄してください。そうすれば、先ほど撮影された、あなたと田部さんが抱擁している写真も、利用する必要がなくなります」

　さっきあの女が脈絡もなく抱きついてきたのは、そういうことか。中村の仲間がどこからか写真を撮影していたに違いない。

「断る」

　どこまで卑劣なんだ。弥生はこんなやつにいろんなことを相談しているっていうのか。

「諦めてくださらない、ということですね？」

「当たり前だ」

「瑛一くん。もう僕にかなり懐いていますよ。この前なんて、お父さんになって欲しいって言われました」

「嘘をつくな」

「嘘かどうかは、あなたにはわかりませんよね。瑛一くんには、会えていないのだから」

かっ、と全身が熱くなる。

気づけば中村の胸ぐらをつかんでいた。

「殴るんですか」

中村は冷たい目をしている。

「かまいませんけどね。僕は殴られるのに慣れていますから平気です。ただ、思うようにいかないと手を上げるような男の手に、瑛一くんを委《ゆだ》ねるわけにはいかない」

怒りを懸命に抑え込み、手を離す。

「おれたち家族の問題に首を突っ込むな」

「あなたはもう家族ではありません」

このままでは暴力衝動が殺意に成長してしまう。

森下は中村に背を向け、歩き出した。

「親権を放棄してください。あなたは親に相応しくない」

無視して靴を履き、扉を開けて外に出る。

頭に血がのぼったせいで景色が歪んでいる。いったい何者だ、あいつは。あんなやつとかかわっていたら、それこそ瑛一の身が危ない。あいつの正体を弥生に伝えるべきだ。

携帯電話を取りだし、弥生の番号を呼び出した。

だが、通話ボタンを押せない。

弥生にとってあの男が良き相談相手で、森下が卑劣な不倫男だとすれば、あの男を悪く言ったとしてもやっかみとしか受け取られない。

慎重に行動するべきだ。携帯電話をしまった。

心がささくれ立って暗い家に真っ直ぐ帰る気になれない。森下の足は、自然と三宮センター街に向いていた。

森下の行きつけのバーは、賑やかな通りから一本入った路地にある。暗がりに浮かび上がるその店の看板が目に入った瞬間、後頭部に衝撃を受けて視界が揺れた。

全身から力が抜けて崩れ落ちそうになるが、倒れる前に両脇を抱えられた。誰かに引きずられているらしく、看板の光が遠ざかる。

先ほどまでよりさらに暗い、ひと気のない裏路地に連れ込まれ、仰向けに横たえられた。逆さまの人の頭のシルエットが、覗き込んでくる。

「子供に手を上げるような父親は、死んだほうがよか」

声でわかった。中村だ。だが言葉が訛っている。いったいどこの訛りだ。

「あたん、おいが借金取りに脅されとるとき、助けてくれんかったろ。遠くから見とるだけやったろ」

なにを言ってる。

ふいに視界が白い布で塞がれた。視界だけでなく、鼻と口も塞がれた。呼吸ができない。

「あたんが悪いとよ。息子ば酷い目に遭わせるけんか。だけんこいは報いたい。報いば受けんと」

懸命に手足を動かして抵抗するが、呼吸口を塞ぐ布は剝がれない。

やがて意識が遠のき、視界の隅々までさらなる純白で満たされた。

第六章

1　二〇一九年　十二月

「お疲れ」

川西は薄暗い店内を物珍しげに見回しながら、スツールに腰をおろした。

「すみません。お忙しいところ」

軽く肩をすくめる音喜多の前には、すでに半分ほどになったビールのグラスがある。

「同じ帳場にいるんだから、忙しさは同じだろう」

へへっと笑い、川西がバーテンダーを呼ぶ。すっきりしたいから炭酸入りで、明日も朝早いからそれほどアルコールの強くないやつを頼む、と注文する。

「良い店知ってるんだな」

「さっきネットで調べました」

「おれも今後は使わせてもらおう」

その言葉に反応して、バーテンダーがにっこりと微笑む。

玉堤署から少し歩いた、東急大井町線等々力駅近くにあるバーだった。カウンターのみの狭い店で、うっすらと流れるジャズが沈黙を埋めている。音喜多たちのほかには、三つ離れたスツールに女が一人だけだった。

川西に出されたカクテルは薄い緑色をしていて、ジントニックをアレンジしたバーテンダーのオリジナルらしい。

「篁《たかむら》はどんな塩梅《あんばい》だ」

「進展はなしです」

「明後日のコンサートが終わるまでは、事情聴取に応じるつもりがないんだっけか」

「ええ」

「まあ、著名人だし逃亡の恐れはないだろうが。しかし、思っていた以上に厄介なヤマになったな。事件発生からもうすぐ一か月か。正直最初は、こんなに長引くとは思っていなかった」

「あと一歩です」

「頼もしいじゃないか。篁の犯行で間違いなさそうなのか」

「おそらくは。コンサート前で忙しいと言い訳していますが、警察をシャットアウトするのも悪あがきにしか思えません」

あるいは、念願だった若杉了一との共演だけは叶えたい、という感じか。

四十五歳の篁が大ファンだというから、勝手に老境に差しかかった枯れた風貌を想像していたが、若杉了一はまだ二十六歳らしい。スマートフォンで検索すると、精悍な顔つきの若者の写真が現れた。バイオリンを弾いている写真だけでなく、バイクに跨がっている写真などもあった。

「篁と森下弥生のつながりが見えたことで、篁と被害者もつながってきました」

篁は長崎県の児童養護施設を出た後、上京してバンド活動をしていた。音楽一本で食べていけるぐらいには順調だったようだが、二〇〇二年の東名阪ツアーを終えた後、プロデューサーの元山に「エレオノールじゃなくてアントニーだった」という言葉を残し、音楽仲間たちの前から姿を消した。

篁にとってのアントニーといってもおかしくない条件をそなえた森下弥生は、当時関西に住んでいた。

東名阪ツアーで大阪を訪ねた際、篁は弥生と再会したのではないか。そして弥生を手に入れるため、それまで築き上げた人脈を捨て、関西に向かった。

そう考えると、バラバラに思えた要素が一つの矢印を示しているのに気づく。

森下高雄の不審死。中村亘が森下高雄そっくりに美容整形したこと。庄野が娘に宛てた手紙で告白した殺人。篁のベートーベンへの偏愛と、『再会』という交響曲のタイトル。

「でも一つ、気になっていることがあるんです」

「なんだ」

「篁の行動が、矛盾しています」

「どういうことだ」

川西が不可解そうに口角を下げる。

「中村亘時代の行動は、すべて森下弥生の愛情を手に入れるため、という動機で一貫しています。バンドを辞めたのだって、森下高雄を排除したのだって、その後森下高雄そっくりに整形したのも、一人の女性に愛されるためだった。けれどそう考えると、いまの自己承認欲求の権化《ごんげ》のような篁奏《かなで》と結びつかない」

「女が死んだからじゃないのか。生きているうちはそのために人生を捧げられても、死んでしまったらどうにもならない。だから篁奏として世に出ることを選んだ」

「切り替えが潔すぎて、違和感があります。彼にとって森下弥生は『不滅の恋人』なんです。何十年も想い続け、それこそ殺人を犯したり、自分の顔を変えてでも手に入れようとしたほどの」

「言われてみれば、たしかにな」

虚空を見上げ、川西が頷いた。

「篁はまだ森下弥生を愛している。いまの篁奏としての行動も、すべて森下弥生のためのような気がするんです。音楽家としての成功は目的ではなく、目的のための手段ではないか。篁奏として世に出た上で、なにかやりたいことがあるんじゃないかと」

「だとしたらどうする」

「どのみちコンサートが終わるまでは篁から面会を拒絶されているので、森下弥生の死について、もう少し掘り下げてみようと考えています。たしか森下弥生の母親が東京出身だったし、所在がわかれば話を聞けるでしょう」

「なるほど。直接対決にそなえて外堀を埋めるか」

「ええ。ただ」と音喜多はビールで唇を潤した。

「今日、川西さんをお呼び立てしたのはそういう話をするためではありません。鳴海についてです」

「鳴海がどうした」

川西が目を瞬かせる。

「彼女は人の顔が判別できない……相貌失認《そうぼうしつにん》ですよね」

振り返ってみれば、鳴海がほかの人間を音喜多と間違えてフラフラとついていってしまうときは、きまって強い風が吹いていた。音喜多のもっとも顕著な外見的特徴である、髪形が乱れていたのだ。鳴海は他人を髪形や体格、服装などで識別しており、顔立ちで識別していない。というより、識別できない。

「ああ。そうだ」川西はあっさり認めた。

「鳴海は人の顔を認識できない。けれども……いや、けれども、ではなく、だからこそ、だな。だからこそ、それ以外の部分の観察力が人並み外れている」

まったく同感だった。鳴海がときおり見せる鋭い洞察は、人の顔を認識できないゆえに養われたものだろう。その結果、職質のスペシャリストとまでいわれるようになった。

川西がカウンターの上で手を重ね、過去を懐かしむような口調になる。

「最初は冗談かと思ったぜ。昨日自己紹介されたのに、次の日もはじめましてって自己紹介されるし、髪を切ったり、のばしていた髭を剃《そ》ったやつにははじめましてって頭下げるし。顔が認識できないってわかってからは納得したけど、でもそれって、刑事としては致命的な欠点じゃないか、普通は」

普通は、という部分を強調するのは、川西はそうではないと思っているからだろう。

「だからおれだったんですか。おれの髪形が特徴的だったから」

川西は「おまえとなら、案外良いバランスになる」と言った。音喜多とのペアでも、鳴海はしばしば他人についていこうとしていたが、これが容姿に特徴のない相棒だったら、その頻度はもっと高かったかもしれない。

川西は笑った。

「そういうわけじゃないけどな。おまえなら上手いこと操縦してくれると思ったんだ。あいつには上手くハンドリングしてくれる相棒が必要だ。相棒に恵まれさえすれば、能力をいかんなく発揮できる」

　どうだ音喜多、と川西が自分の膝を叩く。

「事件発生から一か月ってことは、鳴海とのペアも一か月だ。一か月一緒に過ごしてみて、どう思う。いまでもあいつと組まされて不満か」

「不満ですね」

　川西が虚を衝かれたような顔をする。

　音喜多は川西と反対側のスツールの上に置いていた中折れ帽を手に取り、かぶった。

「あいつのためにこんなものまで買わなきゃいけなくなったんです。大赤字ですよ」

　出張先で鳴海が相貌失認だと気づいた音喜多は、東京に戻ってからすぐに中折れ帽を購入した。これがあれば鳴海が音喜多を見失うこともない。

「でも似合ってるぜ。いまどきそんなハードボイルドな格好した刑事はいない」

「勘弁してください」

　川西の差し出してきたグラスに、音喜多は自分のグラスをぶつけた。

2　二〇〇七年　十一月

友達と手を振り合って別れ、自転車を漕いだ。

森下瑛一が母と暮らすアパートは、神戸市須磨区《すまく》の住宅街にある。いま遊んでいた公園からだと、自転車で二十分ほどの距離だ。

右手に大阪湾を見ながら軽快に走る。最初は何度も転んで膝をすりむいたが、いまではすっかり走りも安定し、どこに出かけるにも自転車が重要な足になっていた。心配性の母はあまり遠くに行っちゃいけないと釘を刺すが、小学校一年生のありあまるエネルギーと好奇心は抑えきれない。しばしば友人たちと遠くまで探検に出かけては、夕方六時の門限を過ぎて母に叱られる。もっとも、三宮のミュージックスクールでピアノ講師をしながら子育てをする母がその時間に家にいるのは、週の半分ほどなのだが。

薄闇の街を走り抜け、自宅へと急いだ。

古い二階建て木造アパートの二階角部屋が、瑛一と母の暮らす部屋だ。このアパートで暮らし始めて三年になる。それ以前は父と母と瑛一の三人で、三宮の大きな一戸建てに暮らしていた。瑛一にもおぼろげな記憶が残っている。真っ白なお城のような建物で、門の左右に巨大なライオンの置物があり、庭には噴水があった。ところが母にその話をしたら、ライオンは一つしかなかったし、噴水なんてなかったと否定された。離れているうちにイメージだけが膨らみ、記憶が改変されてしまったらしい。瑛一が思い浮かべるかつての住まいには、いまだにライオンの置物が二台ある。

自転車をアパートの脇の駐輪場に突っ込んで鍵をかけ、外階段を駆けのぼる。

玄関ドアの鍵を開け、「カレー！」と両手を広げて飛び込んだ。アパートの外までカレーの匂いが漂っていたのだ。きっと自分の家からだろうと予想したのではなく、自分の家からの匂いであって欲しいという願望を声に出したのだった。

願いは通じた。入ってすぐのキッチンでは、母がおたまでカレーの鍋を混ぜている。

「カレー、じゃなくて、ただいま、でしょう」

あきれたように注意された。

「ただいま！」

言い直して靴を脱ぎ、三和土《たたき》に踵を揃える。

「ちゃんと手を洗ってね。あと、お父さんにご飯持っていって」

「はあい」

流し台に置いてある真鍮《しんちゅう》の仏飯器を手に取ろうとしたら、ぴしゃりと手の甲を叩かれた。

「ものぐさしないの。ご飯を触る前に手を洗ってきなさい」

叩かれた手の甲を擦りながら不服顔で洗面所に向かい、石鹸《せっけん》で手を洗う。

タオルで手を拭いてキッチンに戻り、あらためて仏飯器を手にした。

キッチン奥のリビングダイニングに入り、部屋の隅に置かれた仏壇に仏飯器をそなえる。

マッチを擦って線香に火を点け、線香立てに立ててから、鈴を鳴らして手を合わせた。

今日は漢字の書き取りテストで満点でした。放課後にヨシトたちと遊びました。晩ご飯はカレーです。

心の中で父に一日の出来事を報告するのが。瑛一の日課になっていた。

父は仏壇の前に置かれた遺影の中で、穏やかに微笑んでいた。お父さんに似てきたね、と言われることもあるが、瑛一には実感がない。父の記憶がほとんどないのだ。

父と母が別々に暮らし始めたのは、瑛一が四歳になる前だった。このアパートに住み始めたときには、毎晩のように父に会いたいと泣き、隣室の住人から苦情が来て大変だったらしい。瑛一は覚えていない。瑛一にとって父親は、テレビだけで見る芸能人のようなものだった。会えたら嬉しいし会いたいけど、望んだところで簡単に会えるものではないという感覚だ。

台拭きでリビングダイニングの座卓を拭き上げ、配膳を手伝う。

いただきますと手を合わせ、食事を始めた。カレーを口に運びながら、今日一日の出来事を振り返る。母はいつもにこにこしながら話を聞いてくれる。自分の家が貧しいのは知っているが、それが嫌だとも思わない。ときどき、お父さんがいたらもっと楽しいのかな、と想像するが、いなくなってしまったものは戻ってこないのだからしかたない。

どうやら父は、普通でない死に方をしたらしい。父が死んだときには、テレビのニュースで流れたそうだ。ときどき無神経な同級生が父について訊いてくることはあったが、仲の良い友達が守ってくれるので平気だった。そもそも瑛一にとって父は最初から遠い存在なので、失礼な質問をぶつけられても腹が立たない。

それに――。

食事を終えて洗い物を片付け、座卓で宿題に取り組んでいたときだった。

ピン、ポーンと、ドアチャイムが鳴る。

瑛一の住むアパートのドアチャイムは、ボタンを押すとピンと鳴り、離すとポーンと鳴る。だからボタンの押し方で人によって癖が出て、誰が来たのかわかる。

「亘くんだ」

母が扉を開ける前に、正解をフライングした。

玄関口には、目が小さくて鼻が丸い、平凡な顔立ちの大人の男の人が立っていた。亘くんのフルネームは中村亘という。母の小学校時代の同級生で、偶然にも近所に越してきたらしく、ときどきこうして遊びに来てくれる。瑛一が一日で自転車に乗れるようになったのも、亘くんが公園での特訓に付き合ってくれたからだった。

「亘くん」

「やあ、瑛一くん。ちゃんと勉強してる？」

「やっとるよ」

瑛一が座卓の上に開いていたノートを広げて見せると、亘くんは満足そうに頷いた。

「どうしたと？」

不思議なもので、亘くんと話すときだけ、母は聞いたことのない訛り方をする。亘くんと同じ小学校に通っていたときはこの話し方だったから、自然に戻ってしまうそうだ。

そんなことより部屋に上がってもらえばいいのにと思うが、なぜだか母は、あまり亘くんを部屋に上げたがらない。

「瑛一くん、来月誕生日だったよね」

これも不思議だが、亘くんのほうは母と話すときもいっさい訛りのない標準語だ。どうしてなのかと訊いたら、どうしてだろうねと首をひねっていた。本人にも理由はわからないらしい。

「そうだけど」

「これ、少し早いけど誕生日プレゼント」

そう言って亘くんは、大きな紙袋を差し出した。

瑛一は我慢できずに立ち上がり、紙袋を覗き込む。

「こら、瑛一。先に宿題やりなさいって言ったでしょ」

全身をアドレナリンが駆け巡り、もはや母の言葉は耳を素通りした。

「うおっ！　ＰＳ３だ！」

昨年発売されたばかりのプレイステーション３という、最新型のゲーム機だった。

「こんな高いもの……」

母の困惑を打ち消そうと、あえて大げさに両手を上げて喜んだ。

「やったー！　ありがとう！　亘くん！　うおおおおおっ！」

こんな高価なものをいただくわけにはいかないなんて受け取りを辞退されたら、たまったものじゃない。先手を打ったつもりだった。

「ぜんぜんかまわないよ。そんなに高くなかったし」

亘くんは照れ臭そうに鼻の下を擦っている。

「やった！　やった！」

紙袋から取り出した箱を持って、はしゃぎまわる。

「いつも本当にありがとう」

母からこの言葉が出たらもう安心だ。ゲーム機の所有権は完全に瑛一に移った。

「亘くん、一緒にやろう」

「駄目よ。もう遅いし、中村くんも明日朝早いんだから」

亘くんは三宮のＩＴベンチャーでシステムエンジニアとして働いていると聞いた。ＩＴ

ベンチャーもシステムエンジニアもなにをする仕事なのか知らないが、ピアノ講師の母より稼いでいるのは間違いない。いつもなにか手土産を持ってくる。自転車も小学校の入学祝いにと、亘くんが買ってくれたものだった。

「おれはぜんぜん平気だけど」

「ほら。亘くんは平気やって。だいたいお母さんじゃ、ゲームをテレビにつなぐのもできないやない」

瑛一のこの台詞が決め手になって、亘くんが一緒にゲームをやってくれることになった。亘くんはテレビ台の上に置かれた十四型のブラウン管テレビに、ゲーム機を手早く接続した。

本体が入っていた紙袋には、ゲームソフトも何本か入っていた。

「『真・三國無双5』やろうよ」

つい数日前に発売になったばかりの最新のソフトだ。

「意見が合うね。実はおれもそのゲームがやりたくて、本体ごと買ってきたんだ」

気づけば何時間も経っていた。ほとんど瑛一ばかりプレイして、亘くんは応援役だったが、たまにコントローラーを握るとすごく上手だった。前作をやりこんでいたらしい。

そして瑛一は、いつの間にか自分が横になっているのに気づいた。亘くんがプレイしている間に眠ってしまったらしく、お腹に毛布がかかっている。

「――どうかな。真剣に考えて欲しい」

うっすらとまぶたを開こうとして、亘くんのいつになく真剣な声音《こわね》が耳に飛び込んでくる。なんとなく起きてはいけないような気がして、瑛一は目を閉じた。

「でもうち、コブ付きのバツイチやけんね」

母は少し困惑したような声だった。

「そんなのは関係ない。北田は、おれにとってすごく大事な存在なんだ」

「うちはもう北田じゃないよ。それに中村くん、うちの過去ばかり見ている」

「そんなことない。おれは――」

亘くんを遮って、「亘くんは」と母が言った。

「中村くんは、あのときのことを思い出したりせんの？　うちはするよ。あのときにしたことは本当に正しかったのかとか、ほかに方法はなかったのかとか、いまでも考える」

母の声が震えている。泣いているのだろうか。瑛一は激しく暴れる心臓の音を聞きとがめられやしないかと、ひやひやしていた。

「正しかった。あのときはああするしかなかった」

「でもうち、辛《つら》いと。中村くんと一緒にいると、あのときのことをどうしても思い出してしまって……だけん、とてもありがたいけど、気持ちが変わることはないと思う」

「おれがおれである限り、駄目ってこと？」

何度か鼻を啜る音が聞こえた。

「うん。ごめん」

「でも、瑛一くんには新しいお父さんが必要じゃないの」

「そんなことないよ！」

寝ていたはずの子ががばっと跳ね起きたので、大人二人の肩が小さく跳ねる。

「新しいお父さんなんて、いらん」

「瑛一くん……」

亘くんは呆然としていた。亘くんのことは好きだし、一緒にいて楽しいが、お父さんになるのならば話は別だ。それに話を聞く限りでは、少なくとも母は拒んでいる。瑛一をだしに使おうとした亘くんを、子供心にも卑怯だと思った。子供のために好きでもない男と一緒になるという決断を、母にさせたくなかった。

「おれのお父さんは、ここにいるし！　毎日、なにがあったか言うとるし！　応えてはくれんけど、天国から見守ってくれとるし！」

父の遺影を指差して懸命に訴えた。不思議なことに、そうするうちに父の存在を感じるようになった。正確には存在でなく不在を感じた。物心ついたときからいないのだ。だから寂しくないと考えていたのは、無意識の強がりだった。

「わかった」

亘くんが寂しそうに目を伏せ、少し言いすぎたかもしれないと思う。

「北田……いや森下か、悪かった。森下がなにを考えているのか、なにを求めているのかも知らずに、自分の気持ちを押しつけた。今日は遅いから、もう帰るよ」

とぼとぼと部屋を出ていった亘くんは、それきり姿を見せなくなった。

3　二〇一九年　十二月

「音喜多さんですか」

そう言って声をかけてきた男は、さっぱりした短髪にベンチコートという格好で、高校サッカー部の青年監督といったたたずまいだった。

「そうです。北田弘臣さんですか」

「北田です。はじめまして」

音喜多と鳴海に順に会釈する。その所作もいちいち折り目正しくて、いかにも消防士といった印象だ。

音喜多と鳴海は、埼玉県志木《しき》市に来ていた。森下弥生の実の弟である北田弘臣が、志木市で消防士になっているという情報をつかんだからだった。

「それにしても、東京の刑事さんはお洒落ですね。志木にはそんな帽子をかぶった刑事、ているのだろうか。

「東京にもいませんよ」

無邪気に言う鳴海は、なぜ音喜多が急に中折れ帽を身につけるようになったのか理解し

いませんよ」

ゆっくり話ができる場所をリクエストすると、心当たりがあるらしく、北田が案内して

くれた。知り合いが志木駅近くで喫茶店を営んでいるのだという。

「これがいつ行っても空いているので、込み入った話には最適なんです」

道中、北田が愉快そうに話していた通り、その店は空いていた。「カフェ」ではなく

「喫茶店」と言った理由がよくわかる、レトロな雰囲気の店内だ。そのレトロさも演出な

らば売りになるだろうが、ただ古いだけだから閑古鳥《かんこどり》が鳴いているのだろう。

店に入ると、カウンターの中にいた白髪でひげ面のマスターが「おう」と親しげな声を

出した。北田と軽く近況報告を交わし、店の奥の席を勧める。

「サーフィンをされるんですか」

音喜多は言った。北田とマスターの会話でそういった単語が飛び交っていた。日焼けし

ているのは仕事柄かと思ったが、趣味のせいらしい。

「ええ。海なし県なのに趣味がサーフィン。おかしいでしょう」

北田が白い歯を覗かせ、おどけてみせる。

席につくと、北田がメニューを開き「なんにしますか」と訊いてきた。

「コーヒーで」

即決する音喜多の横で、鳴海が腕組みをして身を乗り出し、メニューを凝視する。たっぷり時間をかけて吟味した後で、決定したようだ。

「ナポリタンセット。ドリンクは野菜ジュースで」

もうなにも言うまい。

水を運んできたマスターに、北田が注文を告げる。北田は鳴海に合わせたのか、カルボナーラセットを、ドリンクはアイスコーヒーで頼んだ。

「お忙しいところ、ありがとうございます」

礼を言う音喜多に、北田が手を振る。

「いいえ。こちらこそ、こんな田舎まで呼びつけてしまいすみません」

「お母さまは？」

「いまは妻も家にいるし、ヘルパーさんにも来てもらっているので大丈夫です。申し訳ないけど、母に話を聞くのは遠慮してもらえませんか。っていうか、まともに話ができる状態ではないんです。息子である私のこともわからないぐらいですので。まあでも、いろいろわかるようなら、志木なんて田舎に引っ込みたくないってごねたかもしれませんけどね。あの人、本当に見栄っ張りでブランド志向のかたまりみたいでしたから」

北田が懐かしそうに苦笑する。

森下弥生の母親の所在を調べたところ、杉並区の実家を売り払い、埼玉県志木市に引っ越していることがわかった。北田弘臣の妻の実家が志木市らしく、妻の実家近くに家を建て、母と一緒に住んでいるのだという。

森下弥生の母親は、脳梗塞を発症し、日常生活も困難な状態に陥ったという話だった。母は難しいけど、私でよければと言ってくれたので、北田弘臣に話を聞くべく、志木にやってきたのだった。

「うかがいたいのは、亡くなったお姉さまについてです」

音喜多が切り出すと、北田の太陽のような明るさにわずかな翳りがさした。

「一昨年七回忌でした。もうそんなに経つんですね」

「お姉さまとは、頻繁に連絡を取られていましたか」

「大人になってからは、そんなに……って感じです。女同士ならもっと関係も近かったのかもしれませんが。母はわりと頻繁に連絡していたようですけどね。でもまあ、仲が悪くはなかったですよ。普通のきょうだいだったと、私は思っています」

「話しにくいかと思いますが、お姉さまは――」

「自死、です」さすがに少し声を落とし、マスターのほうをちらりと一瞥する。「水を張った湯船に浸かって、手首を切っていたそうです。私も救急隊を経験していますので、そういったご遺体はいくつも見ています」

「その二年前に、お子さんを交通事故で亡くされたそうですね」

「甥《おい》の瑛一ですね。ええ。道路を横断しているとき、バイクに撥《は》ねられて。何度か会ったことがあるんですが、いろいろ大変な経験をしているのに、素直で明るくて本当に良い子でした。うちのチビども三匹より、よほど賢そうだったのに」

語尾がかすかに震えていた。

マスターが注文の品を運んでくる。テーブルの上に皿が並べられ、「味は保証しますから、冷めないうちにどうぞ」と北田が勧めてきた。

例のごとく、鳴海は遠慮なしにパスタをフォークで巻き始める。

音喜多は話を進めようとしたが、北田もカルボナーラを食べているので、中断せざるをえなくなった。幸いなのは、北田の食事が異常なほど速かったことだ。さすが消防士だけあって、日ごろから早メシを心がけているようだ。

仕切り直して話の筋を戻す。

「お姉さまは瑛一くんが亡くなったことで、精神のバランスを崩されたのでしょうか」

「遺書は残されていなかったので、はっきりした原因はわかりません。だから断言はできませんが、もちろん、音喜多さんの指摘されたことも大きな原因になっているかと。瑛一が死んだ後の姉は本当に落ち込んでいて、母が二、三か月、神戸に飛んで付き添っていました」

人の生死の場面に多く立ち会ってきた消防士らしい、慎重な物言いだった。

音喜多の横でちゅるちゅるとパスタを啜っていた鳴海が、持参したバッグから中村亘の写真を取り出す。

「この男に見覚えはありませんか」

受け取った写真をしばらく見つめ、北田が首をひねった。

「さあ。この男は？」

「お姉さんの小学校時代の同級生です」

「なら私も会っているはずですね。学年だと、私は姉の三つ下ですから。この人、名前はなんというんですか」

「中村亘さんです」

鳴海から名前を聞いても怪訝そうに眉根を寄せていたが、しばらくして記憶が蘇ったらしく「ああ」と目を大きく開く。

「『ウソ村』ですか。名前は覚えています。たしかお父さんが亡くなって、引っ越したんでした」

そこまで言って、北田が不思議そうな顔をする。

「でもどうして、ウソ……じゃなくて中村さんの写真を？」

「お姉さまとかかわりがあったようですので」

音喜多の説明には、意外そうな反応だった。

「大人になってから、ってことですか。それはまったく知らなかったな」

ということは、電話などでも中村の話題が出たことはない。

ふいに、北田が怪訝そうに眉をひそめる。

「もしかして、姉の死が他殺である可能性を疑っているんですか」

「いや」と答えを濁したが、相手が消防士だけに簡単にはあしらえない。北田は刑事たちの意図を察したようだった。

「もしもそうならば」と前置きした上で、北田は話を始める。

「もしも、姉の死が他殺であると疑われているのならば、たぶん見立て違いではないかと、私は思います」

そこまで言うならば聞いておきたい。

「参考までに、根拠をおうかがいしても？」

「先ほど私は、瑛一の死も、姉の自殺の大きな原因になっていると申し上げました。それは間違いありません。瑛一の死後、姉はかなり不安定でしたから。ですが姉の自死には、もっと明確な原因があるんです」

音喜多は北田の薄い唇が開き、次の言葉を発するのを、固唾《かたず》を呑んで待った。

「不起訴、です」

隣でパスタを啜っていた鳴海も、さすがにフォークの動きを止める。

「不起訴？」

「ええ。瑛一を殺したバイクのライダーは、不起訴処分になったんです。姉はその決定に絶望し、自ら死を選んだんです。正直、私も不起訴処分には納得がいきません。どういう事情があれば、人を殺しておいて不起訴になるのか。瑛一を死なせたライダーの祖父は、関西の経済界で有名な事業家らしいです。なんでも芦屋《あしや》のほうにとんでもない豪邸をかまえているのだとか。まったく、正義ってどこにあるんですかね」

「そうだったんですか」

音喜多は戸惑いながら隣を見た。さすがの鳴海も真剣な顔つきになっている。

「だから姉は間違いなく自殺です。いや、あれは自殺とはいえないな。他殺だ。真実を隠蔽しようとするやつらに殺されたんです。できることなら私がこの手で、加害者を殺してやりたい。でも無理なんです。加害者は海外に逃げたから」

北田が自分の顔の前でこぶしを握り締める。

「海外に？」

訊き返す鳴海の目を見て、北田は言った。

「若杉了一というバイオリニストをご存じありませんか。やつが瑛一をバイクで撥ねて死なせた加害者です」

4　二〇〇九年　五月

「先生」

背後から聞こえた女性の声に、弥生は振り返った。

三十歳ぐらいの女性と、五歳の女の子。

弥生の持つクラスの体験レッスンを受講した子と、その保護者だった。

ほかのレッスン生たちが「先生。さようなら」と挨拶したり、手を振ったりしながら教室を出ていく。

「どうもありがとうございました」

母親は深々と頭を下げて謝意を示した。

顔を上げた彼女の目には、涙が浮かんでいる。

「いいえ。楽しかった？　あやかちゃん」

女の子に笑いかけると、同じ表情が返ってくる。

「うん。すっごく」

「よかった」

「あの、ぜひ継続的にレッスンを受けさせたいのですが」

よほど嬉しかったのか、母親は顔を上気させている。

「ありがとうございます。では書類を用意しますね」

「はい。あの……私、先生のレッスンを見学させていただいて、自分を恥じました」

弥生は小首をかしげ、続く言葉を待った。

「私、自分でも少しピアノが弾けるものですから、この子にピアノを教えていたんです。でも、ぜんぜん楽譜が読めるようにならなくて、この子は駄目なんじゃないかとか、いろいろ考えちゃって、悪い予感を否定しようと、つい厳しくしちゃって……」

そこで感極まったという感じに、目を押さえて嗚咽する。

「ディスレクシアはけっして多くはないけど、稀というほどでもありません。教科書の文字をひとかたまりの意味のあるものとして認識できない。それはけっして、理解力が低いわけではないんです。楽譜も同じ。オタマジャクシと五線譜を意味のある記号として認識できなくても、耳を鍛えることによってすぐれた演奏者になる道が拓《ひら》けます」

女の子はディスレクシアだった。だからいくら教えても、簡単な楽譜すら読むことができない。いち早くそのことに気づいた弥生は、女の子のピアノからバイエルを取り去った。そして目でなく耳と指で理解できるよう、お手本を一緒に弾いてあげた。

楽譜を前に緊張を隠せなかった女の子も、楽譜がなくなってからは楽しそうにピアノに向き合っていた。

母親は入会申込み書に記入し、よろしくお願いしますと頭を下げて去っていった。女の子も次回からのレッスンを楽しみにしてくれているようだ。

よかった。

幼いころは誰よりも上手くなりたかった。技術に長じることに意味があると信じて疑わなかった。そして他人と競い続けた結果、敗北し、ピアノを弾くのが楽しくなくなった。でもいまの自分のピアノへの向き合い方も悪くないと、弥生は考えている。所詮、競争に敗れた者の負け惜しみかもしれない。負けた自分を肯定するための言い訳かもしれない。それでいいと思う。ピアノを嫌いになってピアノから離れるよりも、凡人である自覚を持ちつつ、多くの人たちにピアノの楽しさを伝える役割をはたしていければ。

また、中村亘のことを思い出してしまった。

ディスレクシアの天才。情熱のピアニスト。弥生に初めての挫折を味わわせた人物。先ほどの体験レッスンで女の子のディスレクシアに気づけたのも、中村と接した経験があったからだった。

中村が教育に理解ある両親のもとに生まれていたら、松崎先生ではなく、ディスレクシアに理解のあるすぐれた指導者に教わっていたら、いったいどんなすごいピアニストになっていたのだろう。

中村は独学でピアノを練習し、ロックバンドでキーボードを弾き、そして三年前に神戸に引っ越してきたときには、ピアノをやめていた。「もし」はありえないが、正しく導かれた中村の未来を見てみたかったし、その指が紡ぐ音を聴いてみたかった。

——新しいお父さんなんて、いらん。

瑛一が拒絶してから、一年半。

あれ以来、中村はまったく姿を見せなくなった。弥生からも連絡はしていない。こちらから連絡することで、変に期待させてしまう。

私たちはもう会うべきではない。

それぞれの人生を歩むべきだ。

片付けを終え、教室を出る。いまの職場は三宮駅から徒歩三分の場所にあり、通勤が本当に楽だ。電車で十五分、最寄り駅から自転車で十分ほど走れば、自宅アパートに着く。

土曜日の夕方四時過ぎ。弥生が仕事に出るとき、瑛一は寝転んで漫画を読んでいた。いまはなにをして過ごしているだろう。

最寄り駅に着いた。近くのスーパーで食材を買い、自転車で自宅アパートに向かう。

すると途中にあるコンビニエンスストアの店内に、瑛一の姿を見つけた。

なにをしているのだろう。なにかあったときのために、留守番させるときには千円札を置いていく。お菓子を買おうが漫画雑誌を買おうが好きに使ってくれてもよかったのだが、瑛一は「なにもないから」と手をつけようとしなかった。

自転車を止め、コンビニエンスストアの店内に入る。

瑛一の後ろ姿を見つけた。

同時に、弥生は眉をひそめた。

瑛一がいるのは、酒類の並んだ冷蔵庫の前だった。ずらりと並んだ缶ビールや缶酎ハイ、カクテルなどを前に、真剣に悩んでいる様子だ。

まだ小学三年生。反抗期に片足を突っ込んでも、非行には早い。まさか自分で飲もうとしているわけがない。

弥生は背後から歩み寄り、息子の肩をちょんちょんと人差し指で叩いた。

振り向いた息子が、まったく後ろめたそうでないのに安堵する。飲酒しようとしているわけではなさそうだ。

「どうしたの？」

「お母さん。お父さん、いつもなに飲んでたっけ」

不可解な質問に首をかしげた。

「どうして」

「買って帰ろうと思って。お父さんにあげるから」

お供えということか。

「いつもビールだったけど、買っていかないでいいよ。私は飲まないから」

今度は瑛一が不可解そうな顔をした。

「お母さんにじゃないよ。お父さんにあげるんだよ」

「だからしばらくお供えしたら、結局飲まないといけなくなるでしょう」

「ならないよ。いますぐ飲むから。お父さん、帰ってきたんだよ」

背筋が冷たくなった。

「なんの冗談を言ってるの」

「冗談じゃないよ。本当に帰ってきたんだって。ビールだね」

冷蔵庫の扉を開けてビールに手をのばす息子を止めた。

「やめなさい」

「どうして」

「お父さんは死んだの」

「僕もそう思ってたけど、帰ってきたんだ。お父さんは死んでなかったんだ」

必死の形相《ぎょうそう》で訴えられ、わけがわからない。

ふいに、全身の産毛《うぶげ》が逆立《さかだ》つ感覚に襲われた。

「いま、うちに誰かいるの？」

「誰かじゃない。お父さんがいるんだってば。僕がお酒を買って帰るのを待ってる」

なおもビールに手をのばそうとする我が子を止め、強引に外に連れ出した。

「ここで待っていなさい。ぜったいに動いちゃ駄目」

きつく言い含め、自転車で自宅アパートに急いだ。

自転車置き場に自転車を止め、外階段を駆けのぼる。

自室の扉に近づきながら、鼓動が速まった。

携帯電話のフラップを開き、『1』、『1』、『0』とボタンを押した。あとは発信ボタンだけで警察に通報できる。

自室の前に着いた。ノブを握る。ひんやりと冷たい感触をたしかめつつ、軽く手首をひねった。抵抗はない。ノブを引き、薄く扉を開いてみる。

キッチンとリビングダイニング。二間続きの2Kの間取りが、奥まで見渡せる。

いた――。

たしかにリビングダイニングに、誰かが胡座をかいて座っている。

発信ボタンを押しかけて、すんでのところで指を止めた。

見知らぬ人間が自宅に入り込んでいるのかと思ったが、そうではなさそうだ。後ろ姿に見覚えがあった。

ふうと安堵の息をつく。

強盗や窃盗などの心配はない。だが一度、きちんと話をしなければ。

気持ちを引き締め直し、扉を大きく開いた。

「中村くん？」

胡座をかいた後ろ姿は、紛れもなく中村のものだった。久しぶりに訪ねてきたようだ。

なぜ瑛一は、中村を「お父さん」と呼んでいたのか。

疑問は残るが、間違いなく中村だ。

が——。

背を向けて胡座をかいていた中村が、こちらを振り向く。

その瞬間、呼吸が止まりそうになった。

顔だけは、かつての夫に瓜二つだった。

中村が、目鼻立ちのはっきりした、濃い顔立ちになっている。

中村の身体に夫の顔。強烈な違和感がグロテスクだった。

中村が立ち上がった。かつての夫・森下高雄の顔で笑う。

「北田。おかえり」

声はまぎれもなく中村だった。

「な、中村くん。どうしたの」

「どうかな。この顔」

弥生に見せつけるように、顔を左右に向ける。

「なんでそがんこと……」

「だって、言ったじゃないか。おれがおれである限り、駄目だって」

中村が歩み寄ってくる。

弥生は無意識に後ずさり、外階段の手すりに背中をぶつけた。その拍子に、手に提げていたスーパーの買い物袋を落としてしまう。玉ねぎが転がり出て、割れた玉子の黄身が袋から染み出す。

「あーあ。落としちゃったね」

しゃがみ込みながら拾おうと近づいてくる中村に、「近づかないで！」と携帯電話を印《いん》籠《ろう》のように突き出した。

「近づいたら警察に通報する」

「なんで……」

どうして拒絶されるのか、本当に理解できていないようだ。

やっぱり私たちは出会ってはいけなかった。出会ったこと自体が間違いだったのだと、弥生は激烈な後悔の渦に飲み込まれた。

5　二〇一九年　十二月七日

音喜多と鳴海は玉堤署の刑事部屋で、パソコンのディスプレイを凝視していた。

鳴海が椅子に座ってパソコンを操作し、音喜多は後ろから覗き込んでいる。

二人が見ているのは兵庫県警から届いた、十年前の事故の捜査資料だった。森下弥生の息子・瑛一がバイクに撥ねられ、死亡した事故だ。

現場は神戸市須磨区の生活道路。道幅はそれほど広くないが、カーブはなく、事故当時の天候も晴天だったために見通しは悪くなかったと思われる。

時刻は午後四時五十二分。森下瑛一は五時の門限に間に合うよう、自転車を漕いでいた。そこに後ろから走ってきた二五〇CCバイクが追い抜きざまに接触。吹き飛ばされた瑛一の身体は道路に激しく叩きつけられた。

瑛一の治療を担当した救急医は、即座に救護を行っていれば、助かった可能性は高かったとの見解を示している。

だが瑛一を撥ねたバイクのライダーは、救護を行わずにその場を走り去った。

現場に残された塗膜片などから兵庫県警交通捜査課が車両を特定、ライダーの逮捕に至るのは、二週間後のことだった。

逮捕されたのは若杉了一。当時十六歳で二輪免許を取得したばかりの未熟なライダーで、関西の経済界を牛耳《ぎゅうじ》る企業グループ会長の孫だった。

「そういうことか」

音喜多は顎をかきながらディスプレイを睨む。

検察がどういう捜査を行ったのか、北田弘臣が疑っていたような不正が、実際にあったのかは、現場の兵隊に過ぎない音喜多には知りようもない。だが捜査資料を読む限り、起訴が妥当に思える。加害者を取り巻く状況を考えれば、なんらかの裏取引あるいは忖度の結果、黒が白にひっくり返ったと受け取られてもしかたがない。

「完全につながりましたね」

さすがの鳴海も、興奮でやや呼吸が荒い。

「ああ。篁奏の狙いは、若杉了一だった」

「若杉了一がパガニーニ国際バイオリンコンクールで優勝したのは、十八歳のとき、二〇一一年です。時系列でいえば、事故が不起訴になり、森下弥生が自殺した数か月後ということになります」

「不起訴だからこそこそする必要はないんだが、被害者遺族にしてみれば面の皮の厚いやつだと映るだろうな」

「しかも若杉はコンクールの優勝を機に、海外に拠点を移しています。二〇一一年以降は基本的にずっとニューヨーク在住です」

「復讐したくても物理的に無理。だから若杉を日本に呼び寄せる必要があった。そのために、有名になる必要があった」

気が遠くなるような時間と労力を注いだ復讐劇だ。

「これで篁の行動に一貫性が出ました」

鳴海の言う通りだ。

篁は一貫して森下弥生のために動いている。

というよりは——。

「篁奏というキャラクター自体、若杉了一への復讐のためだけに作り上げられていたってことだな」

森下弥生を失った中村亘は、若杉了一への復讐のために篁奏という虚像を作り上げた。楽譜が読めないのに曲を書き、動画投稿サイトにアップした曲を昔の人脈を利用してなりふりかまわず宣伝し、カラヤンの指揮を細部までコピーして、音楽への深い知識と理解があるように装った。そうしながら、バイオリニスト若杉了一の大ファンであると公言し、ラブコールを送り続ける。

本来ならば純粋培養された正統派の天才・若杉と、動画投稿サイトから人気に火が点いた出自の怪しい篁が共演する目などない。しかしそこは興行の世界。ファンが見たいと望むものならば、実現に向けての流れができあがる。水のないところに川が流れ出す。

篁は、いや中村亘は、干上がった土地を何年もかけて掘削《くっさく》し続け、ついにそこに水の流れを通そうとしている。

金や名誉のためではない。

愛する女性を失った復讐のために。

「究極の自己犠牲だが、まともなやつの考えることじゃない」

「だから若杉との共演が終わったら事情聴取を受けるなんて話していたんですね。そのときにはすでに大願成就《たいがんじょうじゅ》しているから」

十二月七日のコンサートが終わるまで待って欲しい。篁はそう言った。

篁は庄野和芳を殺した。おそらくは正体をバラすなど脅迫されたのだろう。場当たり的で杜撰《ずさん》な犯行では、警察の捜査の手から逃げきれるはずもない。だがそもそも篁には正体を隠し通すつもりも、過去の殺人を隠蔽《いんぺい》し通すつもりもなかった。とにかく篁奏として十二月七日を迎え、若杉了一に復讐する機会を得られればよかったのだ。

コンサートが終わった後、篁はおとなしく事情聴取に応じるのだろうか。

それとも――。

鳴海が急に焦り出した。

「まずいですよ、音喜多さん。若杉と篁が共演するコンサート、もうすぐです」

「何時からだ」

鳴海が画面にインターネットブラウザを表示し、コンサートを検索する。

「十八時半開演です」

音喜多は腕時計で時刻を確認した。いま午後六時二十分。あと十分で開演だ。玉堤署のある世田谷区等々力から六本木まで、どう見積もっても車で三十分近くかかる。

篁はいつ、若杉を殺すつもりなのだろうか。

まさか、すでに——。

嫌な想像をかぶりを振って追い払う。

「とりあえず出るぞ」

「はいっ」

二人はとるものもとりあえず刑事部屋を飛び出した。

6　二〇一九年　十一月九日

煙草を地面に落とし、靴の爪先で揉み消した。

気づけば足もとが自分の捨てた吸い殻だらけになっていたので、適当に蹴散らして目立たなくする。

庄野和芳は渋谷にある東京ユニバーサルホールの駐車場入り口に立っていた。建物の裏手で閑静な住宅街に面しており、表の喧噪が信じられないほど静かな場所だ。コンサートといえば入り待ち出待ちが列になっているイメージだが、クラシック音楽というジャンルだからか、それとも会場の構造のせいか、そこに立っているのは庄野一人だけだった。

もしかして間違っているのではないか。ほかにコンサート出演者用の車両出入り口があるのではないか。そんなことを考えて不安になったが、きっと大丈夫だ。昨日一昨日とこの建物を訪れ、周辺をうろついて出入り口をたしかめた。

それにしても、まだか。せっかく二箱持参した煙草も、空っぽになりつつある。

庄野がここに来たのは、午前十一時のことだった。コンサート開始が六時半だから、さすがにそれより前に会場入りということはないはずだ。

新聞であの男の顔を発見したときの衝撃は忘れられない。

かつて自分が『別れさせ工作』を仕掛け、その後死んだはずの男の顔が、天才作曲家として紹介されていたのだ。

すぐに気づいた。あの男だ。

『別れさせ工作』を依頼してきた、中村亘だ。

庄野が田部優香という女を雇って別れさせた森下高雄が、その後何者かによって殺害された。何者か、などという表現をしたが、庄野には犯人がわかっている。中村だ。やつが森下を殺したに違いない。中村の森下にたいする怨嗟は、並々ならぬものがあった。別居させただけでは飽き足らず、田部に直接指示を出し、離婚してくださいと妻のほうに電話させていた。挙げ句、森下が殺された日、森下と中村は会っていたという。

執拗な嫌がらせに怒った森下は田部に電話し、面会を要求した。中村はそういう電話がかかってきたら自分を呼んで欲しいと、田部に事前に伝えていたようだ。

森下と中村は田部の部屋で、二人きりで話したらしい。

森下が三宮センター街の路地裏で殺害されたのは、その数時間後だった。

話を聞いたとき、いや、最初に会ったときから、ヤバいやつだと思っていた。庄野が借金取りに追われて家族を捨てるときに、森下の写真を持ち出したのは、なにかがあったときのための保険だった。中村はたぶん、森下を殺すだけでは終わらない。ほかにもなにかをやらかすという確信めいたものがあった。

その感覚が、天才作曲家・篁奏の記事を見た瞬間に蘇った。

やっぱりあいつはやりやがった。いかれてやがる。森下を殺して、その顔を乗っ取って、なぜか作曲家として成功するなんて。

なにがあったのか、どういう意図があるのかは知らないし、これ以上知りたいとも思わない。知りすぎてしまうと自分だって消される。

ともあれ、庄野は天才作曲家・篁奏の重大な秘密を知る男となった。

脅迫するつもりはない。ただビジネスパートナーとしてそばに置いて欲しいだけだ。人生を立て直すための光明を、庄野は見出した気分だった。

駐車場への出入りが増えてくる。そろそろじゃないかと、走ってくる車の一台一台に目を凝らした。

そして張り込み開始から、四時間が経過したころだった。

遠くから黒塗りのハイヤーが近づいてくるのが見えた。これまでの車と明らかに違う。庄野は全神経を視覚に集中させるぐらいの気持ちで、ハイヤーの後部座席を見つめていた。

後部座席で森下の顔をした中村が目を閉じていた。精神統一しているのか、それとも忙しい毎日で溜まった疲労を、少しでも回復しようとしているのか。

あの目を開いてやらないと。

近づいてきたハイヤーが、駐車場に進入するために速度を落とす。

目の前をハイヤーが通過する。

「中村！」

篁ではなく、中村。

よく似た響きなので混同してもおかしくないが、混同するのは後ろめたい気持ちがない人間だ。

「中村！　中村！」

呼びかけながら大きく手を振ってアピールする。

すると駐車場に入る間際、中村が目を開け、こちらを振り返った。ハイヤーはすぐに駐車場に消えた。

ほんの一瞬のことだった。だが間違いなく目が合ったし、大きく目を見開いたあの表情には、驚愕が現れていた。

あいつはぜったいに気づいた。

自分の正体を知る男に。

それから、待つのは苦にならなくなった。篁は——中村は必ず接触してくる。

三十分ほど経ったころ、駐車場とは反対方向から、キャップを目深《まぶか》にかぶった篁が登場した。うつむきがちに歩いてくる。

「プライベートはそういう格好なのか」

声をかけると、中村は「話しかけるな」と帽子のつばの陰から睨みつけてきた。

すれ違いざまに、さっ、と手を差し出してくる。

その手に握られているのは、ゲストパスだった。

「関係者口から入って左に進んだ突き当たりの倉庫で待ってろ」

庄野はラミネート加工されたゲストパスを受け取り、遠ざかる天才作曲家の後ろ姿を含み笑いで見送った。

7　二〇一九年　十二月七日

まぶたを開くと、目の前に森下高雄がいた。白いシャツの上に燕尾服《えんびふく》を着て、鋭い眼差しで亘を睨んでいる。

亘がかぶりを振れば、森下も同じしぐさをする。亘が深呼吸すれば、森下も長い息を吐く。亘が両手で自分の頬を叩けば、森下もそれを真似る。

駄目だ。高揚を抑えきれない。全身が震えているし、視界がいつもより狭い。

——そんなことで大丈夫なのか。

森下から問いかけられた。

「大丈夫だ」

——本当か？　いつもより顔色が悪いぞ。

「うるさい。黙ってろ」

——これが黙っていられるか。一緒に七年近くもかけて準備してきた計画が、ようやく結実するんだからな。

「おまえはなにもしていない」

——そんなことはない。おれはおまえだ。

「おれはベートーベンだ」

——ベートーベン気取りに過ぎないくせに。あの女刑事だって、おまえのことを正気を失った人間で、ベートーベンを冒瀆していると言っていたじゃないか。

「黙れ」

——おまえとベートーベンが共通しているのは、愛に飢えた境遇だけだ。

「うるさいっ！」

亘は立ち上がった。

六本木プレミアムホールの楽屋だった。亘は広い楽屋の隅で、一人鏡に向かっている。肩で息をしながら、森下と見つめ合う。亘の顔が映っているはずの鏡面にはしかし、森下が不敵な笑みを浮かべていた。その顔が滲んで輪郭がぼやけ、別人の顔になる。父だった。

かつて亘が自らの手で葬った父は、こうして頻繁に亘の前に現れる。

——また誰かを逆恨みして不幸にしよるとか。

「逆恨みじゃなか」

——逆恨みたい。おまえが愛されんとは、愛されんだけの理由がある。それなのにいつも他人のせいにして、恨んで、利用して、不幸にしてきたとやろうが。おまえは自分がけっして満たされないのを知っとった。だけん自分が幸福になるのではなく、他人を引きずり下ろして不幸にした。おまえは怪物たい。

「違う」

――違わん。おまえの母親が、なんでおまえを捨てたかわかっとるや。

「あんたの暴力のせいたい」

――そいはおいから逃げた理由やろうが。おいが訊いとるとは、逃げるときになんでおまえば連れていかんかったとか、たい。普通は連れていくやろうが。

「いつか迎えに来るつもりで――」

――またそうやって嘘ばつくとか。母親はおまえにそがん約束しとらん。そういうところやろうが。おまえは小さかころから、平気で嘘ばついて他人ば騙しよった。嘘ばついたり、他人から盗んだり、他人ば陥れたりすることに躊躇のなかった。おまえの母親はそういうところばつぶさに見とって、空恐ろしくなったとやろうが。この子が傍《そば》におったら、いずれ自分も陥れられて捨てられる。そう思ったけん、おまえば置いて逃げたったい。

「嘘ばっかり言うな。このクズが」

――人ばクズ呼ばわりする資格のあるとかね。おまえにもクズの血の流れとる。でもおまえはおれなんかより頭がよくてしたたかやけん、余計にたちの悪かな。あのおなごだって、おまえと出会いさえせんかったら、幸せになれたかもしれんとに。

「北田はおれが殺したわけじゃなか」

――おまえが殺したも同然やろうが。おまえがあのおなごの旦那ば騙くらかしたせいで、あのおなごの家庭と人生のめちゃめちゃになった。

「森下は浮気したったい」

――おまえが雇った探偵の策略でな。

「でも浮気は浮気たい。おいならぜったいに、そがんことせん」

――あのおなごとその息子は、浮気しない男を求めとったわけじゃないやろうが。げんに旦那と別居させたところで、あんおなごがおまえになびくことはなかった。なのに親からもろうた自分の顔に傷ばつけてまで人相ば変えて、逆に嫌われるとやけん、憐《あわ》れよな。ほんと、我が子ながら憐れて思うわ。

「北田はおいの嘘ば受け入れてくれた」

あれは良い嘘やったし。

小学校四年生のとき、彼女はそう言ってくれた。亘のついた嘘を、嘘と知った上で受け入れてくれた。

いまだって「良い嘘」だ。

篁奏という虚像を何年もかけて育て上げ、ようやく復讐の機会が巡ってきたのだ。

――なにが復讐な。あのおなごが復讐ば望んどるとが本当なら、まずおまえば殺すやろうな。

「黙れ」

――おまえと出会いさえしなければ、あのおなごも旦那と暮らし続けとったとやろうけん、息子も交通事故に遭わんかったやろうしな。ひき逃げしたとは若杉ばってんか、誰が原因かていうたら、確実におまえたい。

「わかった。もう消えろ」

――わかっとらんやろ。本当にわかっとるとやったら、のうのうと生きとられんで。おいと一緒にこの世から消えるべきたい。

「邪魔するな！」

椅子を持ち上げ、鏡に投げつけようとしたとき、背後の扉が開いているのに気づいた。首からスタッフパスをぶら下げた若い男のスタッフが、顔面蒼白で立ち尽くしている。気づけば鏡には森下高雄の顔が映っていて、父の幻影は消えていた。

「すみません……」

すっかり怯えきった様子のスタッフが、鏡越しに謝ってきた。

「なんでしょう」

亘は椅子をおろし、ジャケットの襟を直しながら言う。

「そろそろお時間です」

「わかりました。ありがとう」

ステージまで誘導するつもりらしく、スタッフは直立不動で室内に留まっている。

「すぐに行くので、外で待っていていただけますか」

やや強い口調で告げると、「失礼しました」と部屋を出ていった。

亘は目を閉じ、長く深い息をつく。

テーブルに置いていた、四〇センチ×三・五センチの細長いハードケースを開いた。黒いケースの内側は赤いフェルトが張ってあり、指揮棒が収納されている。ステンレス製で先端が鋭く研ぎ澄まされたそれは、今回のコンサートのために特別に注文したものだった。

指揮棒を右手に持ち、左手の人差し指で先端に触れてみる。まったく痛みを感じないうちに、指先で血の玉が膨らんだ。

亘は目を閉じ、クライマックスを夢想する。

今日最初の演目、ベートーベン交響曲第五番『運命』の演奏を終えた後だ。

満場の拍手。スタンディングオベーション。指笛。ブラボーの声。

ありとあらゆる手段で演者を讃える観客たち。

亘はまず指揮台上で喝采に応え、指揮台をおりて今日のコンサートを成功に導いたコンサートマスターの若杉了一を讃える。

若杉の背中に手をまわし、彼を観客に紹介する。

それから彼と熱い抱擁を交わして互いを讃え合う。

と見せかけて、亘は若杉の首に、鋭く尖《とが》った指揮棒の先端を突き立てる。研ぎ澄まされた先端は、あっという間に若杉の頸動脈に到達する。

最初は誰も、なにが起こったか理解できない。

だが第二バイオリンの女の衣装に赤い血液が飛び散り、それが生臭い液体であると認識した第二バイオリンの女が、ソプラノで悲鳴を上げる。

あとは悲鳴と怒号の輪唱だ。

それが篁奏の作った最後にして、真の交響曲となる。

ベートーベン未完の第十交響曲が、完成するのだ。

亘はまぶたを開いた。扉のノブを握り、振り返る。

自分が鏡に映っていた。自分のものであって、自分のものでない、まがい物の顔。その顔がぼやけそうな気配を感じて、亘は慌てて視線を逸らしてノブをひねった。

スタッフの先導で通路を歩き、ステージに向かう。

上手からステージに歩み出た。

拍手のシャワーだった。比喩《ひゆ》ではない。ここ、六本木プレミアムホールではステージが全方位、客席に囲まれている。客席をブドウの段々畑、ステージを太陽に見立てたヴィンヤード形式のホールで、一階席八百、二階席千二百。一階よりもステージを見下ろす二階の席数のほうが多いため、喝采がシャワーとなって降り注ぐのだ。

すでにオーケストラは着席し、指揮者の登場を待っている。

中村は胸を張り、背筋をのばして、堂々とステージ中央に向かう。

歩きながら軽く首をめぐらし、客席の様子をうかがった。

見渡す限り人、人、人。

今回もチケットは発売直後に完売したという。それも当然だ。いまをときめく作曲家・篁奏が指揮棒を手にし、演奏は定期会員数国内二位を誇る東亜フィルハーモニーオーケストラ。そして目玉は、篁のたび重なるラブコールに応じるかたちでついにアメリカから来日し、コンサートマスターとして弓を振るう天才バイオリニスト・若杉了一。

亘はステージ中央に立ち、客席に背を向けて指揮棒をかまえる。

右から左へ、ぐるりと巡らせた視線が、左手もっとも手前に陣取る第一バイオリンで止まった。

バイオリンをかまえた精悍な顔立ちの青年が、真剣な顔で見つめ返してくる。若杉了一。今日のコンサートマスター。

亘が指揮棒を振りおろした瞬間、オーケストラが一つの楽器のようにベートーベン交響曲第五番『運命』を奏で始めた。

8

六本木通り沿いに覆面パトカーを停め、エンジンを切った。

車をおりると、すぐ前で取り締まりをしていた白黒パトカーから制服警官が駆け寄ってくる。

「こらこら。なに考えてるの。こんなところ停めちゃ駄目だよ」

音喜多は懐から警察手帳を取り出した。

「本庁捜一の音喜多です。こっちは玉堤署の鳴海」

助手席からおりてきた鳴海を顎でしゃくる。

「え。あ、ああ」と制服警官が混乱した様子だ。

「緊急事態なので、お願いしてもいいですか」

差し出された覆面パトカーの鍵を、制服警官は爆弾でも渡されたような手つきで受け取った。

とにかくいま説明している暇はない。

スペイン坂を駆け上がり、六本木プレミアムホールに急ぐ。

十二月に入って最初の週末の夜とあって、イルミネーションに彩られた街全体が、どこか浮かれた雰囲気だった。音喜多と鳴海は、幸福を誇示するように歩道に広がって歩くカップルたちをかわしながら進む。

スマートフォンで検索したときには所要時間三十分弱だったが、実際には信号や渋滞もあってすでに四十分以上が経過している。間に合うだろうか。

六本木プレミアムホールの玄関が見えてくる。

一面ガラス張りのホワイエが、闇夜にあたたかみのある黄色い光を放っている。すでに公演が始まっている時間のため、赤絨毯に人影はまばらだ。おかしな雰囲気はないので、幸いなことに事件はまだ起こっていない。滞りなくプログラムが消化されているということだろう。

ガラス扉の玄関のそばには、黒いスーツを着た受付係が何人か立っていた。そのうちの一人、三十代ぐらいの男が、両手を広げて進路を阻む。

「公演開始後の入場はお断りしています」

音喜多は警察手帳を提示する。

「警察です。緊急事態です。入れてもらえませんか」

男は目を見開いて驚いた様子だったが、だからといってすんなり通してはくれなかった。

「どういうことですか」

「急がないと殺人事件が起こるかもしれないんです」

「殺人事件？」

「そうです」

「ここで、ですか」

「そうです」

「いま？」

「だからそうだって言ってるだろう！　通してくれ！」

揉み合っているうちに、ホワイエのあちこちからホールの職員と思しき揃いのスーツが集まってくる。

「警察の方が、殺人事件が起こるかもしれないと言っているのですが」

男がやや年輩の上司らしき男に報告している。

上司らしき男が歩み出てきた。

「すみませんが、もう一度身分証を見せていただけますか」

要求されるがままに警察手帳を提示した。

「本当にあなたが警察官かどうか、警察に電話して確認させてください」

「そんなことしてる時間はないんだって！　確認するなら確認してくれてかまわないから、まず通してくれ」

上司らしき男に警察手帳を押しつけて強引に通過しようとしたが、加勢がやってきて三人の男に押し返される。

「こうしている間に、人が殺されるかも知れないんだ！」

「確認しますので」

「だからぁっ！」

押し問答を続けていると、左隣を誰かがすり抜ける気配がして、誰かの「あっ！」という声が聞こえた。

鳴海だった。小柄な身体を生かして隙間をすり抜け、ホワイエへの侵入に成功した。

「行け！　鳴海！」

鳴海がホワイエを走り抜け、正面突き当たりにある大ホールの出入り口へと向かう。

一人、二人と飛びかかる職員を俊敏な動きでかわしながら走る。

ふいに、音喜多を阻む男たちの圧力が弱まった。鳴海に気を取られたらしい。

音喜多もバリケードを突破し、大ホールに向かって駆け出した。

前方で鳴海が大ホールの扉に手をかける。

行った！

と思ったが、背後から追いついてきた職員二人に羽交い締め《はがじ》にされた。

もはや自分で行くしかない。

前方から迫り来る眼鏡の男を手で押しのけ、左前方から飛びついてきた細面の男をジャンプでかわす。

　鳴海が拘束されている横を通過し、扉に手をかける。

　その瞬間、左側から激しい衝撃を受け、音喜多の身体は吹っ飛んだ。

　音喜多の倍は体重がありそうながっちり体形の男に左からタックルされたのだった。男は音喜多を後ろ手に組み伏せる。

「身分照会しますから、しばらくお待ちください」

「そんな時間はないんだって！」

　赤い絨毯に這いつくばりながら視線を動かす。鳴海が拘束から逃れようともがいていた。

　万事休すか――。

　そう思ったときだった。

　ふいに上から押さえつける圧力が緩み、身体が自由になる。

　わけもわからずに立ち上がろうとしたとき、目の前に革靴が現れた。クラシックコンサートの会場には似つかわしくない、靴底がすり減って、細かい傷のせいで表面が白っぽく変色した、安物の革靴だ。

　視線を上げると、そこには川西の顔があった。

　ここに来る車中で連絡しておいたのだ。

「なにやってんだ、おまえは。おれじゃなくてホールに連絡して話をつけておけば、こんなに揉めることもなかったろうに」

「すみません」

音喜多は立ち上がり、両手で胸を払った。

「肝心なときにかっとなって冷静さを失うのが、おまえの悪い癖だ」

鳴海も解放されたらしい。駆け寄ってくる。

「もうすぐ『運命』の第四楽章が終わります。十五分の休憩に入るので、そのタイミングで篁に接触しましょう」

「わかった」

音喜多は大ホールの扉をわずかに開き、中の様子をうかがう。

うっすら聞こえていたオーケストラの音が、肌を震わせるほどの音量で漏れてきた。

会場は中央のステージに向かってすり鉢状になっている。ステージ中央の一段高くなった指揮台で、指揮棒を振るう篁の後ろ姿があった。鳴海によればカラヤンの完コピに過ぎないらしいが、音喜多には大勢のオーケストラを自在に操る魔法使いのように見える。

そして指揮者から見て左手最前列でバイオリンを弾いているのが、若杉了一か。上体を揺らしながら、リズミカルに弓を動かしていた。

音喜多、鳴海、川西の三人は音を立てないようにホールに入った。

一階席の客席は大きく分けて左、真ん中、右の三つのブロックに分かれている。そのうち左ブロックと真ん中ブロックの間の階段状になった通路を、身を低くしながらステージに近づいていく。

ステージではすべての楽器がスタッカートのユニゾンで同じ音を鳴らしていた。クラシックに明るくない音喜多にも、ここがクライマックスで、曲が終わりに近づいているのだとわかる。

やがて音が長くのばされた。篁の後ろ姿が、たっぷりと余韻を演出するかのように両手を広げる。

そのときだった。

後ろをついてきていた鳴海が、背後から肩を叩いてくる。

「指揮棒！」

「なんだって？」

ちょうど横の席に座っていた客が、露骨に迷惑そうな視線を投げかけてくる。当たり前だ。交響曲の最後の最後で大声を出して邪魔されたら、誰だって気を悪くする。

だが鳴海はそんなことおかまいなしのようだった。

いつものように空気を読めない感じではなく、空気を読む余裕もないといった、切羽詰まった雰囲気だ。

「指揮棒です。今日のためにオーダーメイドしたという指揮棒。すごく尖っている」

おり始めた。

音喜多が意図を理解する前に、鳴海は音喜多の横をすり抜け、猛スピードで通路を駆け

どういうことだ？

「おい！」

篁が両手を振り上げ、曲を締め括る。

同時に割れんばかりの拍手が沸き起こった。

指揮棒がすごく尖っている……。

鳴海の言葉を反芻《はんすう》して、はっと息を呑む。

指揮棒を凶器に使うってことか。

篁はステージ上で若杉了一を刺すつもりなのか。

篁が両手をくるりと回したのを合図に、オーケストラがいっせいに椅子から立ち上がる。

それから篁も踵を支点に回転し、こちらを向いた。

笑顔で喝采を浴びる篁と、目が合う。おそらく篁は警察に気づいた。

鳴海はステージまであと数メートルというところまで達している。

9

ベートーベン交響曲第五番『運命』の音に身を委ねながら、亘は奇妙な感慨に耽っていた。

客席から見れば亘が東亜フィルハーモニーオーケストラを指揮しているように見えるだろう。だが楽譜の読めない亘には、ベートーベンが譜面にこめた想いをくみ取ることができない。亘の指揮は一九八〇年代前半のヘルベルト・フォン・カラヤンの動きを真似たものので、だから亘自身は「指揮」というよりも、演奏に合わせて「踊っている」感覚に近かった。いわば一流の演奏を特等席で鑑賞する権利を手に入れた、贅沢な聴衆に過ぎない。

演奏開始からすでに四十分近くが経過し、第四楽章の結びが近づいている。

ジャ、ジャ、ジャ、ジャーンのあまりにも有名な〈運命主題〉のせいで第一楽章のみが語られがちな交響曲第五番『運命』だが、亘はいま演奏している第四楽章が好きだ。ハ長調、四分の四拍子、ドミソの分散和音で構成された第一主題。すべてがあまりに素直で、ストレートで、あっけらかんとしていて、第三楽章までに提示された過酷な運命を受け入れ、それでも立ち向かっていこうという開き直りと力強い生命力を感じる。

長い終結部のしつこいぐらいの念押しに合わせて腕を振りながら、亘の脳裏にはこれまでの人生がよぎっていた。

その大部分が弥生の記憶だった。実際に接した期間は短かったし、音信不通の時期もあったが、それでも亘の人生はつねに弥生とともにあった。

小学校四年生のときの音楽室での出会いから、すべてが始まった。三十五年以上も前のことなのに、いまだにはっきりと思い出すことができる。

廊下に漏れ聞こえてくる美しいピアノの調べに誘われ、亘は音楽室の扉に耳をあてた。

ピアノソナタ第二十番第一楽章。

あまりに美しい音色に心を奪われ、その瞬間からベートーベンの虜《とりこ》になった。

少年時代に母を失い、父は酒浸りで、愛する女性に受け入れてもらえず、やがて聴力すらも失う。同じだと思った。知れば知るほどベートーベンの人生に共感したし、なぜ自分がベートーベンの作る旋律に惹かれるかも、理解できた気がした。

フェルマータ。

たっぷりと音をのばして余韻を演出するさなか、ふいに耳もとで父が囁いた。

——違う。おまえはベートーベンじゃなか。顔も才能も、ぜんぶ人真似しかできん、本当の自分すら持てんで他人を不幸にするしか能のなか、怪物たい。人ですらなか。

無視して両手を突き上げ、曲を完結させる。

——あのおなごば殺したとは、おまえたい。

客席から拍手が沸き起こる。

なにかがおかしいと直感した。父の囁きのせいではない。背中に感じる喝采が、濁っている。純粋な賞賛ではない、戸惑いのような感情が混ざっていた。客席の一部からは、妙などよめきまで聞こえる。

両手をくるりと回してオーケストラを起立させ、自らも客席のほうを向いた。

その瞬間、階段状になった通路をおりてくるスーツ姿の男二人が目に入る。そのうちの一人は、これまでにも何度か会ったことのある音喜多という刑事だった。

まずい。計画を悟られたか。

慌てて右を見た。

若杉がぎょっとした顔で客席の最前列あたりに視線を向けている。

そこにはステージによじのぼってこようとする、女の姿があった。いつも音喜多と一緒だった、鳴海という刑事だ。

「危ないから！　あっち行って！」

鳴海はステージにのぼりながら手を振り、若杉を指揮台から遠ざけようとする。だが若杉は鳴海の意図とは逆に、指揮台のほうに後ずさった。亘の目の前、手をのばせば届く位置に、若杉の後頭部がある。

やるならいまだ。

亘は若杉の首に左腕を巻きつけ、右手に持った指揮棒を振り上げた。

そのときだった。

「あなたはベートーベンじゃない！」

ステージに上がってきた鳴海が叫ぶ。

――そうたい。おまえはベートーベンじゃなか。勘違いすんな。

「あなたはシンドラー！」

かっと全身が熱くなった。

「おいが、シンドラーやと？」

聞き捨てならない台詞だった。

――こら傑作やな！　見透かされとるやないか。そうたい。おまえはベートーベンというより、シンドラーたい。自分の都合のよかごてなんでもねじ曲げるとこなんか、まさしくそうやないか。

鳴海が真っ直ぐに見つめてくる。

「だってそうでしょう。経歴からなにから、ぜんぶ偽りじゃないの。本当は楽譜すら読めないから、世界的な指揮者の動きだけを真似している。そんな独りよがりじゃ、他人の心を動かす音なんて鳴らせない。鳴らす資格もない」

――あのおなごの言う通りやないか。おまえは独りよがりたい。いつも独りでピアノば弾いとったとは、貧しいからじゃなか。おまえが他人の音ば、他人の言葉ば聞かんけんたい。おまえに誰かと生きる資格はなか。連弾する資格はなかったい。

「うるさいっ！」

絶叫になった。その拍子に、腕の中でもがいていた若杉が逃げ出してしまう。追いかけようとしたが、若杉はステージから客席に転げ落ちた。

「諦めなさい！　その指揮棒を捨てて！」

鳴海が亘の右手を指差す。

――もう終わりたい。諦めろ。

「嫌だ……」

――往生際の悪かな。おまえはシンドラーたい。勝手におなごば好きになって、横恋慕して、不幸にした張本人やとに、都合よく事実ば改竄《かいざん》してお門違いの復讐ば目論んどる。すべての元凶はおまえぞ。

「違う」

――違わん。どう考えてもおまえがいちばん悪い。あのおなごの復讐ばするなら、まずおまえがおまえ自身を殺せ。

「落ち着いて。指揮棒を私に」

鳴海がおそるおそる歩み寄ってくる。

——早よせろ。復讐ば果たせ。

鳴海の手が指揮棒に触れようとしたそのとき、「嫌だ！」亘は指揮棒を振り上げた。

先端を自分の首筋に向け、グリップを両手で握り直す。

そして自分を刺そうとしたそのとき、背後から両腕をつかまれた。音喜多がいつの間にかステージにのぼってきたらしい。

右に左に振り回され、ついに指揮棒を手放してしまう。

きん、と甲高い音がホールに響き渡った。緊張の糸が切れる音のように感じた。

満員の客席が涙で滲む。

——ここにおいで。

脳裏によぎったのは、小学四年生のときの記憶だった。

椅子の上でお尻をずらした北田弥生が、座面をぽんぽんと叩いて着座を促す。

私の天使、私のすべて。私自身よ。

ベッドの中からすでにあなたへの思いがつのる、わが不滅の恋人よ——。

立っていられなくなり、亘はその場に崩れ落ちた。

エピローグ

「音喜多さん」

玉堤署の玄関を出ようとしたとき、背後から呼び止められた。

振り返ると、鳴海が歩み寄ってくるところだった。

「お疲れ」

「お疲れさまです。今回はお世話になりました。勉強になりました」

深々と頭を下げる殊勝な態度に虚を衝かれた。

「なんだよ、おまえ。調子狂うじゃないか」

鼻の下を指で擦る。

「とにかくよかった。若杉殺しを止めることができて」

「そうですね。本当に」

篁《たかむら》奏《かなで》こと中村亘を殺人未遂の現行犯で逮捕し、自宅マンションを捜索したところ、庄野の所持していたウエストポーチと、庄野殺しに使用したと思われるスタンガンが発見された。さらにマンションのエントランスの防犯カメラには、犯行当日に仕事を終えて帰宅した中村が、ジャージに着替えてふたたび外出する様子が捉えられていた。中村も素直に犯行を自供したため、『深沢一丁目公園男性殺人事件』の容疑者として再逮捕した。

森下弥生の復讐という目的を失った中村には、罪を軽くしようという考えはないようだ。神戸での森下高雄殺しや子供のころの父親殺しについても告白し、一日でも早く死刑を執行して欲しいと話している。

若杉了一については、過去のひき逃げと不可解な不起訴処分の経緯が明らかになり、世間の猛バッシングに晒されている。所属していたニューヨークフィルハーモニックの第一バイオリンの座もおりることになったようだ。バイオリニストとしての腕はたしかなのでいずれ復活するだろうが、当面の活動予定は白紙になったらしい。

「そういえば一つ、訊きたかったんだけど」

音喜多が言い、「なんですか」と鳴海が首をかしげる。

「あのとき、シンドラーって叫んでたじゃないか。あれはなんだ」

──あなたはシンドラー！

鳴海のあの台詞で、中村は一瞬動きを止め、直後に激昂《げっこう》した。あの台詞がなければ、若杉も逃げ出す隙を見つけることができなかったし、音喜多も中村の自殺を止めることができなかった。

「ああ。あれですか」と鳴海は視線を上げた。

「アントン・フェリックス・シンドラー。ベートーベンの秘書だった人物です」

「秘書？」

「ええ。耳の聞こえないベートーベンは親しい人たちと筆談で会話をしていて、その筆談の記録の会話帳が、資料として残されています。シンドラーはその資料をもとにベートーベンの伝記を書いて、大ベストセラーになりました。でも実はその会話帳の多くが、シンドラーによって改竄されていたことが明らかになりました。都合の悪い会話帳を処分し、残った会話帳にも加筆することで、自分が有能でベートーベンに頼られていて、そのほかのベートーベンの親族や側近たちが悪辣《あくらつ》だったかのように印象操作したんです。あるベートーベンの研究家はシンドラーの精神性をこう表現しています。すべては、自分が敬愛する人から信頼されることも愛されることも叶わなかった人間が抱いた、熾烈《しれつ》な嫉妬から発したもの」

「へえっ。それはまさしく中村のことだな」

「はい。たぶん自覚もあったんじゃないかな。そうでなくても自分を同一視するほどベートーベンに心酔した人間が、おまえはベートーベンじゃなくてシンドラーだって言われたら、相当頭に来るはずです」

なるほど。それがあの一瞬の静止につながったのか。

鳴海が音喜多の頭を指差す。

「それ、似合ってますね」

音喜多は中折れ帽をかぶっていた。相貌失認の鳴海が自分を見失わないために購入したものだったが、いまではこのスタイルも悪くないと気に入っている。

「そうか」

「ええ。とっても」

ニコニコと笑う鳴海には、相貌失認の自覚があるのだろうか。わからない。だが少なくとも、相貌失認によるハンデを補うために、顔以外への並外れた観察眼が養われたのは間違いない。

こいつは良い刑事になる。

いまでは音喜多も、そう認識をあらためていた。

だがそれが、本人の望むことかどうかはわからない。

だからこう言った。

「音楽隊に異動になったら、おれも聴きに行くわ」

曖昧な笑顔と、答えるまでの微妙な間。

「ありがとうございます」

もしかしたらこいつ、腹を括ったのかもしれない。音楽隊への異動を諦めたのか、それとも刑事の仕事にやりがいを感じ始めたのかはわからないが。

そういえば、譜面のぎっしり詰まったバッグも持っていない。

そう思ったが、鳴海に外出の予定がないだけかもしれない。

気づけば音喜多は、右手を差し出していた。

鳴海もそれに応え、固い握手を交わす。

「じゃあな」

「はい。じゃあ、気をつけて」

軽く手を上げて玄関を出る。

「音喜多さん！」

呼び止められて振り返る。

「また、どこかで！」

「どこでだよ」

音楽隊のステージを聴きに行ったときか。

それとも、新たな帳場か。

ふっ、と微笑み、中折れ帽を軽く持ち上げて応えた。

思わず身震いするような冷たい風が吹き抜ける。首をすくめ、風に飛ばされないよう帽子を深くかぶり直して歩き出した。

スマートフォンの電話帳から、元妻の名前を呼び出す。
音声通話ボタンをタップしようとして、思いとどまった。
「馬鹿か、おれは」
いまさら許されるはずもない。
愛されないのはおれも同じ——か。
自嘲《じちょう》の笑みと同時に、白い息がこぼれる。
ポケットに両手を突っ込み、音喜多は駅への道のりを急いだ。

参考資料

『ベートーヴェン　作品篇』属啓成（音楽之友社）
『ベートーヴェン〈不滅の恋人〉の謎を解く』青木やよひ（講談社現代新書）
『ベートーヴェン捏造 名プロデューサーは嘘をつく』かげはら史帆（柏書房）

この作品はフィクションであり、作中に登場する人物、団体名、場所等は、実在するものとまったく関係ありません。

文庫書き下ろし